河出文庫

古典新訳コレクション

源氏物語　5

角田光代 訳

河出書房新社

目次

源氏物語

5

若菜(わかな)　上

女三の宮の降嫁、入道の遺言

朱雀院の女三の宮が光君に降嫁し、成長した明石の姫君は
東宮妃となり……。
この世はさだめなきものと、だれもが思ったことでしょう。

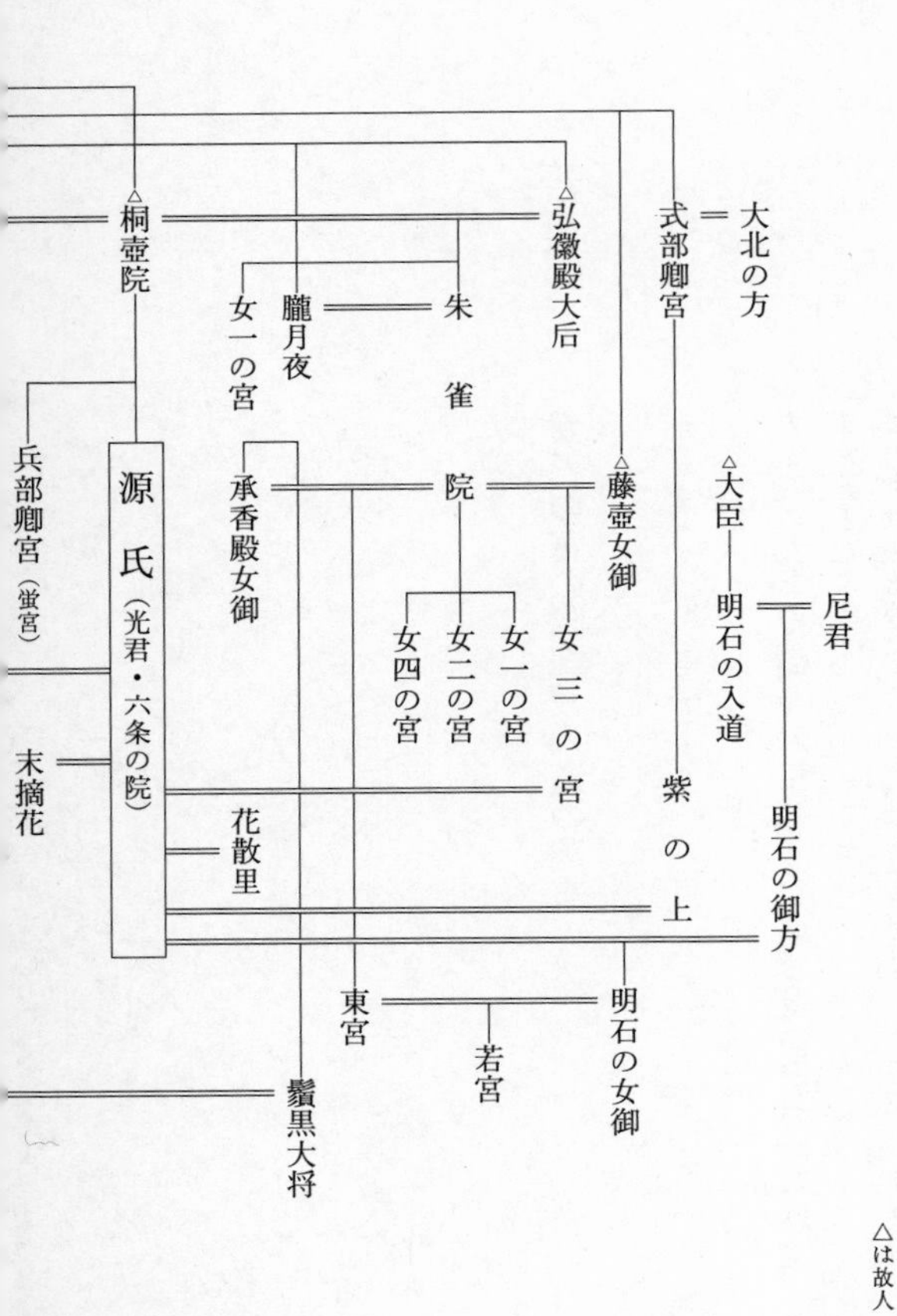

大北の方
式部卿宮
△弘徽殿大后
△桐壺院
朱雀院
朧月夜
女一の宮
△藤壺女御
△大臣
明石の入道
尼君
承香殿女御
女三の宮
女一の宮
女二の宮
女四の宮
源氏（光君・六条の院）
兵部卿宮（蛍宮）
末摘花
花散里
紫の上
明石の御方
東宮
明石の女御
若宮
鬚黒大将

＊登場人物系図
△は故人

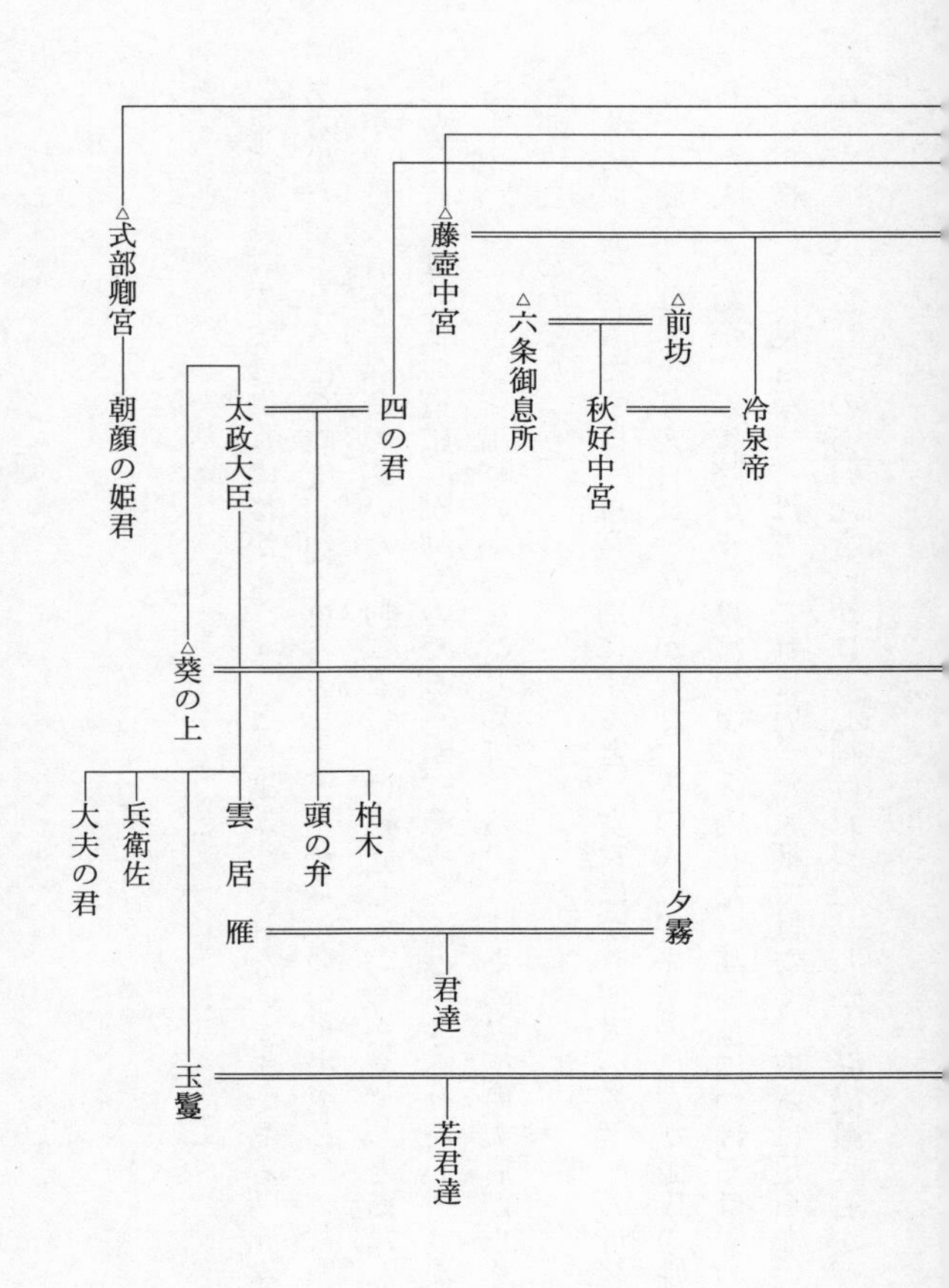

冷泉帝
前坊
秋好中宮
六条御息所
藤壺中宮
四の君
太政大臣
式部卿宮
朝顔の姫君
葵の上
夕霧
柏木
頭の弁
雲居雁
兵衛佐
大夫の君
君達
玉鬘
若君達

朱雀院は、先頃の御幸の後から、ずっと体調がすぐれないままである。元々病弱であるのだが、とくに今回は心細く思ってしまう。「長いあいだ出家したいと願っていたが、母大后がご存命のあいだは何ごとにつけ遠慮して、今までずっと躊躇していた。しかし、やはり仏の道に心が動くのだろうか、そう長くは生きられないような気がする……」などと言い、出家の準備をはじめている。……あの弘徽殿大后が亡くなって心が決まったのでしょう。

朱雀院の子どもたちは、東宮を別にすると、女宮ばかり四人いる。その母親のひとりに、藤壺の部屋を与えられた女君がいた。その人は、先帝の皇女で源氏の姓を与えられた人なのだが、朱雀院がまだ東宮の頃に入内した。高い位につけるはずの人だったが、格別の後見もなく、母方もこれといった家柄ではなく、取るに足らない更衣腹だったので、宮仕えのあいだもいかにも心細げだった。しかも弘徽殿大后が、妹である朧月夜（おぼろづきよ）の尚侍（ないしのかみ）を強引にも帝（みかど）であった朱雀院に宮仕えさせたことで、尚侍ばかりがほかに肩を並べるものもないほど寵愛（ちょうあい）を受けることとなり、この藤壺の女君は気圧（けお）されてしまった。朱雀院の帝は内心ではこの女君をずっと気の毒に思いながらも、譲位してしまったので、彼女は入内の甲斐（かい）もなく落胆し、世の中を恨むようにして亡くなってしまったのである。その女君が産んだ女三（おんなさん）の宮（みや）を、大勢いる子どもたちの中でとくべつにいとおしく思い、たいせつに育てていた。その姫宮の年の頃は十三、四くらいである。いよいよ今を最後と俗世に背を向け、山ごもりをしてしまった後のこの世で、取り残されたこの姫宮はだれを頼りに暮らしていけばいいのだろうと、院はこの姫宮の身の上ばかりを心配しては胸を痛めている。

　西山にある寺を造り終え、そこへ移るための準備を進めているが、それに加えて、この姫宮の裳着（もぎ）の儀の用意もはじめさせる。院の御所に秘蔵している宝物や調度品などは言うに及ばず、ちょっとした遊び道具まで、少しでも由緒あるものはすべて、ただこの姫宮にと譲り、その残りのものをほかの子どもたちに分けたのである。

　東宮は、父院がこうして病気である上に、出家する心づもりであると聞いて、院の御所に向かう。母である承香殿女御（しょうきょうでんのにょうご）も東宮とともに参上する。院は、この女御をとくに深く愛していたわけではないけれど、こうして東宮を産んだその宿縁をこの上なくありがたく思っているので、これまでの年月の積もる話を親しく語らうのだった。東宮にも、思いつく限りのこと、世の中を治めていくにあたっての心得を教えさとす。実際の年齢よりはずっと立派に大人びていて、後見のだれも彼もけっして軽々しくはない身分の人々なので、院も心から安心しているのである。

「私はこの世になんの恨みが残ることもありません。ただ娘たちが大勢あとに取り残されて、その行く先を思うと、そのことだけが今際(いまわ)の別れの時に往生の妨げになるでしょう。これまで他人(ひと)ごととして見聞きしていたことから考えても、女というものは不本意にも軽率だと人から見下げられる運命にあるのが、ひどく残念で悲しく思われます。どの女宮も、あなたの治世となったあかつきには、お心に留めてそれぞれ何くれとなく面倒をみてあげてください。女宮の中でしっかりした後見のある者は、そちらにまかせてもいいでしょう。ただ女三の宮だけはまだ幼い上に、この私ひとりをずっと頼りにしているので、私が出家した後、寄る辺なく途方にくれることだろうと、ただもうそのことが心残りで悲しいのです」と涙を拭いつつ胸の内を話して聞かせる。

女御にも、姫宮をやさしくいたわってあげるようにと頼む。けれど姫宮の母君である藤壺の女君が、ほかの妃(きさき)たちより帝に愛されていた頃、妃たちはみな競い合っていた事情があり、妃たちの仲も睦(むつ)まじいというわけにはいかなかった。そんな事情があるので、なるほど今は憎むようなことはないとはいえ、本当に心の底から親身になってお世話しようとまでは思わないのではないか……と院は思わずにはいられないのである。

朝に夕にと院はこの姫宮のことを心配して胸を痛めている。年が暮れていくにつれ、病もだんだんと重くなり、御簾の外に出ることもなくなってしまった。これまでも物の怪のせいでときどき苦しむこともあったけれど、こういつまでも間断なく悪いままということもなかったので、今度という今度はもうだめなのだろうと思う。帝の位を退いているものの、在位中から頼りにしていた人々は、今なおやさしい人柄の院を心の拠りどころとして、参上して仕えている。そうした人々は心から病を案じている。六条院の光君からもお見舞いがしきりに寄せられる。光君自身も参上したいという意向を聞き、院は非常にうれしく思う。

中納言の君（夕霧）が参上したので、御簾の内に呼び、院はねんごろに話をする。

「亡き桐壺院がご臨終の際に、多くのご遺言があったのだが、その中にあなたの父院のことと、今の帝のことについては、特別にお言い残しになったのに、私がいざ帝の位についてみると、何ごとにも決まりがあって……。内心での好意は変わらずながら、些細な行き違いから私をお恨みになるようなこともあったのだろうと思う。けれど今まで長年何かにつけて、六条の院はその恨みのお残りになるようなそぶりはお見せにならない。聡明な人といえども自分自身のこととなると、そうはいかずに感情的になって、かならず仕返しをして、曲がったこともしてしまう例が、聖代の昔ですら多かった。いつどのような時にそのお恨みのお心をお見せになるかと、世間の人もそう疑っていたのだけれど、六条の院はついぞのみこんでおしまいになり、東宮にも親切にしてくださる。今は今で、私とはまたとなく親密な仲となり、親しくおつきあいくださって、この上なく感謝している。けれど私は生来の愚か者である上に、子を思う親心の闇に迷って、みっともないことをしでかすのではないかと、かえって他人ごとのように東宮のことをお任せしている有様だ。今の帝については、亡き桐壺院のご遺言通り取りはからったので、このように末の世の明君として、先帝である私の不名誉も挽回してくださった。それはまことに私の本望で、うれしく思っている。先だっての秋の行幸の後、昔のことなど思い出しもして、六条の院にお目に掛かりたくて仕方がないのだ。お目に掛かって申し上げたいことがいろいろある。かならずご自身でいらしてくださるように、あなたからもお勧めしてほしい」などと、涙ながらに話す。

中納言の君は、

「過ぎ去った昔のことは、この私にはなんともわかりかねます。私が成人して朝廷に仕えるようになり、世の中のことをあれこれ見聞きしていますあいだに、大小さまざまなことに関しましても、また内々での打ち解けた話のついでなどにも、昔こういうつらいことがあって……などと父は一言も口にしたことがありません。『こうして朝廷の後見を途中で辞退して、静かな暮らしをしたいという願いをかなえようとすっかり引きこもってからは、何ごともいっさい関知していないので、亡き桐壺院のご遺言通りにお仕えすることもできなかった。朱雀院が在位の時には、自分は年も若く器不足でもあって、すぐれた目上の方々が多く、私の思うところを成し遂げてご覧いただくこともなかった。今朱雀院が御退位されて静かにお暮らしになっている折に、心置きなく参上してお話を伺いたいのだが、なんとなく窮屈な身辺の有様で、ついそのままお目に掛からず月日も過ぎてしまって……』と、ときどきため息をついておりま す」などと言う。

中納言の君は二十歳(はたち)にもまだわずかに足りない若さだけれど、ずっと立派に大人びて、顔立ちも今を盛りに輝くばかり、まことに気高くうつくしいのを目に留めて、朱雀院はじっと見つめ、今まさに悩みの種である女三の宮の婿にこの人はどうだろうかと、人知れず思いつく。

「あなたは太政大臣の邸(やしき)に今はすっかり落ち着いているそうだね。長年、どうもよくわからない話だと、噂を気の毒な思いで聞いていたのだが、そう聞いて安心しました。しかしやはり残念な思いもある」と言う院の面持ちを、どのような意味でおっしゃっているのかと、中納言の君は不審に思ってあれこれ考えをめぐらせる。院がこの三番目の姫宮をかくも心配していて、しかるべく適当な人があれば姫宮を託し、安心して出家したいものだとお思いになり、またそうおっしゃってもいると、自然と耳にすることもあったので、なるほどその件についてかと思いつくけれど、その場でいかにも訳知り顔でなんと答えられよう。ただ、「私のような頼りにならない者には、妻となってくれる人もなかなかおりません」とだけ言うにとどめた。

女房たちはのぞき見ていて、「本当にまたとないほどのご容姿、お心づかいですこと。なんてすばらしい」と、集まって話していると、年老いた女房も、「いいえ、そうは言ってもあの六条の院がこれくらいのお年でいらした時のご様子には、とてもかないませんよ。あのお方は本当にまばゆいくらい神々しくていらっしゃいました」などと言い合っているのを院は耳にする。

「まことに彼は並外れたとくべつな人だ。今はまたあの頃以上に立派になって、『光る』というのはまさにこの人のことを言うのだと思うようなうつくしさが、ますます際立っている。礼儀正しく公の政務に携わっている時は、威厳に満ちてぱっと目立って、まぶしいくらいだ。一方、くつろいで冗談などを言ってたのしんでいる時は、またとないほどの魅力があって、すっと引きこまれるようなやさしい感じがするところなど、だれとも比べられない。何ごとにおいても前世の果報を推し量らずにはいられないほど、世にもまれなる人だ。宮中で成人し、父帝がこの上なくかわいがられて、たいせつにお育てになり、我が身以上にだいじにしておられたが、ご自身は思いのままに驕(おご)ることなく、へりくだって、二十歳にならないうちは納言にもならずにいた。二十歳をひとつ越えてから参議で大将を兼ねられたのだったと思う。それと比べれば、中納言の君はずっと早く昇進した。あの六条の院が親だから、子の名声や人望も高くなっていくのだろう。実際に、朝廷に仕える学識や心構えは中納言の君も父君に少しも引けをとらず……それが間違っていたとしても、いよいよ貫禄がついてきたという世間の評判は、格別なようだ」などと褒める。

　女三の宮のなんともかわいらしく、あどけなく無垢(むく)な様子を見るにつけ、朱雀院は、

「宮の良いところを引き出してくれて、なおかつまだ至らないところは見て見ぬふりで、そっと教えてくれるような、頼りになる人にお預けしたいものだ」とつぶやいている。年輩の乳母(めのと)たちを呼び出して、裳着の支度のことなどを言いつけるついでに、

「六条の大殿(おとど)は、式部卿宮(しきぶきょうのみや)の娘（紫の上(むらさきのうえ)）を育て上げたそうだが、そのように宮を

預かって育ててくれる人はいないだろうか。臣下の中にはいそうもない。かといって冷泉帝には（秋好）中宮がついていらっしゃる。そのほかの妃たちもたいそう高貴な身分の方々ばかりだから、これといった後見もないのに宮仕えをするのはかえってつらいだろうし……。中納言の朝臣（夕霧）がまだ独身でいるあいだに、それとなく打診しておけばよかった。中納言は若いけれど人柄も際だってすばらしいし、将来有望な人のようだから」と話す。

「あの中納言さまはもともとたいへん真面目な方で、ずっと長いあいだ大臣家の女君（雲居雁）を思い続け、ほかの人には見向きもしなかったのですから、ようやくその思いがかなった今は、ますます心が揺らぐこともないでしょう。かえってあの父院のほうこそ、未だに何ごとにつけても、女性を求めるお気持ちは持っていらっしゃるそうですよ。とりわけ、高貴な身分の方を迎えたいというお気持ちが強くて、前斎院（朝顔）にも、今も忘れられずにお手紙を送っていらっしゃるとか」と乳母たちは言う。

「いや、そのいつまでも衰えない浮気心がなんとも気掛かりでね」とは言うけれど、なるほど、たとえ大勢の女君たちの中で苦労して、おもしろくない思いをすることはあろうが、やはりそのまま光君を親代わりと定める体裁でこの姫宮を預けてしまおうか……などとも考える。

「本当に少しでも世間並みの暮らしをさせたいと思う娘の親としては、どうせなら光君のような人と縁づかせたいものだ。この世に生きていられるのも長くはないのだろうから、光君のように満ち足りた有様で暮らしたいもの。私が女ならば、実の姉弟であったとしても、きっと近づいて睦まじくなっていただろう。若かった時など実際そんなふうに思ったものだ。男の私がそうなのだから、まして女が夢中になるのはまったく無理もない話だ」

……と言いながら院はきっと心の中で、ずっと光君に思いを寄せていた尚侍（朧月夜）のことを思い出したに違いありません。

この姫宮のお世話役たちの中でも重要とされている乳母の兄で、左中弁（さちゅうべん）の職に就いていて、長年光君に親しく仕えている者があった。この姫宮にも忠義を尽くして仕えているので、この左中弁が参上している時、乳母があれこれ話すついでに、

「朱雀院がこのようなおつもりであるとお漏らしになりましたが、六条の院に、機会があればそれとなくお伝えくださいな。皇女さまがたはずっと独身でいらっしゃるのは通常のことですが、あれこれと親身になって、何ごとにつけてもお力添えくださる方がいらっしゃれば、心強いですから。朱雀院のほかには心底から姫宮をたいせつに思

ってくださる方もないのです。私たちがお仕えしていると申しても、どれほどのご奉仕ができましょう。私の一存ではどうにもならず、このままでは思いがけない間違いもあるかもしれません。軽々しい浮き名が立つようなことがあればどんなにか厄介なことでしょう。朱雀院のご在世中に、なんとかこの姫宮の御身の上が定まるのでしたら、私もお仕えしやすくなるというものです。畏れ多いお血筋と言いましても、女というものは本当に運命がどのようになるかわかりませんから、何かと心配なのです。それに大勢の女宮がいらっしゃる中で、朱雀院はこの姫宮をとくべつ心に掛けていらっしゃいますから、ほかの方から妬まれるに違いありませんし……。なんとしても些細な非難も受けないようにしてさしあげたいのです」と相談を持ちかける。左中弁は、「どうすればいいものだろう。六条の院は、不思議なくらいお気持ちの変わらない方で、かりそめにも契りを結ばれた方は、お気に召した方も、さほど深くお思いでない方も、それぞれお引き取りになって、大勢お邸に集めていらっしゃいます。けれどもたいせつにお思いの方は、なんといってもおひとりだけのようなので、そちらだけに片寄って、張り合いなくお邸にお住まいの女君たちが多いのです。ご宿縁があって、六条のお邸にお入りになることになったとして、いくらご寵愛を深く受けている方といっても、こちらの姫宮と肩を並べて我を張るようなことはありますまい、と察しますが、それでもどうだろうかと案ずるところもあるように思います。とは申しましても、『この世で私が受けた栄華は、末の世にしては分が過ぎて、私自身にはなんの不足もないのだが、女のこととなると、世の非難も受け、私も内心では満足していないこともある』と、常に内輪ではご冗談交じりにお気持ちを漏らされるそうです。たしかに私たちが拝見しても、おっしゃる通りなのです。それぞれのご縁でお世話していらっしゃる方々は、どなたもみな、とても釣り合わないような低い身分ではないが、せいぜい臣下の出身の方々ばかりで、上皇の御位にふさわしい信望を備えた方がいらっしゃるだろうか。そこへ同じことなら、こちらの姫宮がご降嫁なさったら、どれほどお似合いのご夫婦になるだろう」と打ち明けるので、乳母はまた機会を見つけて院に話をする。

「このようなことをなにがしの朝臣にほのめかしましたところ、『六条の院はかならずご承諾なさるでしょう、長年のご本望がかなうとお思いになるに違いありませんが、こちらさまのお許しが本当に得られるのでしたらその旨お取り次ぎいたしましょう』と申しておりましたが、どういたしましょうか。六条の院は、それ相応に人の身分身分をよくお考えになって、またとないお心づかいをなさる方でいらっしゃるようですが、ふつうの身分の者でも、自分のほかにたいせつにされている女君がいればだれしも不満のようですから、まして姫宮には心外なこともあるかもしれません。姫宮のご後見をと望んでいらっしゃる方は大勢いらっしゃいます。よくお考えになってお決めくださいませ。この上なく高貴なお方と申しましても、今の世の中、みな屈託なく、自分の望むように、夫婦仲を自分の思い通りにして過ごす方もいらっしゃるようです。姫宮は、驚くほど世間知らずで、ただもう頼りなげに見受けられますし、お仕えしている女房たちがご奉仕するにしても限度がございましょう。ご主人さまのだいたいのご方針に従って、しっかりした下々の者たちもそのご方針通りにご奉仕してこそ、頼もしいと言えますが……。やはりちゃんとしたご後見の方がいらっしゃらないのは、心細いことに違いありません」と言う。

「私もそのように思うのだが……。皇女たちが結婚するのは、見苦しく軽々しいようでもあるし、それにどんなに身分が高くとも、女は男と結ばれたばかりに、後悔することも不愉快なことも自然と起きてくるものだから、ひとつにはそれで姫宮について心を痛めて悩んでいるのだ。しかしまた、こうも思うのだよ。面倒をみてくれる人に先立たれて、頼りになる親族とも別れてしまった後、自分の考え通りこの世の中を生きていこうとしても、昔は人の心も穏やかで、男のほうでも世間では許されないような身分違いの結婚などは考えつきもしなかったろうが、今の世の中では好色がましく不謹慎なできごともあると、何かの関わりでいろいろと耳に入ってくる。昨日まで高貴な身分の親の家であがめられてたいせつにされていた女が、今日はいかにも平凡な低い身分の浮気者たちにもてあそばれて浮き名を立てられ、亡き親の面目をつぶし、死後の名を汚すような例を多く耳にするが、結局はどちらにしても心配であることに変わりはない。それぞれの身分に応じて、人の運命などというものはどうなるかわからないのだから、何もかもが気掛かりなのだ。すべて良くも悪くも、しかるべき親兄弟の言いつけ通りにしていくならば、それぞれの宿世（すくせ）によって将来落ちぶれたとしても、本人ばかりが悪かったということにはならない。しかし自分の望み通り好き勝手にやって、先々にこの上もない幸運に恵まれて好ましい結果になったとして、そんなに悪くなかったと思えても、やはりちょっと耳にした時には、親にも知られず、しかるべき親族の許しもないのに、自分勝手にこっそりことを運んだなどというので、女の身にとってはこれ以上の汚点はないように思えてしまう。たいしたことのない身分の者たちのあいだでさえ、それは軽薄でみっともないことだ。結婚は、本人の気持ちを無視して進めるべきではないのに、本人の意にまるで反した夫と結ばれて、運命が決まってしまうのも、いかにも軽率で、その女の日頃の行いや態度が察せられようというものだ。姫宮はどうもなんだか頼りなさ過ぎて心配せずにはいられないような人だが、周囲のだれ彼の勝手な思惑でことを進めて、それが世間の噂にでもなれば、たいそう情けないことになる」と、自分が出家した後のことをいかにも心配そうに案じているので、これはますます難儀なことになったと乳母たちは思案にくれている。

「姫宮がもう少し世間のことをわかる年齢になるまでそっとしておこうと、今までずっとこらえてきたのだが、このままでは出家という深い望みも果たさずじまいになってしまいそうで、つい気持ちが急かされるのだ。あの六条の院はたしかに問題はあるとしても、やはり万事よく心得ているし、安心してまかせられるという点ではこれ以上の人はいないだろう。六条邸に大勢いる女君たちのことも問題にはなるまい。ともかくにも、本人の心次第だ。あの方は泰然自若として、広く世の手本でもあるし、信頼できるという点ではだれも足元にも及ぶまい。そのほかに、ましだと思えるような人はだれがいるだろう。兵部卿宮（蛍宮）……、人柄は無難というところか。同じ皇族として、他人扱いして悪く言いたくはないけれど、あまりにもなよなよと風流ぶっていて、重々しいところに欠けるし、ちょっと軽薄な印象が強いな……、やはりこういう人はなんとも頼りない。そして藤大納言の朝臣が、姫宮の家司（庶務係）になりたいと望んでいるそうで、そういった役割なら真面目にきちっと勤めるのだろうが、そうかといってどうしたものか……そんなふつう程度の身分の者とでは、やはりとんでもなく不釣り合いだろう。昔から、こうした婿選びは、何につけても凡人とは異なった信望ある人に落ち着いたものだ。ただ単に、妻を大事にしそうだというだけを良しとして婿を決めるのでは、もの足りないし残念なことだ。右衛門督（柏木）が、このことで内々やきもきしていると尚侍（朧月夜）が話していたが、彼ほどの人なら、位がもう少し人並み程度になれば、そう不釣り合いではないと考えてもよいが、まだ年は若いし、身分もあまりに低すぎる。高貴な人を娶りたいという願いが強くて、ずっと独身のまま過ごしてきて、それでも少しも焦らず気位高くいるのは、ほかの人よりずっとすばらしいし、学問もなんの問題もなく、いずれ天下の支えとなるだろう人物だから将来も頼もしいけれど、姫宮の婿にと決めてしまうのは、やはり不充分だ」と、あれこれと思い悩んでいる。朱雀院が、これほどには苦慮していない姉宮たちには、言い寄って悩ませるような人はいないのである。どういうわけか、内々で話している内緒話のあれこれが自然と漏れ広がって、この姫宮に思いを寄せる人が多いのだった。

太政大臣も、「この衛門督（柏木）も今まで独身を通してきて、皇女たちでなければ妻にするまいと思っているが、こうした婿選びの話が出ているそうだから、この際、院にもお願い申し上げて、婿として迎えていただいたなら、私としてもたいへんな名誉だ、どんなにうれしいか」と思い、またそう口にもし、尚侍（朧月夜）には、妻（朧月夜の姉）を通して、その旨を伝える。限りないほどの言葉を尽くして院に奏上してもらい、院の意向を尋ねてみる。

兵部卿宮（蛍宮）は、今では左大将（鬚黒）の妻となっている女君（玉鬘）を、妻にし損なっていて、彼女の耳にも届くだろうと思うと、いい加減な相手では……と選り好みしていたので、この姫宮の婿選びの話を聞いて、どうして心の動かないはずがあろう、どうしようもなくやきもきしている。

院の話に出た藤大納言は、長年朱雀院の別当（長官）として親しく仕え、ずっと近くに控えていたので、院が出家し山ごもりしてしまったあかつきには、頼るところもなく心細いことになるのが目に見えているので、この姫宮の後見になることを理由に、今後も院に目を掛けてもらおうと、懸命に院の意向をうかがっているようである。

権中納言（夕霧）も、こうした噂を耳にしていると、人伝ではなく、院があのように、姫宮について打診するようだった様子を直接見聞きしているので、自分の思うところをほのめかして、それが自然と何かの機会に、院のお耳に入るようなことがあれば、もしかして自分もまったくの無関係というわけではないのではないか……と、胸をときめかせたに違いない。けれども女君（雲居雁）がもうこれで安心とばかりに頼りにしてくれているのを見ると、「長年、逢えないことを口実にできた時ですら、ほかの女に心変わりすることもなく過ごしてきたのだから、今さら昔に立ち返って、妻となったこの人を唐突に悩ませていいものかどうか……。並々ならぬ高貴なお方といったん関わり合いになったら、何ごとも思うようにはならず、両方の女君に気を遣わなければならないのは、自分でもさぞや苦しいだろう……」など、もとより浮いたところのない性分なので、思いを静めて口には出さないけれど、さすがにほかの男が婿に決まってしまうのもどんなものかと、そのことについては聞き流せないのである。

東宮もその話を耳にした。

「さしあたりの目先のことよりも、後の世の先例となるべきことですから、よくよく考えなければなりません。人柄が悪くないといっても、臣下では限界がありますから、やはり姫宮をご縁づけようと決意なさるのでしたら、あの六条の院にこそ親代わりとしてお預けするのがよろしいでしょう」と、そのことを伝えるためだけの手紙というわけではないけれど、内々での意向を示したので、院は待ちかねたようにそれを聞き、「いかにもその通り。本当によく考えて、おっしゃってくださった」といよいよそのつもりになって、まずあの左中弁を介して、とりあえずその考えを光君に伝えたのである。

この姫宮のことについては、朱雀院がかように心配していることを光君も前々からすべて聞いていた。

「お気の毒なことだ。しかしそうはいっても、院のご寿命がそう長くはないとして、私もまたその後にどのくらい生き残っていられるかわからないのに、どのように姫宮のご後見を引き受けられよう。いかにも年の順に間違いなく、私のほうが少しばかりこの世に残ると決まっているのだったら、たいていのことにおいては、ほかの皇女たちも他人ごとのように見放すなどあるはずもないのだし、また、このようにとくべつにご意向をうかがった姫宮についてはことさらたいせつにお世話したく思うが、それでもまったく先の読めないのがこの世なのだから……」と言う。「まして一途に頼っていただける者として近しくおつきあいしても、院に続いて私が世を去る時にはかえって姫宮にお気の毒だし、私にとってもその絆は往生の妨げとなるだろう。中納言などは、まだ若くて身分も低いけれど、これから先は長い。人柄も、いつかは朝廷の補佐役となるに違いないほどの人だから、彼を婿にというのならまったく問題ないと思うのだが。とはいえ、彼はひどく真面目な上に、思い焦がれた人を妻にしてしまったようだから、院はそれにご遠慮なさっているのだろうか」などと言い、光君自身はその気がなさそうなので、左中弁は、朱雀院としてはいい加減なお考えで決められたのではないのに、このようにおっしゃるのなら困ったことだ、また残念なことだと思い、院が内々でそうご決心になった事情などをくわしく話す。すると光君はさすがに笑みを浮かべ、

「たいそうかわいがっていらっしゃる姫宮のようだから、やむにやまれず、そんなふうに来し方行く先のことまで深くお考えなのですね。それなら迷わず帝に差し上げなさい。れっきとした方々がすでにいらっしゃるというのは、なんの問題にもならない。そのために差し障りがあるわけでもない。かならずしも後から入内した人がおろそかに扱われるということもない。故桐壺院の御時も、まだ東宮でいらした時の最初の女御として弘徽殿大后が威勢をふるっていたけれど、ずっと後になって入内なさった入道（藤壺）の宮に、しばらくは圧倒されていたではないか。この姫宮の母女御こそは、ほかでもない、あの入道の宮の妹君のはずだ。容姿も、入道の宮に次いでたいそううつくしいと評判の人だったから、どちらの血筋からいっても、この姫宮は並の器量ではあるまい」と、興味は持っているようだ。

年も暮れつつあった。朱雀院は病状がやはり快方に向かう様子がないので、何かと気ぜわしく出家を思い立って、姫宮の裳着の儀の準備をはじめたが、後にも先にも例

がないと思うほど盛大である。部屋の飾り付けは、柏殿（朱雀院内の殿舎）の西の廂の間に、帳台や几帳をはじめとして、この国の綾や錦はいっさい使わず、唐土の皇后の御殿を想像し、荘厳かつ豪華に、輝くばかりに立派に整えた。腰結の役は、太政大臣にかねてから依頼してあった。この大臣はなんでも大仰に考える人なので、遠慮したい気持ちもあったのだけれど、朱雀院の仰せに昔から背いたことがないので、このたびも参上した。左大臣と右大臣、そのほかの上達部などは、やむを得ない差し障りのある人も、無理にでも都合をつけて参上した。親王たち八人、殿上人はこれまた言うまでもなく、帝や東宮御所の人々も残らず集まり、盛大な儀式はたいへんな騒ぎである。朱雀院の催しごとは今度が最後になるだろうと、帝や東宮をはじめとしてみないたわしく思い、蔵人所や納殿に保管してある舶来の品々をたくさん献上した。光君からのお祝いの品もじつにたくさんある。人々への贈りものや引き出物、腰結の役を務めた太政大臣への贈りものなどは、六条院から献上したものだった。

（秋好）中宮からも、姫宮への装束、櫛の箱をとくに入念に調え、昔、中宮が入内する際に朱雀院から贈られた髪上げの道具に、由緒あるように手を加えて、それでも元々の風情は損なわないようにして、それとわかるようにその日の夕方に献上した。中宮職の権亮（后のための事務職）で、院の殿上にも勤めている人を使者として、姫宮に届けさせたのだが、中にこのような歌が入っていた。

　さしながら昔を今に伝ふれば玉の小櫛ぞ神さびにける

　（この櫛を挿したまま昔いただいた愛情を今もありがたくこの身に伝えていますので、このうつくしい小櫛もずいぶん古びてしまいました）

院はそれを見て、しみじみと思い出すことがいろいろとある。中宮が、自身にあやかるものも悪くはないだろうと考えて譲ったのだったが、いかにも名誉ある櫛なので、院からの返事も、昔の中宮への思いはさておいて、

　さしつぎに見るものにもが万世を黄楊の小櫛の神さぶるまで

　（あなたに続いてこの姫宮のしあわせを見たいものです。永遠を告げるこの黄楊の小櫛が古びていくまで）

と祝いの気持ちを詠む。

朱雀院は気分がすぐれないのをこらえながら、気力を奮い立て、この儀式が終わって三日を過ごしてからついに髪を下ろした。並の身分の者であっても、いよいよ出家して姿を変えるとなれば悲しいものであるが、院の場合はなおのこと、たいそう痛ましく、妃たちも途方にくれて嘆き悲しんでいる。尚侍の君（朧月夜）はずっとそばに付いていて、ひどく思い詰めているので、院はなぐさめかねて、

「親が子を思う道には限度があってまだあきらめがつく。けれどこうして私を深く思ってくれるあなたとの別れはたえられそうもない」と、決意も揺らぎそうになるけれど、なんとかこらえて脇息にもたれ、叡山の座主をはじめ、戒を授ける三人の阿闍梨に伺候され、法服（正式な僧服）に着替える際の俗世を離れる儀式は、ひどく悲しいものだった。今日は、世間のことを悟りきっている僧たちでさえ涙をこらえきれず、まして院の娘たちや女御、更衣、また大勢の男も女も身分の高い者も低い者も、あたりが揺れるほどいっせいに泣くので、院はただ動揺してしまう。こんな騒ぎのない静かなところにすぐに引きこもってしまおうというつもりでいたのに、不本意なことになったのも、ひとえに幼い姫宮が気掛かりだからだ、と思い、また口にもする。帝をはじめとしてお見舞いが引きも切らないのは言うまでもない。

六条の光君は、朱雀院の気分も少しいいと聞いてお見舞いに参上する。准太上天皇として朝廷からもらう御封など、退位した帝と同等の待遇と定まっているのだが、通常の上皇の儀式のようには格式張ることはない。世間からの扱いや尊敬は格別であるけれども、あえて簡素にして、いつものように仰々しくはない車を用意し、上達部も、しかるべき人たちだけが車でお供する。朱雀院は非常に待ちかねていたのでたいそうよろこび、気分のすぐれないのをこらえて気を強く持ち、対面する。改まったことはせずに、いつもの院の御座所（おましどころ）に席をもうひとつ用意して光君を迎え入れる。変わってしまった院の出家姿を見て、来し方行く先もわからなくなるほど悲しくなって、涙をこらえる気持ちにもなれず、すぐには気持ちを静めることもできない。

「亡き桐壺院（きりつぼいん）とお別れした時から、この世の無常を感じないではいられなくなり、出家したいという思いは強くなっていったのですが、心が弱くてぐずぐずするばかりで、とうとうあなたのこうしたお姿を拝見することになるまでに後れてしまった、私のふがいなさを恥ずかしく思います。私自身にとっては出家もさほどたいへんなことではないと思い立ったことも幾度かあるのですが、いざその時となると、どうにもこらえがたいことがいろいろありまして……」と、光君は気持ちを静めがたい面持ちで言う。

院も、無性に心細い気持ちでいるので、心を強く持つことができず、涙を流しながら昔の思い出話やこの頃のことを弱々しく話す。

「この命も今日までか明日までかと思いながら、それでも日は過ぎていくので、このまま気がゆるんで、深い念願の片端すらも果たせずに終わってしまうのでは……、と思い決意したのです。とはいえこうして余命幾ばくもなくては、修行の志も果たせそうにありませんが、とりあえずほんのいっときでも寿命を延ばして、念仏を唱えようと思っています。取るに足らないこの私が今まで生き長らえているのは、ただこの仏道修行の志に引き留められたからだと思わないでもないのですが、今まで修行に励まなかった怠慢までも心配になってきます」と院は話し、かねがね考えていたあれこれをくわしく話すついでに、「娘たちを大勢あとに残していくのは本当に胸が痛みます。その中でも、ほかに世話をまかせられる人のない女三の宮（おんなさんのみや）のことがとりわけ気に掛かって、どうしたものかと案じています」と、はっきりとは言い出さない様子を光君はいたわしく思う。光君としても、心の中では気になっている姫宮のことであるから、聞き過ごすことはできず、

「おっしゃる通りふつうの臣下の者とは違って、こういうご身分の方では内々のお世話役がいないのは残念なことですね。しかし東宮がこうしていらっしゃって、末世にはもったいないほどすばらしいお世継ぎだと、天下をあげて頼りにし、みな崇（あが）めています。その東宮に、父院であるあなたがこの姫宮について仰せ置かれましたら、何ひとつたりともおろそかにするはずはありませんから、将来のことは心配なさる必要はありませんよ。しかしたしかにものごとには限度がありますから、東宮が即位なさって天下の政（まつりごと）もお心のままになろうとはいえ、姫宮ひとりのために、どれほどの際立ったご好意を寄せてくださるわけにもいきますまい。女のために何かにつけて本当に

お世話役といえるのは、やはり夫婦として契りを交わし、避けられない役目としてお守りできる者、そういうお守り役がいれば安心でしょうね。やはりどうしても後々までご心配が残るようでしたら、適当な人をお選びになって、内密にしかるべきお守り役をお決めになったらいいと思います」と言う。

「私もそのように考えてはいるのだが、それも難しいことなのです。昔の例を調べましても、在位中で全盛期の帝の皇女の場合でも、相手を選んで婿としたことは多かったのです。まして私のように譲位している上、こうして世を離れる時に、大げさに考えるべきことでもないのですが、しかしまた、こうして世を捨ててもなお捨てがたいこともあるのですよ。こうして思い悩んでいるうちに病は重くなりますし、また取り戻せるはずもない月日も過ぎていきますから、気持ちばかり焦ってしまって……。それで、恐縮なお願いなのですが、このまだあどけない内親王ひとり、とくべつにお目を掛けてくださって、どなたかふさわしい婿を、あなたのお考えで決めてその方に預けてほしいのです。権中納言（夕霧）がまだ独身でいた時に、こちらから進んで切り出せばよかったものを、太政大臣に先を越されて残念に思っています」

「中納言の朝臣は実務的な面ではじつにしっかりとお仕えするに違いありませんが、何ごとも未熟で、思慮も行き届かないところがあります。畏れ多いことですが、この私が親身になってお世話申し上げたら、あなたの元にいらっしゃった時と変わったようには、姫宮も思われないはずですが……。しかし私も老い先短いので、中途でお仕えできなくなるのではないかと懸念されまして、それがなんとも心苦しくはありますが」と、ついにこの姫宮の件を引き受けてしまったのである。

夜になり、主側の院の人々も、客である光君のお供、上達部たちも、みな院とともにご馳走にあずかるが、精進の料理なのでそう儀式張らず、優美に盛りつけられている。朱雀院の前には浅香（香木の一種）の膳に鉢など、今までとは異なって出家者用のものが用意されているのを見て、人々はみな涙を拭う。胸を打つようなことがいろいろとあったのだけれど、面倒なので書かないでおきます。

夜が更けて光君は帰っていく。贈りものの品々を、身分の順に渡していく。朱雀院に勤めている、藤大納言も光君の見送りをする。

主の朱雀院は、この日降っていた雪で風邪が悪化し、たいそう気分が悪くなってしまったが、姫宮のことで話が決まったので、安心している。

六条の光君はなんとなく気が重くて、あれこれと思い悩んでいる。紫の上も、こうした婿選びのことなどを以前からうすうす耳にしていたのだけれど、そんなことはあるまいと思っていた。前斎院（朝顔）にも熱心に言い寄っていらっしゃったようだけれど、本気で思いを遂げようとなさったわけではないのだから……、と。また光君は、紫の上がそんなお話があるのですかと訊くこともなく、気にもしていない様子なので、その姿を見てつらくなる。あなたはこのことをどう思うだろう、私の心はこれまでとまったく変わることはなく、もし姫宮を迎えるようなことになった場合でも、ますますあなたへの愛情は深まるはずだ、それがまだわからないうちはどんなに私を疑うだろう……、と不安に思っている。長い年月、連れ添ってきた間柄なので、ますますお互いに近しい存在であり、しみじみと睦まじい仲となっているのだから、いっときにせよ心に隠しごとがあるのは気になって仕方がないが、その夜はそのまま休むことにして、朝を迎えた。

その翌日、雪がちらついて、空の景色もしみじみと趣深いので、光君と紫の上は昔の思い出や将来のことなどを話し合う。

「院がすっかり弱ってしまわれたのでお見舞いに行ったのだが、いろいろと身に染みることが多くてね。姫宮のことを院が見捨てがたくお思いになって、私にこれこれとお頼みになった。それがお気の毒で断ることができなかったのだが、世間では大げさに取り沙汰するだろう。今はもう私もそういうことは気恥ずかしく、気乗りがしないので、はじめに院が人を介してそれとなく打診なさった時は、あれこれと言い逃れしたのだけれど、直接お目にかかった時に、お心に深くお考えのことをいろいろと長くお打ち明けになるので、どうしてもすげなく断ることができなかった。院が山深いところにお移りになる頃には、姫宮をこちらに迎えることになるだろう。あなたはおもしろくないだろうね。しかしたとえどんなことがあっても、あなたに対して何ひとつ変わることはないのだから、どうか不快に思わないでほしい。こうしたことは姫宮にとってこそお気の毒なのだから、あちらも居づらくないようお世話しよう。だれもがみんな心穏やかに暮らしてくれればな……」などと言う。取るに足らないような浮気沙汰でも、目くじらを立てて平穏ではいられない紫の上の性格なので、このことについていったいどう思うのだろうと気にしていると、まったく気に留めぬ様子で、

「お気の毒なお頼みごとですね。この私がどうして不快な思いなどできましょう。目障りな、こんな者が、などとあちらさまからお咎(とが)めを受けないのでしたら私も安心してここにいられますけれど……。姫宮の母女御さまは私の叔母(おば)にあたります、そのご縁から親しくお仲間に入れてくださらないでしょうか」と謙遜している。

「そんなふうに快く許してくれるのも、どうしたことかと気になってしまうな。しかしじつのところ、そのように大目に見てもらって、こちらでも姫宮のほうでもお互い

納得して、平穏に暮らしてもらえれば、ますますありがたいことだ。根も葉もない告げ口をするような人の言うことを聞いてはいけないよ。すべて世間の噂などというものは、だれが言い出したということもなく、他人の夫婦仲などは自然と間違った話が伝えられて、心外なことが起きてくるものだ。自分の胸ひとつにおさめて、ことの成り行きにまかせておくのがいい。早まって騒ぎ立て、つまらない嫉妬などなさいますな」と、よくよく言い聞かせる。

紫の上は心の内で、まるで空から降ってきたようなできごとだと思っていた。それを光君も避けようがなかったのだから、憎まれ口などたたくまい。このことは、光君ご自身が気兼ねなさったり、いさめられておやめになったりできるような、双方の心からはじまった恋とは違う。止めようにも止められないことなのだから、愚かしく落ちこんでいるところを世間の人に知られるようなことはすまい。式部卿宮の北の方（継母）はいつもいつも私を呪うようなことをおっしゃっては、あのどうにもならなかった大将（鬚黒）のご結婚についても、なぜか私を恨んだり妬んだりしているのだから、このことを耳にしたら、それ見たことかとどれほどお思いになることか……。などと、おおらかな性格とはいえ、どうしてそう思わずにいられよう。いくらなんでももう今は大丈夫などと、愛されている身を思い上がり、安心しきっていたのに、世間の笑い者になろうとは……と心の中では思っているのだが、表面はまったくおおらかに振る舞っているのである。

年も改まった。朱雀院《すざくいん》では、姫宮（女三の宮《おんなさんのみや》）が六条院に移る準備をしている。姫宮に求婚していた人々はたいそう残念がっている。帝《みかど》も妃《きさき》として迎えたいという意向を伝えていたのだが、この決定を聞いてあきらめたのだった。じつは、光君は今年ちょうど四十歳になるので、その祝賀のことを帝も聞き逃してはおらず、天下をあげての行事として、かねてから評判は響き渡っていたが、光君はいろいろと面倒なことの多い儀式張ったことは昔から苦手な性分なので、すべて辞退していた。

正月二十三日は子《ね》の日で、左大将の北の方（玉鬘《たまかずら》）が光君に若菜を献上するために参上した。前もってそのような様子はまったく見せず、ひどく内密にその用意をしていたので、光君は突然のことにとやかく言って辞退することもできない。内々のこととはいえ、実家である太政大臣家も婚家である左大将家もたいへんな威勢なので、訪問の儀式も格別に盛大である。

南の町の、寝殿の西面《にしおもて》の放出《はなちいで》に席を用意する。屏風《びょうぶ》や壁代《かべしろ》（御簾《みす》の内側に垂らす絹布）をはじめとして、すっかり新しいものと取り替えられた。格式張って椅子などを立てることをせず、地敷（敷物）四十枚、茵（敷物）、脇息など、このための調度類はすべてうつくしく調えた。螺鈿の厨子を二揃い（四つ）、衣裳箱四つを据えて、夏と冬の装束、香壺、薬の箱、硯、洗髪の道具、髪上げの道具などといったものは、目立たないところに贅を尽くしている。挿頭の花をのせる台は沈（香木）や紫檀を用いて作り、すばらしい模様の限りを尽くし、同じ金具でも色を使いこなしているのが趣向に富んではなやかである。尚侍の君（玉鬘）は風雅なものをよくわかっていて才気ある人なので、目あたらしく仕上げたのである。行事は全体的にはとくべつ仰々しくならないようにしてある。

お祝いにきた人々が揃うと、光君は御座所にあらわれ、尚侍の君と対面した。心の中ではさまざまな思い出があふれたはず……。光君はたいそう若々しく気品にあふれ、四十歳の祝賀などということは数え間違いではないかと疑ってしまうほど優雅で、子を持つ親にはとても見えない。久しぶりに年月を隔てて目の前にすると、尚侍の君は気恥ずかしい思いだが、やはりはっきり他人行儀ということもなくお互いに親しく言葉を交わす。尚侍の君のまだ幼い子もそれはかわいらしくいっしょにいる。尚侍の君は子どもが立て続けに二人も生まれたのを光君に見せたくないと言ったのだが、いい機会だからご覧いただこうと大将が言って連れてきたのである。二人の男の子は同じように振り分け髪で、無邪気な直衣姿である。
「だんだん年をとっていくことも私自身はさして気にしているわけではないが、ただ昔と同じ若い気分で暮らしていて、何も変わりはしないのです。けれどもこうして孫たちを目の前にすると、決まり悪くなるほど自分の年齢を思い知らされるものですね。中納言（夕霧）にも早々と子ができたようですが、大げさに分け隔てをして、まだ見せてくれないのです。あなたがだれよりも先に私の年を数えて祝ってくれた今日の子の日は、かえってつらいですね。しばらくは老いも忘れていられたでしょうに」と光君は言う。

尚侍の君も立派に年齢を重ね、重々しい風格も加わってすばらしい様子である。

若葉さす野辺の小松をひきつれてもとの岩根を祈る今日かな

（若葉が芽吹く野辺の小松——幼い子らを引き連れて、元の岩根——育ててくださったあなたさまの長寿を祈る今日の日です）

と尚侍の君はつとめて母親らしくお祝いを述べる。沈の折敷（角盆）を四つ並べて、光君は若菜に形ばかり箸をつける。盃を取り、

小松原末のよはひにひかれてや野辺の若菜も年をつむべき

（小松原——孫たちの生い先長い年齢にあやかって、野辺の若菜——私もきっ

　と長生きするでしょう）

などと詠み交わしているあいだに、上達部が大勢、南の廂に着席する。

紫の上の父である式部卿宮は参加しにくい気持ちでいたのだが、招待があったので、光君とこうして近しい間柄でありながら欠席するのも、何か思うところがあるようにとられて困るからと、日が高くなってからあらわれた。娘を追い出したあの大将（鬚黒）が、光君の娘婿という間柄ゆえ、得意顔で出しゃばって仕切っているのも、じつに忌々しいことなのだが、自分の孫である若君たちが、どちらの筋とも縁があるので（玉鬘は継母、紫の上は母方の叔母）、一生懸命雑用を務めているのである。籠物（果物を入れた籠を木の枝につけたもの）を四十、折櫃物（肴を入れた小箱）を四十、中納言（夕霧）をはじめ、しかるべき人々がみな順々に献上する。盃がみなにまわされ、若菜の汁物が配られる。光君の前には沈の膳が四つ、食器類も優雅にはなやかに揃えている。

朱雀院の病状がまだすっかりよくはなっていないので、楽人などは呼ばず、太政大臣が笛などはひととおり揃え、「世の中にこの御祝賀以上にすばらしく善美を尽くす催しはほかにあるまい」と言い、すぐれた音色の楽器ばかりを前もって用意していたので、ひそやかに内輪での遊びとなる。みなそれぞれに楽器を演奏するなかで、和琴は太政大臣が第一の宝として秘蔵している名器である。太政大臣のような名手が、入念に弾き馴れた音色で奏でるので、ほかと比べるべくもなく、人々は弾くのに気が引けてしまう。大臣の息子、衛門督（柏木）がかたく辞退するのを光君がぜひにと勧めると、なるほどたしかにうまく弾き、父大臣にもほとんど劣ることはない。何の道であれ、名人の子とはいえどもこうまで手筋を受け継ぐことはなかなかできないと、人々は驚き感心する。調べに従って一定の型が決まっている弾き方や、楽譜のある唐土伝来の曲ならば、かえって習得する方法もはっきりしているが、思いのままに無造作に弾く弾き方で、ほかのすべての楽器の音色がひとつになっていくのは、じつにおもしろく、不思議なほどみごとに響く。父の太政大臣は絃をゆるく張ってたいそう低い調子で弾き、余韻をたっぷり響かせて掻き鳴らす。衛門督のほうはずっと明るい調子で、やさしく心惹かれる感じで弾いているのを、これほど上手だとは思わなかったと親王たちも驚いている。琴は兵部卿宮（蛍宮）が弾く。この琴はもともと宮中の宜陽殿にあったもので、代々、第一級の名器として受け継がれてきた琴だが、故桐壺院の晩年、一品の宮（弘徽殿大后の女一の宮）が音楽を好んでいたので贈ったものだった。それをこのたびの祝賀の善美を尽くすために、太政大臣が一品の宮に願い出て頂戴したのである。そうした経緯を思うと、光君は胸がいっぱいになり、昔のことも恋しく思い出さずにはいられない。兵部卿宮も酔いにまかせ、こらえきれずに泣く。光君の様子を見て、この琴が手渡される。光君は感極まって珍しい曲を一曲ばかり弾いてみせ、格式張った仰々しさはないけれど、この上なくすばらしいこの夜の遊びとなった。唱歌の人々を階段の上に呼び、彼らが美声の限りを尽くしてうたううち、くだけた調子になる。夜が更けるにつれてそれぞれの楽器の音もくつろいだものに変わり、歌に鶯（うぐいす）が詠みこまれた催馬楽（さいばら）「青柳（あおやぎ）」を演奏する頃には、なるほどねぐらにいる鶯も目を覚ますばかりに、たいへんな盛り上がりようだ。私的な催しという体裁にして、人々へのご祝儀はじつに立派なものを用意してある。

明け方、尚侍の君は帰っていく。光君からの贈りものがある。

「こうして世を捨てたように明け暮らしていると、年月がたつのも気づかない有様ですが、こんなふうに年の数を知らされては心細くなりますね。ときどきは、前より年寄りじみたかどうか見比べにきてください。こんな年寄りの身の窮屈さから、思うまま自由に会えないのもじつに残念です」などと言い、昔のことをもの悲しくも、またなつかしくも思い出してしまい、なまじわずかに対面したばかりに、こうして急いで帰っていくのがたいそうもの足りず、残念に思えてならないのである。尚侍の君も、実の父親である太政大臣については、ただ親子の宿縁があったと思うだけで、この光君のまねのできないほど行き届いた心づかいを、年月がたつにつれて、またこうして人の妻となって落ち着いてみて、それこそもったいないほどありがたく思うのだった。

こうして二月の十日過ぎ、朱雀院の女三の宮は六条院に移ることとなった。六条院でも迎え入れる準備は並ひととおりのものではない。あの正月の子の日に若菜の膳を並べた西の放出に姫宮の御帳を立てて、そちらの一、二の対から渡殿にかけて、女房のための部屋を入念に整え、飾り付けてある。宮中に入内する際の儀式にならって、朱雀院から調度品を運び入れる。婚礼の儀式の盛大さは言うまでもない。見送りには上達部たちが大勢お供する。あの、姫宮の家司を望んでいた藤大納言も、穏やかならぬ気持ちながらお供をしている。姫宮の車を寄せたところに光君は迎えにいき、姫宮を車から下ろすなども、通常にはないことである。なんといっても光君は臣下という身分なので、万事において制約があり、入内というわけではなく、かといってふつうの婿とも事情が違って、あまり例のない結婚の有様である。

新婚三日のあいだは、朱雀院からも、主である六条院の側からも、盛大な、またとない優雅を尽くした宴が催される。紫の上も立場上、何かにつけて落ち着いてはいられない。たしかに、こんなことがあったとしても、姫宮にはなはだ気圧されて影の薄くなるようなことはないだろうけれど、今までずっと肩を並べる人もいなかったのに、こうしてはなやかでずっと年若く、侮りがたい威勢で姫宮が六条院にやってきたのだから、なんとなく居心地悪く思ってしまうのである。けれどもひたすら何気なく振る舞って、姫宮が移るに際しても、光君といっしょに些細なことまで面倒をみて、本当にいじらしい様子なのを見て、光君はますます得がたい人だと思う。姫宮はいかにも幼く、大人というにはほど遠い上、じつにあどけなく、まるきり子どもなのである。昔、紫のゆかりをさがし出して引き取った時を思い出すと、紫の上は幼くても気が利いていて相手にしがいもあったのだが、この姫宮はただ幼いだけのように見えてしまう。まあいいだろう、これなら生意気に我を張るようなことはないだろうと思うものの、あまりにも張り合いがないとも思ってしまう。

新婚三日のあいだは毎夜欠かさず姫宮を訪ねていくので、今までずっとこうした経験のない紫の上は、こらえようとするもののやはりもの悲しい。光君の装束にいっそう念入りに香を薫きしめながら、ぼんやりともの思いに沈んでいる様子はひどく可憐でうつくしい。

どんな事情があるにせよ、どうしてほかに妻を迎えなければならないのだろう……。これも浮気性で気弱くなっている私の至らなさから、こんなことになってしまったのだ。まだ年は若いけれど中納言（夕霧）を婿に、とは朱雀院はお考えにはならなかったのに……、と光君は我ながら情けなく思えてきて、つい涙ぐむ。

「今夜だけは無理もないこととあきらめてくれるね。これから後もあなたの元に来ない夜があれば、それこそ我ながら愛想も尽きる。しかしそうかといって、あの朱雀院がどのようにお聞きになるやら……」と思い悩んでいる姿はいかにもつらそうである。紫の上は薄くほほえみ、

「ご自身のお心でさえ決めかねていらっしゃるのに、ましてこの私が無理もないことかどうか、どうしてわかりましょう。この先どうなりますやら」と、とりつく島もなくあしらうので、光君は目も合わせられないような思いになって、頬杖をついてものに寄り添い横になってしまう。紫の上は硯を引き寄せ、

目に近くうつればかはる世の中を行く末遠く頼みけるかな

（目の当たりにこうも変わってしまうあなたとの仲でしたのに、行く末長くと頼りにしていたなんて）

と、古歌もとりまぜて書いている。光君は手にとってそれを見、どうということのない歌だけれど、たしかにこれも無理からぬことと思い、

命こそ絶ゆとも絶えめ定めなき世の常ならぬなかの契りを

（人の命は絶える時は絶えてしまうものだけれど、このさだめなき世の中とは違う、絶えることない私たちの仲なのに）

と書き、なかなか姫宮の元へ向かわずにいる。

「それでは私が困ってしまいます」と紫の上が急かすので、しなやかでうつくしい衣裳を着て、えもいわれぬ匂いを漂わせて出かけていく。見送る紫の上の心の中はけっして穏やかではないはず……。

今までずっと長いあいだ、もしかしたらこんなことになるのではないかと幾たびも思ったけれど、光君も今さらそんなこととばかり、すっかり恋愛とは離れていたので、ならばようやく大丈夫だと安心しきっていたところへきて、結局はこうして世間にも並外れて聞こえの悪いことが起きてしまうなんて……、安心していられるような夫婦仲でもなかったのだから、これから先もどうなってしまうのか、と不安な気持ちになる。紫の上はこうして平静を装っているけれど、紫の上付きの女房たちも、

「とんでもないことになりましたね。ここ六条院には大勢の女君たちがいらっしゃるようですが、どなたもみな、こちらのご威勢には一歩譲ってご遠慮なさるように暮らしていらしたからこそ、何ごともなく穏やかにおさまっていましたのに。これほど遠慮もないなさり方に、負けてなどいられますか。だからといって、どんなちいさなこ

とでも穏やかならぬことでも起きたら、かならず面倒なことになるでしょうし」と、女房同士で話し合っては嘆いている。紫の上はそれにまったく気づかぬふりをして、いかにも優雅に世間話などをしては、夜が更けるまで起きている。

こうして女房たちがたいへんなことだと言い合っているのも聞き苦しく思い、紫の上は、

「あの方この方と大勢の女君が六条院にはいらっしゃいますが、光君のお心にかなう、はなやかで高い身分の方はおらず、しかもみな見馴（みな）れてしまってもの足りなく思っていらしたところに、この姫宮がおいでくださったのだから、本当によかったのですよ。私も子どもっぽいところがあるからでしょうか、姫宮と親しくおつきあいしたいのだけれど、困ったことに、何かわだかまりがあるように世間の人は決めつけるのでしょうね。自分と同じ身分だったり、低い身分だったら、そのまま聞き流すわけにはいかないこともおのずと起きるものだけれど、姫宮は畏れ多いお方の上においたわしいご事情もあるとのこと、なんとかして親しくしていただきたいと思っているのです」

と話すので、中務（なかつかさ）や中将の君といった女房たちは、目配せをしながら「お心が広すぎますよ」と言っている様子。この、中務、中将の君は、もともとは光君に、ふつうの女房と違って親しくそばで仕えていた召人（めしうど）でしたが、もうずっと紫の上に仕えてい

るので、みなこちらに味方しているのでしょう。

六条邸に住むほかの女君たちからも、「どのようなお気持ちでいらっしゃいましょう。元からあきらめている私たちはかえって気が楽ですけれど」と、様子をうかがうように便りを送ってくる者もいるが、こうしてわかったように言う人ほど厄介なもの。さだめのない世の中なのだから、どうしてそうくよくよしてばかりいられましょう、と紫の上は思うのである。

あまり遅くまで起きていても、いつもと違うとみなが変に思うだろうと気が咎めて、紫の上は寝所に入った。女房が夜具をかけるが、なんともさみしいひとり寝がもう三晩も続いていて、やはり平静ではいられない気持ちである。けれどもあの須磨の別れの時を思い出し、あの時は、もしこれきりのお別れとなっても、ただこの世に無事でいらっしゃると聞くことさえできれば、自分のことはさておき、ひたすら光君の御身を惜しみ悲しんだものだった。もしあのまま、あの騒ぎに紛れて私も光君も命絶えてしまっていたら、なんの甲斐もない二人の仲だったではないか。そう思えば……、と気を取りなおす。風の吹いている夜気は冷え冷えとしていて、紫の上はすぐにも寝入ることができず、しかしすぐ近くにいる女房たちに変だと思われてはいけないと、身じろぎもせずにいるのもなんともつらそうである。まだ夜が明けきらぬうちの鶏の声も、しみじみと胸に響く。

　ことさら恨んでいるわけではないのだが、こうして紫の上が思い悩んでいるからだろうか、光君の夢に紫の上があらわれた。光君はふと目を覚まし、どうしたのかと胸騒ぎがして、鶏が鳴くのを待ちかねたように聞き、まだ夜明けも遠いのに気づかないふりで急いで出ていく。姫宮はあまりにも子どもっぽい様子なので、乳母(めのと)たちは近くに控えていて、妻戸(つまど)を押し開けて光君が出ていくのを見送る。夜明け前のまだ暗い空に、雪明かりが白く、あたりはまだぼんやりしている。帰っていった後も残る光君の匂いに、「闇(やみ)はあやなし」(春の夜の闇はあやなし梅の花色こそ見えね香やは隠るる《古今集／春の夜の闇は無意味だ、梅の色は見えなくても匂いは隠すことができないから》)と、乳母はつぶやく。

　雪はところどころ残っているが、真っ白な真砂の庭では雪も白砂も見分けがつかず、「なお残れる雪」と、白氏文集(はくしぶんしゅう)の漢詩をちいさく口ずさみ、格子を叩く。こうした朝帰りも久しくなかったので、女房たちは寝たふりをしてしばらく待たせた後で格子を引き上げる。

「ずいぶん長く待たされて、体も冷え切ってしまったよ。こうして早く帰ってきたのもあなたをものすごくおそれているからだ。といっても、おそれるような罪は私にはないけれどね」と、紫の上の夜具を引きのけると、涙で少し濡れた単衣の袖をそっと隠して、なんの恨みがましいそぶりもなくやさしい様子でありつつも、すっかり許してしまうのでもない心づかいなど、まったく気が引けてしまうほど魅力的である。この上もない身分の人といってみても、こんなにすばらしい人はいないものだ……と、つい幼い姫宮と比べてしまう。

光君もいろいろと昔のことを思い出しては、紫の上がなかなか機嫌をなおしてくれないのに恨み言を言ったりしてその日を過ごし、姫宮のところへはとても出かけてはいけず、手紙を送る。

「今朝の雪に気分が悪くなりまして、まことに苦しいので気楽なところで休んでおります」とある。

乳母は「そのように姫宮に申し上げました」とだけ口頭で返事を伝える。素っ気ない返事だと光君は思う。朱雀院の耳に入ったらお気の毒だし、当分のあいだはうまく取り繕っておこう、と思うものの、なかなかそうすることもできず、やはり思った通りだ、困ったことだとひとりいつまでも思い悩んでいる。紫の上も、いつまでもそちらに行かないのでは私が困ってしまうのに、察してくださらないお人だと、迷惑に思っている。

今朝は、いつものように紫の上のところで目覚め、姫宮へは手紙をしたためる。姫宮はとくべつ気を遣わなくてはならないような人ではないが、筆などは充分に選んで、白い紙に、

中道を隔つるほどはなけれども心乱るる今朝のあは雪

（あなたのところへ行く道をふさぐほどではありませんが、降り乱れる淡雪のためにそちらへ伺えず、心乱れています）

と書いて梅に結びつけた。使者を呼び、

「西の渡殿から渡しなさい」と姫宮に届けさせる。そのまま外を眺めて、端近に座っている。白い衣を重ねて着、梅の花をもてあそびながら、後から降る雪を待つように残っている雪の上に、さらにちらちらと雪の降る空をぼんやりと眺めている。鶯が近くの紅梅の梢にとまって初々しく鳴いているのを、「袖こそ匂へ」と、古歌「折りつれば袖こそ匂へ梅の花ありとやここに鶯の鳴く（古今集／梅を折ったから袖に匂いが移ったのか、だからここに梅があると鶯が来て鳴くのか）」を一言つぶやいて花を袖で隠し、御簾を押し上げて眺めている。その姿は、子を持つ親のようにも、重々しい身分の人とも、とうてい見えないほど、若々しく優美なのである。

姫宮からの返事はなかなか来ないので、光君は奥に入り、紫の上に梅の花を見せる。

「花というのはこのくらい匂ってほしいものだね。このいい匂いを桜に移すことができたら、もうほかの花には目もくれなくなるだろうに」などと言う。「この梅も、ほかの多くの花に目移りしない時期だから、目に留まるのかもしれない。桜の盛りに並べて見てみたいものだね」と話していると、返事があった。紅の薄紙に目にも鮮やかに包まれているのに光君はどきりとする。ひどく幼い筆跡を紫の上にはしばらく見せないでおきたいものだ、隠し立てするわけではないが、軽々しく見えたら姫宮の身分柄申し訳ない、と思うが、すぐに隠すのも紫の上が気を悪くするだろうから、端のほうを広げておくと、紫の上は横目でそれを見ながらものに寄りかかっている。

はかなくてうはの空にぞ消えぬべき風にただよふ春のあは雪

（あなたがいらっしゃらないので寄る辺ないこの私は、風に吹かれる春の淡雪のように、中空に消えてしまいそうです）

筆跡はいかにも子どもっぽくて未熟である。姫宮ほどの年齢となった人は、本当はこんなに幼くはないのにと、紫の上はつい目を留めてしまうが、見ないふりをし通した。光君も、ほかの人の書いたものなら、この程度なのだよ、などとこっそり言うところだけれど、姫宮が気の毒で、ただ「あなたは安心していたらいい」とだけ言う。

今日は、光君は昼に姫宮のところに向かう。念入りに化粧をしているその姿を、今はじめて目にする宮付きの女房たちは、なおいっそう、お勤めしがいがあったことだと思うに違いない。乳母などの年老いた女房たちは、「さてどうでしょうね、殿おひとりのことならそりゃあすばらしいお方だけれど、そのうち心外なことも起きるんじゃないかしら」と、よろこびながらも不安に思う者もいるのだった。姫宮は、まだまだあどけなく幼くて、部屋の飾り付けなどたいそう仰々しく堂々と格式張っているのに比べて、本人はまったく無邪気で、なんとなく頼りない様子で、衣裳に着られているかのようにか弱いのである。とくに恥ずかしがることもなく、ただ幼子が人見知りをしないだけの様子で、気安くかわいい感じである。

朱雀院は、男らしくしっかりした学問については頼りなくていらっしゃると世間は思っているようだが、趣味の、優雅で奥ゆかしい方面では人よりすぐれているのに、どうしてこの姫宮をこんなにもおっとりとお育てになったのだろう。とはいえ、たいそうご熱心にお育てになった皇女と聞いていたのに……、と思うにつけても、なんとなく残念ではあるものの、それでも憎めないのである。姫宮はただ光君の言葉通りに何ごともおとなしく従って、返事なども、ふと思い浮かんだことを無邪気にそのまま口にするので、とても見放すことなどできそうもない。若い頃の自分だったら、嫌になって失望していただろうけれど、今は、世の中みな十人十色であるし、あれこれいろいろな人がいるけれどずば抜けてすばらしい人はいないし、それぞれに長所短所も多くあるものだ、はたから見ればこの姫君も妻としてまったく申し分ないではないかと思うのである。思うのだが、いつもいっしょに離れることなく暮らしてきた今までよりも、紫の上の人となりがまたとなくすばらしく思えて、我ながらよくこうもみごとに育てたものだと思ってしまう。ただ一夜でも、朝のあいだも恋しく気掛かりで、よりいっそう愛情が募るばかりなのを、なぜこれほどまでに恋しいのかと、不吉な気持ちにすらなるのである。

朱雀院（すざくいん）は、その月のうちに西山の寺に移った。院は光君にしみじみと心のこもった手紙をたびたび送った。姫宮のことはもちろんのこと、「この私が耳にしたらどう思うかなどとお気遣いになったりせず、ともかくもあなたのお心のままにお世話くださいますように」と何度も書き送る。それでも、幼い姫宮がいたわしく気掛かりで、心配せずにはいられないのである。

紫の上（むらさきのうえ）にも朱雀院から手紙が特別にあった。

「幼い人がなんのわきまえもない有様でそちらに移り住むことになりますのを、どうか罪もない者と大目に見て、お世話いただきたい。気に留めてくださってもよろしいだけの縁故もあろうかと思います。

背きにしこの世に残る心こそ入る山路のほだしなりけれ

（捨てたこの世に残る、子を思う心こそ、山にこもって修行する私の妨げです）

子を思う心の闇を晴らせないまま、こうしてお手紙を差し上げるのも愚かしいとお思いでしょうけれど……」

とある。光君もそれを見て、

「おいたわしいお手紙ではないか。謹んでお受けしなさい」と、使者にも、女房を介して盃を差し出し、無理に勧める。なんとお返事すればいいものかと紫の上は戸惑うけれど、大仰に趣向をこらすような場合でもないので、ただ思うことを素直に、

背く世のうしろめたくはさりがたきほだしをしひてかけな離れそ

（お捨てになった俗世のことが気掛かりでいらっしゃいますなら、切り捨てがたい絆を無理にお離しなさいますな）

などと書いたようです。引き出物として、女物の装束に、細長を添えて使者の肩に掛ける。

紫の上の筆跡のみごとさを見て、何ごとにもこちらが気後れするほどすぐれていら

っしゃるお方のそばで、姫宮がさぞ幼く見えていらっしゃるのだろうと、朱雀院は胸を痛める。

いよいよ朱雀院が山に移るというので、女御や更衣たちなどがめいめい別れて退出していくにも、しんみりと悲しいことが多かった。尚侍の君（朧月夜）は、亡くなった姉、弘徽殿大后の邸だった二条の宮に住むことになった。姫宮のこと以外では、この尚侍の君を院は後ろ髪引かれるように気にしている。尚侍の君は尼になってしまおうと考えたのだが、「そんなふうに競うように出家するのでは、後を追うようで気ぜわしいから」と朱雀院に止められ、少しずつ仏事の用意をするにとどめた。

光君は、いとしく思いながら飽き足らず別れてしまった人なので、尚侍の君のことはその後もずっと忘れがたく、いったいどんな機会に逢えるだろうか、もう一度逢って過ぎ去った昔のことも語り合いたいと、そればかり思っていたのだが、お互いに世間の噂も気にしなければならない身分であり、また見るもいたわしかった須磨退居の騒動なども思い浮かんでしまうので、万事慎んで過ごしている。けれどこうして尚侍の君がひとりのんびりと暮らすようになって、男女のことに心を乱されることもなさそうなこの頃の様子を、いよいよ知りたくてたまらなくなり、あってはならぬことだとわかっていながら、たんなるご機嫌うかがいの手紙にかこつけて、心をこめた手紙を幾たびも送った。今となっては若い人のように色恋めいた関係でもないので、そのときどきに応じて尚侍の君からの返事もある。昔よりも格段にすべてが備わって、円熟しきった様子を手紙から感じて、光君はやはり我慢できず、昔の仲介役だった中納言の君の元にも、深くせつない気持ちを始終打ち明けている。

この中納言の君の兄である和泉前司（いずみのさきのかみ）を呼び寄せて、若々しい昔に立ち戻ったかのように話を持ちかける。

「人伝（ひとづて）ではなく、もの越しにお伝えしなければならないことがある。あなたからしかるべく話して承知していただいた上で、ごく内密にお伺いしよう。今はそんなことをするのも窮屈な身分で、よくよく気をつけて人目を避けねばならないこと、あなたもまさか人には漏らさぬだろうと思うから、お互い安心だ」と言う。

尚侍の君は、さて、どうしたものだろう……と考える。世の中のことがわかってくるにつけても、昔から、あの方の薄情なお心を何度も思い知らされてきた。その果ての今となって、おいたわしく悲しい院のご出家のことを差し置いて、どのような思い出話ができようか。なるほど他人にはけっして秘密を漏らさぬようにしたところで、自分の胸に訊（き）いてみれば本当に恥ずかしくなるに違いない……。とため息をつき、やはり逢うことはできないと返事を伝える。

昔、逢瀬（おうせ）があんなにたいへんだった時でさえ、心を通わせなかった時はなかったのに。たしかにご出家なさった院には後ろめたい気持ちもあるけれど、昔から何もないわけではないのだから、今になってきっぱりと清廉潔白にしたところで、一度立った浮き名を、あの方だって今さら取り返せないだろうに、と光君は心を奮い起こし、この和泉前司に案内させて訪ねることにする。紫の上には、

「二条の東の院に暮らす常陸（ひたち）の君（きみ）（末摘花（すえつむはな））が、このところずっと患っているそうなのだが、何かと忙しさに紛れて見舞っていなかったので、気の毒になってね。昼に、目立つようにして出かけていくのもよくないから、夜のあいだにこっそり行ってこようと思う。だれにも知らさずに行くよ」と言い、ひどくそわそわしているのを、いつもはそんなに気にしていらっしゃるわけでもないお方なのに、何かおかしい、と紫の上は思うけれど、もしや、と思い当たることもあるのだった。けれど姫宮を迎えてからというもの、何ごともこれまでとは変わってしまい、少々光君から心が離れているので、素知らぬふりをしている。

　その日光君は姫宮の寝殿へも行くことはなく、手紙だけをやりとりする。薫物（たきもの）などにも念を入れて日を過ごす。夜更けを待って、気心の知れた者だけ四、五人ばかりをお供に、昔の忍び歩きを思い出すような粗末な網代車（あじろぐるま）に乗って出かける。和泉前司を

遣わせて挨拶をする。光君の来訪を女房がそっと伝えると、尚侍の君は驚き、「いったいどうして……、どのようにご返事したの」と機嫌を悪くするけれど、女房は「もったいぶってお帰り願うのはまことに不都合です」と、無理にあれこれ工夫して、光君を部屋に入れてしまう。光君はお見舞いの言葉などを口にし、

「ほんのここまでお出ましください、もの越しでかまいません。昔のような不真面目な気持ちなど、まったく持っていませんから」と切々と訴えるので、尚侍の君はため息をつきながらいざり出る。やっぱり思った通りだ、ほだされやすい人なのだと光君は一方では思うのである。お互いによく知った者同士なので、相手の身動きの気配を感じるだけで気持ちも動く。そこは東の対である。東南の廂の間に光君を座らせ、襖の端はしっかり掛け金で止めてあるので、

「まったく若い者同士の対面といった気持ちになりますね。あれ以来、積もる年月もはっきり数えられるくらい恋しく思っているのに、こんな他人行儀な扱いはずいぶんつらく思います」と恨み言を言う。

夜はたいそう更けて、池の玉藻に遊ぶ鴛鴦の鳴き声も胸に迫るように響き、しめやかに人の気配も少ない二条の宮の様子を見るにつけても、かくも移り変わる世の中かと思い続けていると、女の気を引くために嘘泣きをした平中ではないけれど、光君も

じつに涙もろくなる。光君は昔と違って、いかにも年輩の者らしく穏やかに話しながらも、このままでは帰れまいと、襖を引き動かす。

年月をなかに隔てて逢坂のさもせきがたく落つる涙か

（長い年月ずっと逢えずに、今ようやく逢えたのに、こんな関所に隔てられたのでは、涙を堰き止めることができません）

女、

涙のみせきとめがたき清水にてゆき逢ふ道ははやく絶えにき

（涙ばかりは逢坂の関の清水のように堰き止めがたく流れますが、あなたと逢う道はとうに途絶えています）

とよそよそしく応えるけれど、つい昔のことを思い出す。そもそもだれのせいであんなにおそろしい大騒ぎが起きたのか、この自分のせいではないかと思い出すと、たしかに今一度だけお目に掛かってもいいはずだ、と決心が鈍る。もともとこの女君は重々しいところのなかった人なのだが、あれ以来さまざまな世の中のこともわかってきて、過去を悔やみ、公ごとでも私ごとでも多くのことを経験し、たいそう自重して暮らすようになっていたのである。けれどこうしてもの越しの対面とはいえ昔のことが思い出され、当時のこともつい昨日今日のような気がして、いつまでも心強くいられない。女君の姿は今もなお洗練されていて若々しく、また魅力的で、世間への気兼ねと、光君への抑えがたい思いに、激しく心は乱れ、ただため息をついてばかりいる。それが光君には、今はじめての逢瀬よりもずっと新鮮でいとおしく、夜が明けるのもじつに残念で、帰る気にもなれない……。

夜明けのうつくしい空に、さまざまの鳥の声もじつに晴れやかに響いている。桜の花はみな散り、その名残(なごり)のように霞(かす)む梢(こずえ)の浅緑色の木立を見ては、昔、藤の花の宴が催されたのは今頃のことだったと光君は思い出す。あれからずいぶんと年月もたったものだと、そのあいだにあったいろいろなことがしみじみと思い出される。女房の中納言の君は光君の帰りを見送るため妻戸を押し開けるが、光君はまた戻ってきて、「どのように染めたらこの藤の色になるのだろう。やはりなんとも言えない風情のあるうつくしさだ。どうしてこの花の陰を立ち去ることができよう」と、どうしても帰りにくそうにぐずぐずしている。山際から射し込むはなやかな陽の光に照らされて、目にもまばゆくうつくしい光君の、年齢を重ね一段と立派になった姿を長い年月を経て久しぶりに見ると、中納言の君にはますますこの世の人とも思えないので、「女君はどうしてこのようなお方としかるべき縁をお結びにならなかったのだろう、お宮仕えにも限度があって、際立ったご身分におなりにはなれなかったのに……。亡き弘徽殿大后が何かにつけて力をお入れになりすぎて、よからぬ騒動も起きてしまい、軽々しい浮き名まで広まってしまって、お二人の仲もそれきりになってしまったのだ」などと思い出してしまう。

まだまだ名残惜しいはずの二人には、残る最後まで語り合わせてあげたいものだけれど、身分柄、心のままに振る舞うこともできず……。大勢の人の目があると思うとおそろしく、用心して、だんだんと日が高くなっていくにつれて気が気ではなくなり、廊の戸口に車を寄せたお供の者たちも、そっと咳払い(せきばら)いをして催促する。お供の者を呼び、光君はあの咲き垂れている藤の花をひと枝折らせる。

沈みしも忘れぬものをこりずまに身も投げつべき宿(やど)の藤波

(不幸に沈んだことを忘れてはいないのに、性懲(しょうこ)りもなくまたこの家の藤──淵に身を投げてしまいそうだ)

たいそう思い悩んでいる様子で高欄に寄りかかって座っている姿を、中納言の君は胸を痛めて見ている。女君も今さらながらひどく気が咎(とが)めて、あれこれと心が乱れているのに、花の陰を立ち去りがたくて、

身を投げむ淵(ふち)もまことの淵ならでかけじやさらにこりずまの波

(身を投げると言う淵は本当の淵ではありませんから、そんな偽りの淵に、性懲りもなくもう袖は濡(ぬ)らすまい)

まるで若者のようなお忍びを我ながらあるまじきことだと光君も思いながら、関守(せきもり)の監視も厳しくないのに気を許してか、またの逢瀬をよくよく約束してから帰っていく。

あの当時ですら、ほかのだれよりもずっと心惹(こころひ)かれていながらも、ほんのわずかな逢瀬だけで途絶えてしまった仲なのだから、どうして思いの残らないはずがありましょう。

たいそう人目を忍んで帰ってきた光君の寝乱れた姿を見て、紫の上は、そんなことだろうと勘づいてはいるが、何も気づかないふりをしている。しかし光君は嫉妬をされるよりもかえって心苦しく、どうしてこうも見放した様子なのだろうと心配になり、今までよりずっと深い約束を、来世にまでかけて誓う。尚侍の君のこともまだ打ち明けるべきではないけれど、紫の上は昔の事件も知っているので、すべてまるきり打ち明けるのではないが、

「もの越しにほんのわずかばかり話しただけなので、なんだかもの足りない気がするよ。どうにか人に見咎められないように、そっと隠れて、もう一度だけでも……」と

思い切って話す。紫の上はほほえんで、

「ずいぶん若返ったお振る舞いですね。昔の恋を今蒸し返されましても、どっちつかずの寄る辺ない私にはつらいだけです」と、さすがに涙ぐんでしまうその目元が、ひどく可憐に見えて、

「そんなに機嫌を悪くされると困ってしまう。いっそ素直につねるなりなんなりして文句を言ったらいい。他人行儀な態度をとることなど今までずっとなかったのに、ずいぶん変わってしまったね」と、何やかやと機嫌をとっているうちに、何もかも残さず話してしまった様子。姫宮のところにもすぐにも行くことができずに、ずっと紫の上をなだめて日を過ごす。

姫宮はそれについてなんとも思っていないのだが、乳母たちが不満を言っている。姫宮がもっと面倒なことを言うような人であれば、光君としても紫の上以上に気を遣うところなのだが、今はただおっとりとしてかわいらしいお人形のように思っているのである。

桐壺の御方（明石の女御）は、東宮に入内して以来ずっと退出することもできず、暇をもらえそうにないので、今までずっと気楽な暮らしに馴れていた若い年頃ゆえ、

たいそう息苦しく思っている。夏頃、気分がすぐれなかったのだが、東宮がすぐにも退出の許可を出してくれなかったので、ひどくつらい思いをしていた。気分がすぐれないのは、懐妊のつわりなのだった。十二歳と、まだたいそういたいけな年頃なので、出産はたいへんになろうとだれもがみな案じている。やっと退出することができ、女(おんな)三(さん)の宮(みや)が暮らす寝殿の東側に、明石の女御のための部屋が用意された。母である明石の御方は、今は娘に付き添って宮中に出入りしているが、それも申し分のない運勢である。

　紫の上がやってきて女御に対面になるついでに、

「姫宮にも、中の戸を開けてご挨拶しましょう。前々からそう思っていましたが、何かの機会がなくてはと遠慮しておりました。このような折にお近づき願えましたら気兼ねもいらないでしょう」と言うと、光君はにっこり笑って、

「それこそ願ったりかなったりのおつきあいだ。ひどく幼くていらっしゃるようだから、心配ないようによく教えてあげてください」と許可する。姫宮よりも、むしろ女御の母である明石の御方がさぞや立派な様子だろうとそちらに気後れを感じ、紫の上は髪を洗い清め身繕いをする。その姿は類なきうつくしさである。

　光君は姫宮の部屋に行き、

「夕方、あちらの対に住む人が、退出されている女御に対面するついでに、あなたにお近づき申し上げたいとのことですので、お許しになってお話しください。とても性格のいい人です。まだ若々しくて、お遊び相手としても不似合いではありませんから」と言う。

「気が引けてしまいます。何をお話しすればいいでしょう」と姫宮はおっとりと言う。

「お返事というのは、相手の言うことに応じてお考えになるのがいいですよ。他人行儀になさいませんように」と、こまごまと教える。姫宮と紫の上が仲良く暮らしてほしいと思っているのである。あまりにも無邪気な姫宮の様子を紫の上がはっきり見てしまうのは、決まり悪くおもしろくないけれど、せっかく会いたいと紫の上が言っているものを止め立てするのもよくないと思うのだった。

紫の上はこうして自分から姫宮のところに挨拶にいこうとするものの、この私より上の人がいるはずがない、とはいえ私はあの当時の頼りない身の上をお世話いただいただけのこと……とつい考え続けて、もの思いに沈んでいる。手習いなどしてみても、気がつけばその古歌ももの思いに耽る歌ばかり書いているので、そうか、この私には悩みがあったのか、と我ながら気づくのである。

光君がやってくる。先ほど姫宮や女御に会い、それぞれかわいらしいものだと感心したその目で見るのだから、長年見馴れた紫の上がもし並の器量であるなら、こうも心を奪われるはずはないのに、やはり比類ないうつくしさだと思ってしまうのは……そうあることではないでしょうね。

あらん限りに気品あふれて、気後れするほどみごとに整え、加えてはなやかで洒落ていて、照り映えるような色つや、優雅さも身にまとい、紫の上はすばらしい女盛りと見受けられる。去年よりも今年のほうがよりうつくしく、昨日より今日のほうが新鮮で、常に今はじめて目にしたかのような気持ちになるので、なぜこんなにもみごとな人なのだろうと感動すらするのである。

紫の上は何気なく書いていた手習いを硯の下に隠していたけれど、光君はそれを見つけてくり返し眺める。筆跡などはとくべつ上手ぶっているようには見えないが、こなれた感じでかわいらしく書いてある。

身に近く秋や来ぬらむ見るままに青葉の山もうつろひにけり

(秋が身近に来たのでしょうか、見ているうちに青葉の山も色が変わってしまいました——私も飽きられたのでしょうか)

と書いてあるのに目を留めて、

水鳥の青葉は色もかはらぬを萩のしたこそけしきことなれ

（秋が来ても水鳥の青い羽は変わらないのに、萩の下葉こそいつもと様子が違う——私の心は変わらないのに、あなたのほうこそ変わったのでは）

などと書き添えながら、思いのまま書き綴る。何かにつけて、痛々しい様子が隠しても自然とにじみ出てしまうのを、さりげなく見せないようにしているのも、本当にめったにいない殊勝な人だと光君は思う。

今宵は、紫の上のところも姫宮のところも行かなくてよさそうなので、光君はあの尚侍の君（朧月夜）の二条の宮へ、たいそう無理な工夫をして出かけていく。なんというけしからぬことを、とくり返し自制するのだが、どうすることもできない。

東宮の女御（明石の女御）は、実の母である明石の御方よりもこの紫の上に親しみを持って、頼りにしている。女御がたいそうかわいらしく、前よりずっと大人びているのを見て、紫の上も我が子のようにいとおしく思う。二人はいろいろな話を打ち解けて語り合ってから、中の戸を開けて姫宮にも対面した。

姫宮があまりにも幼く見えるので、紫の上は気負うこともなく、母親のような態度で、自分たちの血筋のことも昔をたどって話して聞かせる。中納言の乳母という者を呼び、

「たどってみれば同じお血筋、畏れ多いことですが、私は姫宮のお身内と思いますの

に、ご挨拶の機会もなく失礼いたしました。これからはどうぞご遠慮なさらず、あちらの部屋にもいらっしゃって、行き届かぬところがありましたらご注意いただけましたらうれしく思います」と紫の上が言うと、

「頼りになるお方々にそれぞれ先立たれまして、姫宮は心細そうでいらっしゃいますが、そのようなお許しをいただけるならば、何にもましてありがたく思います。ご出家なさいました院のご意向も、ただこのようにあなたさまがお心を隔てることなく、まだ幼くていらっしゃる姫宮のご面倒をみてくださるように、とのお気持ちだったようです。内輪の話でも、そのようなあなたさまを頼りにしていらっしゃいました」と中納言の乳母は話す。

「まことに畏れ多いお手紙をいただきましてからは、なんとかしてお力になりたいと思っていましたけれど、何ごとにつけても、人の数にも入らぬ我が身が残念です」と紫の上は穏やかで落ち着いた様子で答え、姫宮の気に入るような絵のことや、自分が未だに雛人形を捨てられないことなどを、いかにも若々しく話す。なんと若くてやさしそうな人だろうと、無邪気な性格の姫宮はすっかり気を許す。

そうしてこの後は、二人はつねに手紙を送り合い、おもしろい遊びごとがある折などは親しくやりとりをしている。世間の人々も、これほど身分の高くなった人々のこ

とはとかくあれこれ言いたがるもので、はじめのうちは、「紫の上はどのように思っているのだろう。光君のご寵愛も今までのようではあるまい。少しは冷めるでしょう」などと言っていた。けれども姫宮を迎えてさえ、光君の紫の上への愛情は今一段と深まっていくようなので、それについてもまだ穏やかならぬ噂を立てる人もいるけれども、それどころか紫の上と姫宮がこうも仲良くつきあっているので、悪い噂も立たなくなり、万事まるくおさまったのである。

十月、紫の上は、光君の四十歳のお祝いのために、嵯峨野の御堂で薬師仏を供養する。大がかりな儀式は光君がかたく止めるので、目立たないようにと計画することとなった。仏像、経箱、経典を包む帙簀などの立派に調っている様子は極楽を思わせるほどだ。国家の安泰を祈願する最勝王経、無病息災を祈る金剛般若経、来世の幸福を祈る寿命経と、盛大な祈願である。上達部たちも大勢参詣した。御堂のすばらしさは言葉にもできないほどで、紅葉の下を分けていく野辺のあたりからずっとみごとな眺めが続くので、ひとつには、それを見るために大勢競って集まるのだろう。どこまでも霜枯れの続く野原一帯に、馬や車の行き交う音がひっきりなしに響いている。六条院の女君たちは、我も我もと誦経のお布施をそれぞれ盛大に行う。

二十三日を精進落としの日として、六条院はこうして大勢の女君たちが住んでいて隙間もないので、紫の上が私邸のように思っている二条院でその用意をすることになった。装束をはじめとして、その日に必要なおおかたのことも紫の上のほうで用意するが、女君たちも、めいめいしかるべきことを分担しては進んで手伝っている。いくつかの対の部屋は女房たちの部屋として使っていたが、それを取り払い、殿上人、諸大夫、院司、下役の人たちに至るまでの席を大がかりに調える。寝殿の放出を通例に倣ってしつらえ、螺鈿細工で飾った椅子を置く。寝殿の西の間に、衣裳を置くための机を十二脚立て、夏冬の衣裳や夜具などはしきたり通り置き、その上に紫の綾の覆いがかけられているのがずらりと見渡せて、覆いの下はどんなに立派なものかはよく見えない。光君の席の前に飾りものをのせた机を二つ、裾を濃く染めた唐の絹の覆いがしてある。挿頭を置く台は沈香の華足で、黄金の鳥が銀の枝にとまっている趣向は、淑景舎（明石の女御）の担当で、母である明石の御方が作らせたものだが、風趣に富み格別にすばらしい。背後の屏風四帖は、紫の上の父、式部卿宮が作らせたものである。たいそう趣向をこらし、よくある四季の絵ではあるが、珍しい山水や潭（淵）など、新鮮で風情がある。北の壁に沿って置物をのせる厨子を二揃い立て、飾りの調度の数々がしきたり通り置いてある。南の廂には、上達部、左大臣右大臣、式部卿宮をはじめとして、ましてそれ以下の人々では参上しない者はいない。舞楽のための舞台の左右には楽人の控える平張を作り、西東に屯食（強飯の握り飯）を八十具、引き出物を入れた唐櫃を四十ずつずらりと立ててある。

未の刻（午後二時頃）に楽人がやってくる。祝賀の曲、「万歳楽」「皇麞」などを舞い、日が暮れるにつれて高麗楽の乱声（笛と太鼓の演奏）を奏し、「落蹲」を舞い出すその様子は、普段は見られないので、舞い終わる頃には、権中納言（夕霧）と衛門督（柏木）が庭に下り、「入綾」（退場する際の舞）を少しばかり舞って、紅葉の陰に姿を消す。その名残惜しさもまた、いつまでも見ていたいと人々は味わうのであった。その昔、朱雀院の行幸の折、光君と太政大臣の舞った「青海波」のすばらしかった夕べを思い出す人々は、権中納言と衛門督がそれぞれの父君たちに劣らず後を継ぎ、世間の信望も、容姿や振る舞いなども父君たちに劣ることなく、官位などはあの当時の父君たちよりやや高くなっていることなど、それぞれの年齢まで数えて比べ、やはりこうなるべき前世の宿縁で、昔からこうして代々並んで栄える両家の間柄なのだと、めでたく思う。主人の光君もしみじみと涙ぐみ、あれこれと思い出すことも多いのである。

夜になって楽人たちは退出する。北の政所の別当（紫の上付きの事務所の長官）たちが下役の者たちを引き連れて、引き出物の入った唐櫃のそばに行き、ひとつずつ取り出して与える。与えられた白い衣裳をそれぞれ肩に掛けて、築山の脇を通って池の堤の上を行くのを横目に見れば、千年の寿命を持つという鶴の毛衣と見紛うばかりである。内輪の演奏がはじまって、それもまたじつにおもしろい。数々の琴の類は東宮が揃えたものである。朱雀院から譲られた琵琶、琴、帝より贈られた箏の琴など、すべて昔が思い出される音色で、久しぶりにそれらが合奏されると、光君は過ぎ去った故桐壺院の時代のこと、宮中での生活などを思い出さずにはいられない。亡き入道（藤壺）の宮が存命だったら、このような祝賀の際には自分が真っ先に奉仕しただろうものを、いったいこの自分の深い気持ちをわかってもらうことなどあったろうかと、ただもう残念に思い出す。

　帝においても、母君である故入道の宮がこの世にいないことを、何ごとにも張り合いがなくさみしく思えるのだった。せめてこの光君にたいしては、決まった作法通りの父子の礼を尽くして、それを見てもらいたいと願うのだが、そうできないのでいつものの足りない思いなのである。今年はこの四十歳の祝賀を理由に、六条院に行幸などをする計画を立てていたのだが、「世間の迷惑になるようなことはけっしてなさいませんように」と光君から幾たびも辞退されたので、残念ながら思いとどまったのだった。

十二月の二十日過ぎの頃、（秋好）中宮が六条院に退出し、今年の残りの祈願として、奈良の都の七大寺（東大寺、興福寺、元興寺、大安寺、薬師寺、西大寺、法隆寺）に、お布施として布四千反、京都近辺の四十の寺に絹四百疋（一疋は反物二反）を分けて奉納する。光君が手厚く育ててくれた恩のありがたさを承知していながら、今まで深い感謝の気持ちも見せることができなかったのでこの機会に、父宮、母君（六条御息所）がもし生きていたらきっと行ったであろうお礼の気持ちも含み入れてのことだったのだが、光君が帝にたいしてもかたくなに辞退したので、中宮は計画していた多くのことを中止したのである。光君からも、

「四十の祝賀ということは、過去の例を聞きましても、その後に長生きした例は多くありません。ですからやはり世間を騒がせるようなことはやめて、この後もっと年齢を重ねた時にお祝いしてください」と挨拶があったのだけれど、中宮が催すからには公の儀式となって、やはりたいそう盛大なものとなった。

中宮の住まう町の寝殿に祝宴の設営をし、尚侍の君（玉鬘）や紫の上が行った祝賀の宴とさほど変わることなく、上達部への引き出物などは宮中で行われる大饗になら

って、親王たちにはとくべつに女の装束を、非参議の四位や公卿などふつうの殿上人には白い細長を一襲、腰絹などまで身分に応じて順次贈る。装束はこの上なく善美を尽くし、名高い帯、太刀など、父である亡き東宮の形見として相続したもので、それもまた感慨深いことである。昔から天下の逸品として名のある品々は、すべて集められるほどの贅沢な祝賀である。

　昔物語などでも、引き出物の詳細をさもたいそうなことのようにいちいち数え上げているようですが、もうとても面倒で、こうした身分の方々の仰々しいおつきあいについては、数え上げればきりもないので……。

　帝は思いついたいろいろなことをそうむやみに中止にしていいものかと思い、中納言（夕霧）にまかせることにした。その当時の右大将が病によって辞職したので、祝賀をさらに喜ばしいものにしようと、この中納言に右大将の後任を任命した。光君もお礼を述べるものの、

「このようににわかに身に余る昇進など早すぎるように思います」と謙遜する。

　東北の町（花散里の夏の町）にその宴席を設ける。目立たないところを選んだのだけれど、今日はやはり帝からの命を受けてのことなので、儀式も格別なものとなる。六条院のところどころでの饗宴なども、帝が内蔵寮（宮中の宝物、献上品を管理す

る）や、穀倉院（穀物倉庫）から用意させた。屯食なども、公の儀式と同様に、頭中将が宣旨を受けて調えた。親王たち五人、左大臣右大臣、大納言二人、中納言三人、宰相五人、殿上人は、宮中、東宮御所、上皇御所から参上したので、残っている者はほとんどいない。光君の席や調度類は太政大臣が勅命を受けて用意した。

この日は、帝の仰せを受けて太政大臣も参加している。光君もこれにはひどく驚き恐縮し、席に着いた。母屋にしつらえた光君の席に向かい合って太政大臣の席がある。大臣は非常に麗しく堂々と太っていて、彼こそ今が盛りの威厳ある重鎮に見えた。たいして主人である光君は、今なお若いままの源氏の君に見えるのである。屏風四帖には帝自身が書いた書が貼られている。屏風は、唐の綾絹の薄萌葱色の地に、下絵が描かれていて、並大抵のものではない。風雅に四季を描いた彩色画より、屏風に書かれた文字の墨が輝いている様子は目もくらむほどで、帝の直筆と思えばなおのことすばらしく見える。置物の厨子、絃楽器、管楽器の類は蔵人所（書籍・楽器などを管理する）から与えられたものである。右大将（夕霧）の威勢も非常に盛大になったので、それも加わって今日の儀式は格別なのである。馬四十頭を、左右の馬寮や六衛府の官人が、身分の上の者から順番に牽き並べていく頃、日はすっかり暮れた。

いつものように「万歳楽」「賀王恩」といった舞をご祝儀としてほんのわずかばか

り舞って、太政大臣の列席によって久しぶりに一段と興を添えた管絃の遊びに、みな心をこめて演奏する。琵琶は、例によって兵部卿宮（蛍宮）で、彼は何につけ世にもまれな名手で、太刀打ちできる者はいないほどである。光君には琴の琴、太政大臣は和琴を弾く。その和琴の音を、長年ずっとそばで聴き馴れていたからか、じつに優美に、心にしみいるように感じられ、自身も秘技を隠すことなくみごとな音色で奏でる。昔の思い出話もいくつも出て、今は今でまたこうして親しい間柄で、それぞれの息子と娘が縁づいたことだし、どの縁から考えても仲良くすべきだと気持ちよく談笑し、盃を何度も傾ける。座はますます盛り上がり、二人とも酔い泣きを抑えかねている。

　光君から太政大臣への贈りものとして、名器の和琴ひとつ、気に入った高麗笛とともに、紫檀の箱一揃いのうち、ひとつには唐の手本数冊、ひとつには我が国の草仮名の手本を入れて、太政大臣が車に乗ったところを追いかけて届けさせる。帝から贈られた馬を迎え受け、右馬寮の役人たちが高麗楽を演奏して大騒ぎになる。六衛府の官人たちへの引き出物を大将（夕霧）が授ける。光君の意向で万事簡素にして、大仰なあれこれは控えさせたのだが、帝、東宮、朱雀院、（秋好）中宮と、名だたる人たちが縁者として次々居並ぶので、言葉もないほど立派なこと、やはりこうした祝賀の時にはすばらしくおめでたいと思えるのだった。

子息としては大将ただひとりしかいないことを、光君はもの足りず張り合いがないような気持ちでいたのだが、この大将は多くの人よりすぐれ、世間の信望もとくべつ篤く、人柄も並ぶ者のないほどである。その母親である葵の上は、六条御息所と恨み深く、互いに張り合うほどの宿縁であったが、その二人の宿縁が、こうして違った形で子どもたちにあらわれたのである。

その日の光君の数々の装束は、この東北の町の女君（花散里）が用意した。引き出物などおおよそのことは、三条の北の方（雲居雁）が用意したようである。折々に行われる催しごとや、内輪での贅を尽くしたたのしみも、この花散里の女君はただ他所のこととして聞いているだけなので、どのようなことがあるにせよ、このようにいかにも重々しい人々に仲間入りすることなどなかろうと思っていたのに、大将の君の縁によって、こうして立派に重々しく扱われている。

新しい年になった。桐壺の御方（明石の女御）の出産が近づいたため、正月はじめ頃から安産を願う祈禱をさせる。数多くの寺々、社々の祈禱もまた数知れぬほどである。光君は、かつて葵の上の出産時に不吉な体験をしているので、お産というものはじつにおそろしいものであると身に染みて思っている。紫の上が身ごもらないことは残念でありさみしくはあるものの、一方ではほっとしてもいるのである。それにしてもこの女御は本当にか弱い有様なので、いったいどんなことになってしまうのかと早くから心配していたのだが、二月頃からどういうわけか容態が急変して苦しみはじめ、まわりの人々もみな心落ち着かずにいる。陰陽師たちも、居所を変えて用心したほうがいいと言う。場所を変えるといってもあまり遠いと心配だということで、母君の暮らす町の、中の対に移させることとなった。こちらは寝殿がなくただ大きな対の屋が二つあり、いくつかの渡り廊下がめぐらせてあるが、祈禱のための壇を隙間なく土で塗り固め、霊験あらたかな幾人もの僧が集まって大声で祈願している。明石の母君は、この出産で自分の運命がどういうものかはっきりするだろうと、たいそう気を揉んでいる。

あの大尼君（明石の女御の祖母）は、もうすっかり老い呆けてしまったはずですが……。

女御の姿を久しぶりに見るのは夢のようで、一日も早くとお産が待ち遠しく、尼君は女御のそばに行ってつねに付き添っている。今までずっと母君は女御のそばについていたが、昔のことなどはきちんと話したことがなかった。けれどこの尼君はうれしくてたまらず近くに行っては、涙ながらに、大昔のあれこれを声を震わせて話して聞かせる。女御ははじめのうちは、なんだか変なうるさい人だこと、と思っては、じっと見つめていたのだが、以前からこのような祖母がいるとなんとなく聞いたことがあったので、やさしく相手をするのだった。女御が生まれた時のこと、光君が明石の浦にやってきたいきさつ、そして、

「いよいよもうお別れと京へお帰りになる時には、だれもみな途方にくれて、もうおしまいだ、これだけのご縁だったのだと嘆き悲しんだものでした。そこへ若君……あなたがお生まれになって私どもを助けてくださった、その宿縁を思うと、胸がいっぱいで……」と尼君はほろほろと泣き出してしまう。なるほどこのいたわしい昔のことをこうしてお話しくださらなければ、何も知らずに過ごしてしまったに違いない、と思い女御もまた涙を落とす。

そして思うのである。自分は、大きな顔をして威張っていられるような身分ではなかった、けれど紫の上が育ててくださったおかげで磨かれて、世間の人も一目置いてくれるようになったのだ。なのにこの上ない者のように思い上がって、宮仕えをしていてもほかの女君たちを見下したりして、ひどく驕り高ぶっていた……世間の人は陰で噂することもあっただろう……、などとすっかり思い知るのだった。母君について

は、もともとこうして少しは下に見られる身分の人だと知ってはいたけれど、自分が生まれた時の事情、そんなに鄙(ひな)びたところで生まれたなどとは知らなかったのである。……あんまりにもおっとりした人だからでしょうか、それも考えてみれば変な話なのだけれど……。

そして祖父であるあの明石の入道が、今では仙人のように、この世を捨てた暮らしをしていると聞くにつけ、なんといたわしいことかとあれこれ思い乱れるのだった。

女御がしんみりとものの思いに沈んでいるところへ母君がやってくる。ちょうど日中の加持(かじ)に僧があちこちから参集し、もの騒がしく祈禱しているので、女御のまわりにはとくに女房も控えておらず、尼君がこれ幸いとばかりに近くに居座っている。それを見て、

「まあ、みっともない。女御さまから見えないように短い几帳(きちょう)をそばにお寄せくださいな。風が吹いたりしたらついほころびの隙間から見えてしまいますよ。お医者さまでもあるまいし、そんなに近くまで……。本当に年をとってしまって」などと、はらはらしている。尼君は充分品よく振る舞っているつもりのようだが、もうろくして耳もよく聞こえないので、「ああ」と首をかしげている。とはいえまだそれほどの年でもない。六十五、六歳である。尼姿はまことにこざっぱりとしていて、品があり、目

はつややかに涙に濡れて、何やら昔を思い出している様子なので、母の御方はどきりとし、

「大昔の間違った話などしたのでしょう。尼君はありもしないような覚え違いをごっちゃにして、おかしな昔話をしますから。昔のことは夢のようなものですからね」と苦笑して女御を見ると、じつに優美でうつくしく、いつもよりもひどく沈みこんで、何か考えている様子である。自分の産んだ子とも思えず、畏れ多く見受けられて、母君は、「尼君がつらい昔のことをあれこれ話してしまって、お気持ちを乱されたのでは……。もうこれ以上はないという御位を極められた時にお話ししようと思っていたのに。真実を知って自信をなくされるはずはなかろうが、それにしてもお気の毒に、さぞや気落ちしていらっしゃるだろう……」と考える。

加持祈禱が終わって僧たちが帰っていったので、母君は果物などを近くに用意して、「せめてこれだけでも」といかにもいたわしく思って勧める。尼君は、女御がそれはかわいらしく立派に見えて、それだけで涙を抑えることができない。顔には笑みを浮かべて、口元などはだらしなく広がっているけれど、目元のあたりが涙に濡れて泣き顔になっている。本当にみっともない、と母君は目配せをするけれど、尼君は気にも留めない。

「老の波かひある浦に立ち出でてしほたるるあまを誰かとがめむ
（年老いて生きた甲斐があったとうれし泣きしているのを、だれに咎めだてできるでしょう）
昔から私のような年寄りは大目に見てもらえたものですよ」と言う。女御は硯箱の中の紙に、
しほたるるあまを波路のしるべにて尋ねも見ばや浜の苫屋を
（泣いていらっしゃる尼君に海路をご案内いただいて、生まれ故郷の明石の住まいを尋ねてみたい）
御方も我慢できずに泣き出してしまう。
世を捨てて明石の浦にすむ人も心の闇ははるけしもせじ
（この世をお捨てになって明石の浦にお住まいの父君も、子を思う心の闇は晴らしかねているでしょう）
と言って、涙を紛らわす。その明石の入道と別れたという暁のことも、夢の中にも思い出すことができないのを女御は心から残念に思う。
三月十日過ぎ、女御は無事に出産した。出産前は大げさなほどみな心配していたのだが、大して苦しむことなく、また生まれたのは男の子だったので、これ以上ないほ

ど望み通りで、光君もようやく安心した。

女御のいるのは人目に付かない裏側の御殿で、ひどく端近のところではあるが、盛大な産養(うぶやしない)の儀式が行われ、たいへんな騒ぎである。その有様はまさに「かひある浦――生きた甲斐があった」と尼君には思えたのだが、こちらではちゃんとした作法も整わないので、女御は東南（春）の町の寝殿に戻ることとなった。紫の上もこちらにいる。白い装束を身につけて、いかにも母親然として、若宮をしっかりと抱いている様子は、じつにうつくしい。紫の上自身は出産の経験もなく、他人の出産も身近には知らないので、若宮をたいそう珍しく、かわいらしいと思っている。まだ扱いにくい生まれたばかりの子を離さず抱いていて、実の祖母である明石の御方はただ紫の上にまかせきりで産湯(うぶゆ)の世話などをしている。東宮の仰せを取り次ぐ典侍(ないしのすけ)が産湯の役をつとめる。御方がみずから進んでその介添えをしているのを見て、内々の事情もなんとなく知っている典侍は胸打たれる思いである。もしこの母君に少しでも落ち度があれば、女御にとってはおいたわしいこととなったのに、この人は驚くほど気品がある、なるほどこのように特別な宿縁のあった人なのだ、と御方を見て思うのである。こうした儀式などはいちいち語り伝えるのも、今さらという感じなのでやめておきます。

六日目に、女御は自分の御殿（東南の寝殿）に移った。七日目の夜、帝(みかど)から産養のお祝いがある。朱雀院(すざくいん)がああして出家してしまったそのかわりであろうか、蔵人所(くろうどどころ)から、頭弁(とうのべん)が命じられ、例のないほど立派に奉仕した。引き出物の衣裳(いしょう)などは、それとは別に（秋好(あきこのむ)）中宮(ちゅうぐう)からも公式の決まり以上に大々的に用意がなされている。それ以下の親王(みこ)たち、大臣の家々も、その頃はこの産養の儀式にかかりっきりで、我も我もと美の限りを尽くして奉仕する。

光君も、このお産に関する幾たびかの儀式はいつものように簡素にはしなかった。けれど世間に例のないほどの騒動だったので、内輪での優美で繊細な風情は、そのまま伝えたいのだけれど人目にはつかずじまいで……。

光君も生まれてすぐの若宮を抱き、「大将（夕霧(ゆうぎり)）がたくさん子どもをもうけているらしいが、まだ見せてくれないのが恨めしいところに、こんなに愛らしい人を授かった」とかわいがっているのももっともなことである。

若宮は日に日に、ものを引きのばすかのようにどんどん成長する。若宮の乳母(めのと)については、気心の知れない者を急いでつけたりはせず、仕えている女房の中で、家柄や気立てのすぐれている者を選んで仕えさせる。

御方の心づかいは行き届いていて、気高くおおらかでいるものの、しかるべき時にはきちんとへりくだって、憎たらしく出しゃばったりしないところを、褒めない人はいない。紫の上は、改まったほどではなくても顔を合わせる機会があって、かつてはあれほど許せないと思っていたけれど、今では若宮のおかげで、それは仲睦まじくたいせつな人と思うようになった。もともと子ども好きの性格で、厄除けの人形である天児などをみずから作り、忙しそうにしているのも、じつに若々しい様子である。明けても暮れても若宮のお世話をして過ごしている。あの年老いた尼君は、若宮を心ゆくまで見ることができないのを不満に思わずにはいられないのである。なまじ若宮を見てしまったばかりに恋しくてならず、せつなさに命も縮めそうなほど。

あの明石でも、入道は若宮誕生のことを伝え聞いて、俗世を断ち切ったとはいえ、うれしくてたまらず、

「今こそこの現世から安心して離れることができる」と弟子たちに言い残すと、住んでいる家を寺にして、周囲の田などの類はすべてこの寺の領地とした。この播磨国の奥の郡に人里離れた深い山があり、以前から領地にしていたのだが、そこに山ごもりしてしまったら、ふたたび人に会うことも、居場所を知られることもない、と思いつつ、ただ少々気掛かりなことが残っているので明石の浦に住んでいたのである。これでもう大丈夫だと入道は仏神にすがって、山奥に移る決意をしたのである。

ここ数年、入道は、何か特別な用事がない限り京に使者を送ることもなかった。も

っとも、京から遣わされた使者には、ほんの一筆にせよ、しかるべき折に尼君に宛てて便りを送っていた。けれど今回はいよいよ俗世を離れるにあたって、最後の手紙を書き、娘である明石の御方に送ったのである。

「ここ何年かはあなたと同じこの世に生きながらえていましたが、いやはや、このままあの世に生まれ変わったような気持ちになっていて、さしたる用のない限りはこちらのことも知らせず、またそちらのこともうかがいませんでした。仮名文を読むのは時間がかかって、念仏も怠るようになってしまうので、手紙も差し上げませんでした。人伝（ひとづて）に聞いたのですが、若君（孫、女御のこと）は東宮に入内（じゅだい）なさって、男宮をお産みになったとのこと、深く心からお喜び申し上げます。

と、言いますにもわけがあります。私自身はこうして取るに足らぬ山伏（やまぶし）です。今さらにこの世の繁栄を願うこともありません。過ぎ去った長い年月、未練がましく六時（一昼夜六回）の勤行にもただあなたのことばかり思い、極楽往生の願いはさておき、そればかりお祈りしていました。

私の娘、あなたがお生まれになろうとしたその年の二月の夜、夢を見ました。私は、世界の中心にあるという須弥（すみ）の山を右の手に捧（ささ）げています。その山の左右から、月と日の光がくっきりと射して世を照らすのです。私自身は山の下の陰に隠れてその光には当たりません。やがてその山を広い海に浮かべて、私はちいさい船に乗って西の方に漕いでいく――という夢です。夢から覚めたその朝から、人数にも入らない私のような者にも、将来への希望が生まれました。しかしいったいどんなふうにそんなたいそうな幸運を待ち受ければいいのかと心の中で思っていた、ちょうどその頃、あなたが尼君のお腹に宿られたのです。それ以来、俗世間の書物を読んでみましても、仏教の書物の真意をさぐってみましても、夢は信ずるに足るものだとたくさん書いてありました。それで私ごときいやしい者の懐中ながら、もったいないことと思いつつたいせつにお育て申しましたが、力不足の身ではうまくいかないことも多く、このような田舎に下ってくることになったのです。それからはこの国の勤めに奔走することとなり、年老いた身でもう二度と都へは帰るまいとあきらめをつけて、この明石の浦に長年暮らしていたのです。そのあいだもあなたをひたすら頼りにして、心ひそかに多くの願を立てていました。今や、そのお礼参りも無事に果たせるような、望み通りの運勢にめぐり合われたのです。私の孫であるあの若君が、国の母（后）とおなりになって願いのかないました時には、住吉の御社をはじめ、お礼参りをなさいませ。今はもう何を疑うこともありません。このただひとつの願いが、近い将来成就するのです。はるかに西の方、十万億土を隔てた極楽の最上位に往生するという望みも疑う余地はありませんから、今はただ阿弥陀さまのお迎えを待つばかりです。その臨終の夕べまでは、水も草も清らかな山奥で勤行しようと思い、山にこもることにいたします。

光いでむ暁ちかくなりにけり今ぞ見し世の夢語りする

（光射す夜明けが近づいてきた、その今だから昔見た夢の話をしたのです）」

とあり、月日が書いてある。

「私の命が何月何日に尽きたのかけっして気にはなさいますな。昔から人が喪服として染めてきた藤衣にも、身をやつすことはありません。ただ、あなたご自身は神仏が姿を変えた変化の身とお考えになって、この老法師のために功徳を積んでください。この世でいかに満足しても後世のことはお忘れになりませぬよう。念願の極楽に生まれることさえできましたら、かならずまた会えるでしょう。この世の外の彼岸にたどり着いた時、早く会いたいとお思いください」

と書き加えて、住吉神社に今まで立てた数々の願文を集め、大きな沈香の文箱に入れ封をして送った。

尼君にはこまかくは書かず、ただ、

「今月十四日に、草の庵を出て山深くに入ります。生きていても甲斐のないこの身は、熊や狼に施しましょう。あなたは望んだ通りの御代が来るのを見届けてください。極楽浄土でまた会いましょう」

とだけあった。

尼君はこの手紙を読み、使いの僧に訊くと、

「このお手紙をお書きになって三日がたちました後、あの人跡の絶えた峰にお移りになりました。私たちもお見送りに麓まではお供いたしましたが、入道はみな帰しまして、僧をひとり、童を二人お供に連れていかれました。いよいよご出家になりました時が最後の悲しみと思っていましたが、まだ悲しいことがあるものですね。長年のあいだ勤行の暇々に、ものに寄りかかって掻き鳴らしていらした琴のお琴と琵琶を取り寄せて、何度もお弾きになっては御仏にお別れをおっしゃって、それから楽器類を奉納されました。そのほかの数々のものも、多くはお寺に奉納されて、その残りを私ども弟子六十数人、親しい者ばかりがお仕えしていましたが、それぞれに応じてお分けくださいました。その上でまだ残っているものを京の方々のぶんとしてお送りしました。もうこれで最後とおこもりになって、あのような遠い山の雲霞の中に入ってしまわれましたが、その後、今も入道のお姿のない寺に留まって、悲しんでいる人が大勢おります」と話すこの僧も、子どもの頃に入道について京から下り、今は老法師となって明石に残っている人なので、入道との別れを心から悲しく、心細く思っているの

である。釈迦の弟子であったすぐれた僧たちも、入滅後も釈迦が未来永劫、霊鷲山で法を説くと心から信じていながら、やはり釈迦の入滅した夜の悲しみは深かったのだから、まして尼君の悲しみはいかばかりだったか……。

明石の御方は娘女御のいる春の御殿にいたが、「このようなお手紙がございます」との知らせがあったので、そっと尼君のところへ行った。今では若宮の祖母として重々しく振る舞い、さしたることでなければ、尼君と行き来して会うことも難しい。しかし悲しいお便りがあると聞いて気に掛かり、人目を忍んで向かうと、尼君はひどく悲しそうな面持ちで座っている。灯火を近くに寄せて御方は手紙を読み、もう涙を堰き止めることもできなくなる。他人ならばなんとも思わないようなことであっても、まず何よりも、昔のことや今に至るまでのことを思い出しては父入道を恋しく思い続ける御方の心は、とうとう父君には会えぬままになってしまったという思いでいっぱいになり、力が抜けていくようである。涙も止めることができない。この夢語りを読み、悲しい思いをしながらも、一方では、この先が頼もしく思えもする。そしてまた、「それでは、父君の偏屈なお考えからこの私をこうも身分違いの方に縁づけ、明石を離れて不安なままさまよわせるのかと一時は途方にくれたけれど、それも、こんなにもはかない夢に望みを託して志を高くお持ちになっていたからなのか」と、ようやく今、合点がいくのである。

尼君はやっと涙をおさめて、

「あなたのおかげで味わうことのできたうれしく晴れがましいことも、私の身に過ぎて、またとなくありがたいことと思っています。けれども悲しく晴れぬ思いもまた、人並み以上でしたよ。人の数にも入らない身分ながら、長く住み馴れた都を捨て、あの地にうらぶれた暮らしをすることになったのも、世間の人とは違う悲しい宿世と思っていました。それでも生きていながら別れ別れになり、離れて住まなければならない夫婦の縁だったとは思いもしませんでした。長年、私たちは来世で同じ蓮の台に往生しようと約束し合って暮らしていたけれど、急にこんなに思いがけない幸運があって、いったんは捨てた都にまた戻ることになって……。でもその甲斐あってこんなおめでたいことに立ち会えて、うれしいながらも、一方では、いつも入道のことが気掛かりで、悲しい思いがつきまとって消えませんでした。こうしてとうとう二度と会うことなく、離れたまま今生の別れとなってしまったのが、本当に残念です。あの人は出家する前から一風変わった性格で、世をすねているようなところがあったけれど、まだ若かった私たちはいつも頼りにし合って、またとなく深い約束を交わしていたから、お互いに心から信じ合っていたのです。それがいったいどうして、消息も聞こえてくるこんな近くにいながら、こうして別れることになったのでしょう」と言い続け、心から悲しそうな泣き顔になる。御方もひとしきり泣き、

「人よりすぐれた将来の幸運なんてなんとも思いません。人の数にも入らない身分の私には、どんなに晴れがましいことがあったって、表立ってよろこべないのですから。それより父君と悲しい生き別れのまま、生きているか死んでいるかもわからずじまいになってしまうほうがよほど残念です。何もかも、そういう宿縁をお持ちの父君あっての幸運でしょう。なのにそんなふうに山奥におこもりになって、何が起きるかわからない世の中、そのままお亡くなりになったら何にもなりません」と、一晩中悲しいことをあれこれと話しながら夜を明かす。

「昨日も、私が女御のおそばにいるのを殿はご覧になっていますから、急にこっそり隠れてこちらに来ているなんて、軽率な振る舞いに思われるでしょう。私ひとりのことでしたらなんの気兼ねもいらないけれど、ああして若宮に付き添っている女御のためを考えると、気の毒で、私も思うがままに振る舞うわけにはいかなくて……」と御方は話し、明け方には帰っていく。尼君は、

「若宮はどうしていらっしゃいますか、どうしたらお目に掛かれるかしら」と言ってまた泣いてしまう。

「そのうちお目に掛かれますよ。女御の君も、たいそうなつかしくあなたを思い出してお話しなさっているようです。殿も何かのついでに、『もし世の中が思い通りになったら、今から縁起でもないことを言うようだが、尼君にその頃まで長生きしてもらいたいものだ』とおっしゃっているそうです。思い通りとは、どんなお考えがあるのでしょうね」と御方が言うと、泣いていた尼君は今度は笑みを浮かべ、

「おやまあ、ほら言ったでしょう、喜びも悲しみもこの世に例のない私の宿世なのですよ」とよろこんでいる。入道から送られた文箱は女房に持たせて、御方は女御の元へ戻った。

東宮から、早く参内するようにとしきりに催促があるので、

「そう思われるのもごもっともです。おめでたいこともあったのですから、それは待ち遠しくお思いでしょう」と紫の上も言い、若宮をそっと東宮の元へ連れていこうと心づもりしている。明石の女御は、なかなか暇がとれなかったのに懲りていて、この機会にしばらく実家で暮らしたいと思っている。年端もいかない体で、出産というおそろしいことを体験したので、少し面瘦せしほっそりとして、たいそううつくしい様子である。

「このようにまだおやつれになったままですから、もう少し養生なさってから参内し

ては」と御方はいたわしく思うのだが、光君は、「こうして面痩せしてお目通りなさるのも、かえって愛情が募るものですよ」などと言う。

紫の上が自分の御殿に帰った夕方、御方は女御のところに行き、あの入道の文箱のことを話す。

「あなたが望み通りの御身の上になりますまでは、隠しておくべきなのでしょうけれど、先のわからないのが世の中ですから、気掛かりで……。あなたが何ごともご自分でご判断できるようになる前に、万が一私が亡くなるようなことがありましたら、かならずしも今際(いまわ)の時を看取っていただける身の上でもありません。ですから私の気がしっかりしているうちに、どんなつまらないことでもお耳に入れておいたほうがいいと思うのです。読みづらくてわかりにくい字ですが、これもご覧くださいませ。この願文は、おそばの御厨子(みずし)にお入れになって、将来しかるべき時が来ましたらかならずお目通しになり、この中に書いてある願いごとのお礼参りはきっとなさってください。他人にはお漏らしなさいますな。あなたがこうもご立派になられたのを私は見届けましたので、私も出家しようという気持ちにだんだんなってきて、何かとのんびりともしていられません。紫の上のお心を、どうかおろそかになさらないで。本当に世にもまれなほどの深いご親切を拝見し、私などよりずっとはるかに長生きしていただきたいと思うのです。もとより私はあなたのおそばにお付き添いするのも憚られるような身分なのです。ですので早くから紫の上におまかせしたのですが、とてもこうまで親身にしていただけないのだろうと、長年、世間並みに考えておりました。けれども今はもう、来し方も行く先も、なんの心配もなくなりました」などと、長々と話す。女御は涙ぐんでそれを聞く。実の母親として馴れ馴れしく振る舞っても当然なのに、女御の前ではつねに礼儀正しく、むやみに遠慮がちにしている。入道の手紙の言葉は、じつに堅苦しく無愛想だが、陸奥国紙の、年数がたっているので黄ばんで厚ぼったい五、六枚、さすがに深く香を薫きしめてあるものに書いてある。女御は胸がいっぱいになり、額髪が涙でだんだん濡れていくその横顔は、気高く、みずみずしいうつくしさである。

光君は姫宮の部屋にいたが、隔ての襖から突然こちらにあらわれたので、御方は文箱を隠すことができず、几帳を少し引き寄せて自身は身を隠した。

「若宮はお目覚めですか。少しお目に掛からないだけでも恋しいものだな」と光君が言うが、女御は返事もせずにいるので、「紫の上にお渡ししました」と御方が答える。

「それはよくないな。あちらで若宮をひとり占めして、懐から少しも離さずにあやしては、好きこのんで着物もみな汚して、始終着替えているとか。どうしてそうかんた

んに渡してしまうのでしょう。彼女がこちらに来てお世話すればいいものを」と光君が言い、

「まあ、なんと冷たいお言葉ですこと。たとえ若宮が女のお子でいらしても、あちらでお世話いただくのがよろしいと思いますよ。まして男のお子は、どれほど尊い身分とはいえ、気楽にお世話できましょう。ご冗談にしてもそんな隔てがましいことを、おせっかいにもおっしゃらないでください」と御方は答える。光君は思わず笑い、

「ならば若宮はあなたがたお二人にまかせて、私は放っておいたらいいというわけですね。この頃はだれもがみんな私をのけ者にして、おせっかいなどと言うけれど、まったく大人げない。まずあなたからしてこそこそ隠れて、容赦なくこきおろしているのだからね」と几帳を引きのけると、御方は母屋の柱に寄りかかって、たいそう身ぎれいにして、気後れするほど立派な様子である。

先ほどの文箱は、あわてて隠すのも見苦しいのでそのままにしてある。光君はそれを、

「これはなんの箱ですか。深いわけがあるのだろうね。恋する男が長歌を詠んでだいじに封じこめたように見えるね」と言うので、

「嫌なことをおっしゃって。派手に若返りなさるお癖から、私にはわからないような

ご冗談をときどきおっしゃいますね」と作り笑いをするけれど、何か悲しそうな様子なのがはっきり見てとれるので、光君は不審がって首をかしげている。御方は面倒に思い、

「あの明石の岩屋から、内々でいたしましたご祈禱の目録や、そのほかまだ願ほどきをしていない祈願がありましたのを、あなたさまにもお知らせするべき機会があればご覧いただきたいと送ってきたのですが、今はまだそのような時ではありませんから、お開けになることもありません」と言う。なるほど明石からの手紙ならば胸を痛めるのも無理はないと光君は思う。

「入道はどんなに修行を積んで暮らしていらっしゃるだろう。彼も長生きしたおかげで、この長い年月の勤行でずいぶん功徳を積んだことだろう。世間でも、たしなみ深い聡明な僧侶と言われている人々を見ても、俗世に執着する煩悩が深いためか、いかに学問がすぐれていても限界があって、とても入道には及ばないものだね。入道はその点じつに悟りが深く、それでいて趣のある人だった。聖僧ぶって俗世を捨てきったというふうではないけれど、心の奥では、極楽浄土に自在に行き来して暮らしているように見えた。まして今は、気に掛かる絆（ほだし）もなくなって、ますます悟りの境地にいるのでしょう。気ままに動ける身であれば、こっそり会いにいきたいものだが」と話す。

「今は、あの頃住んでいた家も捨てて、鳥の音も聞こえない山奥にこもっていると聞いています」と御方が言うと、

「ならばそれは遺言なのだね。手紙はやりとりしているの？　尼君はどんなお気持ちでいらっしゃるだろう。親子の仲よりも、そうした夫婦の契りというものは格別のものがあるだろう」と、つい涙ぐむ。

「私も年をとって、世の中の有様があれこれとわかってくるにつれて、不思議と恋しく思い出す入道のお人柄なのだから、深い宿縁で結ばれた夫婦となれば、どれほど悲しいことだろう」

と光君が言うのを聞いて、もしやこの夢語りに思い当たることがあるのではないかと思い、

「まことにおかしな梵字(ぼんじ)とかいう筆跡ではありますが、お目を留めていただけることもあるかもしれないと思いまして……。これでもう会わないつもりで父とは別れてきましたが、やはりまだ思いは残るものでした」と、御方はうつくしく泣いた。光君は入道の手紙を手にし、

「じつにしっかりとした、まったく老いたようには思えない手紙だ。筆跡も、そのほか何ごとにおいても教養ある人だったが、ただ世渡りだけが下手だった。彼の先祖の

大臣は、非常に聡明で、めったにないほど誠実を尽くして朝廷に仕えていたのだが、何かの行き違いがあって、その報いで子孫はこうして衰えたのだなどと世間では言っていたようだ。けれど娘の筋ではあるが、こうして跡継ぎがいないとは言えないのは、入道の長年の勤行のご利益というものだね」と涙を拭いながら、この夢のくだりに目をとめる。

……あの入道は妙に変わり者で、むやみに高い望みを持って、と人もとやかく言い、また私自身も、かりそめにも身分不相応な振る舞いをするものだ、と思っていた。娘が生まれた時に宿縁の深さを思い知らされたけれど、だからといってこの目で見たわけでもない遠い過去のことは、どういうことなのかわからず、不審に思っていた。……とすると入道は、この夢だけを頼りに、なんとしてもこの私を婿にと望んだのか。私が無実の罪でつらい目に遭い、須磨明石（すまあかし）へとさすらうことになったのも、ただ入道ひとりの祈願のためだったのだ。入道はどんな願を心に立てたのだろう……、と光君は知りたくなり、心の中で拝んでから願文を手に取った。

「これには、ほかにもいっしょに添えておくべきものがあります。そのうちまたお話ししましょう」と光君は女御には言う。そのついでに「今は、こうして昔のことをお知りになっても、紫の上のお心を粗末になさいますな。もとより親子や夫婦といった切っても切れない結びつきよりも、他人がかりそめにせよ情けをかけてくれたり、一言でも好意を寄せてくれたりするのは、並大抵のことではありません。まして実の母君がいつもあなたに付き添っているのを見ながらも、紫の上は元々の気持ちそのままに、深い愛情をあなたに感じているのだから。昔から世間の言いぐさにも、『いかにもうわべだけかわいがっているふうだが本心は……』と気をまわしてさぐりを入れるのも利口なようではあります。しかし心の底では自分に悪意を持つ継母（ままはは）でも、間違ってもそんなふうには受け取らず素直に慕っていれば、継母もこれまでとは反対にかわいく思うようになり、どうしてこんな子にひどいことができよう、そんなことをしたら罰（ばち）が当たるという気持ちになって、考えを改めることもあるでしょう。昔からどうしようもない敵同士でもない限り、いろいろ行き違いがあっても、どちらにもとくに悪いところがなければ、自然と仲なおりをする例もたくさんあります。それほどでもないことにとげとげしく難癖をつけ、かわいげなく人を遠ざけようとする人には、まったく気を許せないし、人の気持ちをわからないと言うほかない。私にはそう多く経験があるわけではないけれど、人の心の有様を見ていると、たしなみといい教養といいさまざまで、それぞれしっかりした気働きはあるのです。みんなそれぞれ長所があって、取り柄がないわけではないが、かといってまた、こちらがとくに頼りにできて、真面目にその人を選ぼうということになると、これはと思える人はなかなかいないものです。ただ真実、心がまっすぐで性格のいいことにかけては、この紫の上だけです。この人こそ穏やかな人と言うべきだと思うのです。性格がいいといってもあまりにも慎みがなく頼りないのも、困ったものですけれどね」

と、紫の上のことばかり言うので、もうひとり、あの姫宮がどうであるのかは、御方にも自然と推測できてしまうもので……。

「あなたは多少ものの道理がわかっているからたいへん結構だ。紫の上と仲良くおつきあいをして、この女御のお世話も、心を合わせて務めてください」などと、声をひそめて御方に言う。

「そうおっしゃらなくとも、あの方のありがたいご好意を拝見していますので、明けても暮れても口癖のように感謝しています。私など目障りな者とお許しにならなければ、こうまで目を掛けてくださるはずがないのです。申し訳ないほど一人前に扱ってお話しくださいますので、かえって決まり悪いほどです。人の数にも入らない私が、それでもなんとか生きていられますのも、世間の噂も苦しいほど気になって身も縮む思いですが、紫の上が私を咎めだてせず、いつもかばってくださるからです」と御方が言うと、光君は、

「あなたにたいしては、どれほどの好意があるわけでもないだろう。ただ女御にいつもいつも付き添ってお世話できないのが心許なくて、あなたにまかせているのだよ。それもまた、あなたがひとりで取り仕切って出しゃばったりしないから、何ごとも穏やかに体裁よく運んで、私も本当に安心でうれしく思っている。どんなちいさなことでも、ものの道理をわからないへそ曲がりは、人づきあいをしても相手にまで迷惑をかけてしまう。あなたがたはそんなふうに面倒なことはないようだから、安心です」と言う。

それを聞いて御方は、そうだ、こうしてへりくだって過ごしてきてよかった、と思い続けている。光君は紫の上のいる東の対へと帰っていく。

「ますます紫の上をだいじになさるお気持ちが深まるばかりのようですね。でも本当に、あのお方は人並みすぐれて、あれほど何もかも揃っていらっしゃるのだからそれも当然。そう思えるのもまた結構なことです。あの姫宮（女三の宮）は、うわべのお扱いばかりは立派だけれど、殿のお越しがそんなに多くないらしいのは、もったいないこと。同じお血筋とはいえ、姫宮のほうがもう一段身分が高いのだから、お気の毒」と御方はつい噂をするにつけても、自分の宿縁はまったくたいしたものだと思わずにはいられない。高貴な身分の人であっても、夫婦仲はうまくいくとは限らないようだし、まして自分はその人々の仲間に入れるような分際でもないのだから、今はまったく恨むようなことは何もない。ただ、世を捨てて山奥にこもってしまった父入道を思うと、悲しく、心配でならない。尼君も、ただ「福地の園に種まきて（現世に善行の種をまいて幸福の地でまた会おう）」とかいう一言を頼りにして、来世に思いを馳せてもの思いに沈んでいる。

大将の君（夕霧）は、この姫宮（女三の宮）との結婚をちらりと考えたこともあったので、彼女がすぐ近くにいるのにとても平静ではいられず、ひととおりの用向きにかこつけて、何か機会があるたびに姫宮の部屋を訪れている。それでおのずと姫宮の様子や性格も見聞きするのだが、ただ幼くおっとりしているばかりで、表面的な格式だけは立派に、世の前例となるくらいたいせつにされているが、実際はそうたいして奥ゆかしい方にも見えない。女房たちもしっかりした者は少なく、年若く顔立ちのきれいな、ただ派手好きで気取った者ばかりがやけに多く、数え切れないほどたくさん仕えている。なんの悩みもなさそうな住まいではある。しかしふだん静かに落ち着いているような人でも、心の内ははっきり外から見えないのだから、もしその人が人知れず深い悩みを抱えていても、さもたのしげで迷いのなさそうな人たちといっしょにいると、周囲に流されて同じようにたのしくなったり派手に振る舞ったりしてしまうものだ。明けても暮れても一日中、子どもじみた遊びに熱中している女童（めのわらわ）の様子など、光君はたいそう目障りに思うことがたびたびあるけれど、ものごとを一面的に断じることをしない性格なので、こうしたことも自由にさせておき、ああしていたいのだろうと大目に見て、叱ってやめさせたりはしないのである。ただ、姫宮その人の振る舞いについては、光君も熱心に教えているので、多少は姫宮も気をつけてなんとか取り繕っている。

　こうした様子を見るにつけ、大将の君も、なるほど、本当にすてきな人というのはいない世の中なのだな……、それにしても紫の上のお心掛けといい、振る舞いといい、長年たってもまだ人目に触れたり噂になったりすることもなく、まず第一に静かでいらっしゃる、それでいてお気持ちがやさしく、他人をないがしろにすることもない。ご自身もだいじにし、奥ゆかしい態度をお崩しにならない、と、昔、野分（のわき）の夕べに見た面影を忘れることができず、つい思い出してしまう。自分の妻（雲居雁（くもいのかり））をいとしく思う気持ちは深いのだが、相手にしがいのある、すぐれた才覚といったものは持ち合わせていない人なのである。今はもう安泰で、もう大丈夫、と見馴れてしまうと気もゆるみ、やはりこうして六条院に集まっている女君たちの様子がそれぞれみごとなので、心ひそかに興味を持ってしまうのである。ましてこの姫宮は、身分の程を考えても格別のお方であるのに、光君からとくべつ愛されているわけでもなく、世間の手前を取り繕っているだけだと事情がわかってくると、とくに大それた野心があるわけでもないが、いつかお目に掛かる機会もありはしないだろうかと、大将の君はつい関心を持ってしまうのだった。

衛門督（えもんのかみ）の君（きみ）（柏木（かしわぎ））も、かつて朱雀院につねに出入りし、ずっと親しく仕えていた人なので、この姫宮を父朱雀院が帝の時からどんなにたいせつに育てていたか、その心づもりもよくよく見知っていて、だれ彼と縁談の相手さだめのあった頃から求婚の意を示していた。院もまた、それについて気に入らないとは仰せではないと聞いていたのに、六条院に降嫁などと思惑外れのこととなったのは、まったく残念で胸も痛み、未だにあきらめきれないでいる。

その当時から馴染（なじ）みになっていた女房のつてで、姫宮の様子などを伝えてもらうのを心のなぐさめにしている。それもむなしいことですが……。

「紫の上への愛情にはやはり負けていらっしゃる」と世間で噂しているのを耳にしては、「畏れ多いことではあっても、この私だったら姫宮にそんなもの思いはさせなかっただろうに。たしかに私では、類なき高貴な御身の相手としてふさわしくないだろうけれど」と、いつもこの小侍従という姫宮の乳母子に言い立てている。そして、この世は何が起こるかわからないのだから、光君がかねがね望んでいらっしゃるご出家をお遂げになったらその時は……、と、油断なく機会をうかがっている。

三月頃の空もうららかに晴れた日、六条院に、兵部卿宮（蛍宮）、衛門督（督の君・柏木）などが集まった。光君もあらわれて、世間話などをする。

「こうして静かに暮らしていると、この時節は本当に退屈で、気の紛れることもないよ。公私ともども何ごともない。何をして今日一日を過ごそうか」と光君は言う。

「今朝、大将（夕霧）が来ていたが、どこに行ったのか。どうも手持ちぶさただから、いつものように小弓を射させて見物すればよかった。小弓の好きらしい若者たちも顔を出していたのに、惜しいことに帰ったか」と尋ねる。

大将の君は東北（夏）の町で、大勢の人に蹴鞠をさせて見物していると聞いて、

「あれは騒々しいが、さすがに活気があって気の利いた遊びだ。どうだろう、こちらでやっては」と使者に伝えさせ、大将たちは東南（春）の町にやってきた。若い君達といった人々が多い。

「鞠は持ってきたか。どういった人たちが来ているのか」と光君が訊き、

「だれそれが来ています」と大将。

「こちらへ来ませんか」と、寝殿の東側、明石の女御が若宮といるところだが、ちょうど東宮の元に参内しているのでひっそりしている。遣水が合流するところが広場になっているので、蹴鞠に恰好な場所をさがしてみな集まってくる。太政大臣の子息たち、頭弁、兵衛佐、大夫の君など、年齢が上の者もまだ若い者も、それぞれみなほかの人より蹴鞠のうまい者ばかりである。ようやく日も暮れかけてきて、風も吹かず、蹴鞠には絶好の日だと興に乗って、弁の君も我慢できずに仲間に入った。

「弁官までじっとしていられないようだから、上達部であろうとも、若い衛府司たちももっと羽目を外したらいい。私も、このくらいの年齢の頃には、変に見ているだけではつまらないものだった。しかしまったく騒々しいものだね、この遊びは」と光君が言うので、大将の君も督の君（柏木）もみな庭に下り、えもいわれぬほどみごとな桜の花陰を行き来している。夕明かりの下で、それはうつくしい光景である。あまり体裁のよくない、騒がしく落ち着きのない遊びではあるが、それも場所柄、人柄によるのである。風情ある庭の木立の、濃く霞がかっているところに、色とりどりに蕾がほころんでいる花をつけた木々や、わずかに芽の出ている木々の下、こんなになんでもない遊びではあるが、上手下手の違いを競い合っては、我こそ負けじという顔つきの人々の中に、ほんのつきあいで仲間入りした督の君の足さばきにかなう者はいないのだった。顔立ちがうつくしく、みずみずしい魅力あるこの人が、ひどく気を遣いながら、それでいて夢中になって動きまわっているのは、おもしろい見物である。階段の柱と柱のあいだに面して咲いている桜の木陰で、みな花のことも忘れて熱中しているのを、光君も兵部卿宮も、隅の高欄に出て眺める。

よく稽古を積んだ人々の技量も発揮され、回数が増えていくにつれて、身分のある人々も無礼講となり、冠の額ぎわも少しゆるんできた。大将の君も、その地位を思うといつにない羽目の外し方であるが、見た目にはだれよりも一段と若くうつくしく、桜の直衣の少々糊の落ちたのに、少し膨らんだ指貫の裾を心持ち引き上げている。だらしなくは見えず、さっぱりとくつろいだ姿に、雪のように花が降りかかる。大将の君は花を見上げて、たわんだ枝をちょっと折り、階段の中段あたりに腰掛ける。督の君がそれに続いて、

「花がずいぶん散るね。風も、桜をよけて吹けばいいのに」などと言いながら、姫宮がいるほうを横目に見ると、いつものようにとくに慎み深いわけでもない女房たちの気配がして、装束のこぼれ出ている御簾の端々や向こうの影が、過ぎゆく春に手向ける幣袋（旅の安全を祈るため道祖神に供える色とりどりの幣を入れた、中が透けて見

える袋）のようにも見える。

いくつもの几帳をしどけなく部屋の隅に片寄せてあり、すぐ間近にいる女房たちはずいぶん世馴れた感じである。そこへちいさくてかわいらしい唐猫を、もう少し大きな猫が追いかけてきて、いきなり御簾の端から走り出るので、女房たちは驚いてざわざわと身じろぎして動きまわる。その衣擦れの音がやかましいほどである。猫はまだ人になついていないらしく、とても長くつけてある綱を何かに引っかけて巻きつけてしまい、逃げようとして引っぱっているうちに、中があらわになるくらい御簾の端がめくれてしまうが、それをすぐになおす女房もいない。この柱のあたりにいた女房たちもあわててしまってだれも手を出せないでいる。

几帳近くから少し奥まったところに、くつろいだ袿姿で立っている人がいる。階段から西の、二つ目の柱と柱のあいだの東の端なので、隠れようもなくすっかり見えてしまう。紅梅襲だろうか、濃い色から薄い色へと次々に、幾重にも重なった色の移りもはなやかに、ちょうど草子の小口のように見え、上に着ているのは桜襲の織物の細長である。髪の先までくっきり見えるところは、糸を縒りかけたようにきれいになびいていて、髪の裾がふっさりと切り揃えてあるのがまことにかわいらしい。髪は身の丈より七、八寸ばかり長い。着物の裾が長く余るほど本人はほっそりと小柄で、姿かたち、髪のふりかかる横顔は、なんともいえず気品に満ちて、可憐（かれん）である。夕方の薄明かりなのではっきりは見えず、奥が暗くなっているのもはがゆくて残念である。鞠に夢中の若者たちの、花が散るのも惜しんでいられない有様を見ようとして、女房たちはまる見えになっているのもすぐには気づかないのだろう。猫がひどく鳴き、ふり返ったその人の面持ちや身のこなしが、じつにおっとりとして、若くてかわいらしい人だと督の君は直感した。

　大将の君ははらはらするけれど、めくれた几帳にそっと近づくのもかえって軽率だろうと思い、ただ気づかせようと咳払（せきばら）いをすると、その人はそっと奥へと入った。じつのところ大将自身ももっと見ていたかったのだけれど、女房が猫の綱を放したので御簾が下りてしまい、思わずため息をついてしまう。あれほど姫宮に心惹（こころひ）かれている督の君は、なおのこと、胸がいっぱいになって、今の人は姫宮以外のだれでもない、と思う。大勢の女房たちの中ではっきり目立つ袿姿から見ても、ほかの人と間違いようもないその様子が心に残って忘れることができそうにない。何気ないふうを装っているけれど、督の君はきっと姫宮の姿を見たに違いないと、大将は姫宮を気の毒に思う。やり場のない気持ちをなぐさめようと、督の君は猫を招き寄せて抱きあげる。猫には薫物（たきもの）のよい香りが移っていて、腕の中でかわいい声で鳴く。思わず恋しい人と思いなぞらえてしまうのは、ちょっといやらしいような……。

光君がこちらを見て、

「上達部の席がそんなところでは端近すぎて軽々しい。こちらへどうぞ」と、東の対の南面に入るので、みなそれに従う。兵部卿宮も席をあらためて、ここで世間話をする。それ以下の殿上人たちは簀子に円形の敷物を敷かせて座らせる。椿餅や梨、みかんといった食べものが、箱の蓋にいろいろと無造作に置かれているのを、若い人々ははしゃぎながら取って食べている。適当な干物を肴にして、酒の席となる。

督の君はすっかり沈んでしまい、どうかすると桜の木を見つめてぼんやりしている。大将は心当たりがあるので、先ほど妙なはずみで垣間見た、御簾の隙間の姫宮を思い出しているのだろうと思っている。姫宮がひどく端近にいたことを、心惹かれながらも、一方では軽はずみだと思っているのだろう、いやはや、こちらの紫の上ならばあんなふうではけっしてあるまいに……、と大将は思う。こんなふうだから姫宮は世間で重んじられているわりに、父殿（光君）の内々での愛情はさほどでもないのだ、と思い当たり、やはり他人のことにも自分のことにも心配りが足りず、子どもっぽいのは、かわいいようだけれど頼りないものだ、と姫宮を内心で見下してしまう。

督の君は姫宮のどんな欠点も思いつくこともなく、思いがけない隙間から、ほんのわずかにせよその姿をこの目で見られたのは、私が昔から寄せていた思いが成就する前兆なのではないかと、こうした縁もうれしく思い、ますます慕わしく思う。

光君は昔の思い出話をはじめる。

「昔から太政大臣が何ごとも私と競い合って、勝ち負けを決めたがったものだけれど、鞠だけはとてもかなわなかった。こうしたなんでもない遊びには伝授などということもないだろうけれど、上手な人の血筋はさすがに違うね。本当に言葉では言えないほど、今日のあなたはすばらしかった」と言うと、督の君は苦笑して、

「公の政務にはあまり向いていないわが家の家風が、こうした芸事の方面に伝わりましたところで、子孫にとってたいしたこともないですね」と謙遜する。

「とんでもない。何ごとであっても人よりすぐれていることは記録して伝えるべきだ。家伝に書き留めておいたらおもしろいでしょうに」と冗談交じりに言う光君の様子が、輝くばかりにうつくしく、気高いのを見て、督の君は思う。

こんな立派な人といっしょにいて、どんなことでほかの男に心を移す女がいようか。いったいどうしたら、せめてこの私を、あわれな者よと認めてくださる程度でもお心を動かすことができようか……。と思いめぐらすと、ますますもって、この上もなく、姫宮とはかけ離れた自分の身の程を思い知らされ、胸の詰まる思いで退出する。

督の君と大将の君はひとつ車に同乗し、帰る道すがら話をする。

「やはりこの頃のような所在ない折は、六条院に来て気晴らしをするといいね」

「今日のような暇な時を見つけて、花の盛りが過ぎないうちにまた来るようにと父がおっしゃっていたから、春を惜しみがてら、今月のうちに小弓を持たせて来てください」と相談して、その日の約束をする。お互い別れるまでの道中に話をしているうち、督の君は姫宮のことについてどうしても言いたくなり、

「院の殿（光君）は、やはりこの東の対にばかりいらっしゃるようだね。紫の上にたいするご寵愛が格別なんだろうね。姫宮はどんなお気持ちなんだろう。朱雀院が並ぶ者のないお扱いをしてかわいがっていらしたのに、殿のお気持ちはそれほどでもなくて、さぞふさいでいらっしゃるのではないかな、おかわいそうに」と、よけいなことまで言ってしまう。

「とんでもない。なんでそんなことがある。こちらのお方（紫の上）は、ちょっと変わった事情があって、幼い頃からお育てになったゆえの親しさが、姫宮へのお気持ちとは違うというだけのことだろう。父は姫宮のことは何かにつけてたいそうたいせつに思っていらっしゃるのに」と大将の君が話すと、

「いや、そんなことは言わなくていい。みんな聞いているのだ。姫宮はいかにもおか

わいそうな時があるそうではないか。本当に、朱雀院が並ひととおりではなくたいせつにしていらしたお方なのに。あり得ないことだ」と督の君は姫宮を気の毒がっている。

「いかなれば花に木づたふ鶯の桜をわきてねぐらとはせぬ

（どうして花から花へとつたうあの鶯は、桜をとりわけてねぐらにしないのだろう——どうして光君は姫宮をたいせつにしないのか）

春の鳥なら桜にだけとまればいいものを、そうはしない移り気な心よ。まったく合点がいかないよ」と口ずさむようにして言うので、大将の君は、いや、なんと馬鹿げたおせっかいか、思った通りこの人は姫宮に心を奪われているな、と、

「深山木にねぐら定むるはこ鳥もいかでか花の色に飽くべき

（深い山奥の木をねぐらに決めているはこ鳥も、どうしてうつくしい花の色に飽きることがあろう——東の対に入り浸る父も、なぜうつくしい姫宮に飽きることがあろう）

無茶なことを言うね。あなたの話は一方的だ」と応えて、面倒なのでそれ以上はその話には触れなかった。ほかに話をそらして、それぞれ別れた。

督の君は今も父、太政大臣の邸の、東の対にひとりで暮らしている。思うところが

あって、年来こうしてひとり住まいをしている。好きこのんでそうしているものの、なんとなくさみしく心細い時もある。けれども自分はこれほどの家柄の出身で、なぜ望みがかなわないはずがあろうかと自負していたのだが、姫宮を垣間見たこの夕方からひどく気がふさぎ、もの思いにとりつかれ、「いつかまた、あのくらいかすかでいいから、ほんの少しでも姫宮のお姿が見たい。もし相手が何をしても人目に付かない身分であれば、仮にも物忌(ものい)みや方違(かたたが)えで出かけていくのも身軽だろうし、自然と何かの隙を突いてうまくお近づきになれもしようが……」などと、思いを晴らすすべもなく、深窓に住む姫宮に、どうしたら自分がこれほど深くお慕いしていると伝えることができようか、と胸が痛み、気持ちも沈むので、姫宮の乳母子(めのとご)であるあの小侍従の元に、いつものように手紙を遣わせる。

「先日、春風に誘われまして、そちらの御垣の原に分け入ってお邪魔しましたが、あなたさまは以前にもまして、どんなに私をお蔑(さげす)みになったことでしょう。あの夕べからすっかり気持ちが乱れまして、わけもなく今日一日もの思いに耽(ふけ)って過ごしています」などと書き、

よそに見て折らぬ嘆きはしげれどもなごり恋しき花の夕かげ

（遠くから見るばかりで、手折れぬ投げ木は茂っているけれど——嘆きは深い

けれど、夕明かりで見た花——あなたがいつまでも恋しく思われます）とあるのだが、「先日」が何かもわからない小侍従は、ただよくある恋のもの思いなのだろうと思う。

姫宮の近くに女房があまりいない時だったので、小侍従は手紙を持ってきて、「この人がこんなにいつまでも忘れられないと言って、手紙をよこすのがうるさいですね。あまりにもお気の毒な様子なのを見るに見かねて、お助けしたい気持ちが起きるのではないかと、自分の心ながらわからなくなります」と笑いながら言うと、姫宮は、

「嫌なことを言うのね」と無邪気に言って、小侍従の広げた手紙を見る。

「見ずもあらず見もせぬ人の恋しくはあやなく今日やながめ暮さむ（古今集／見なかったというのでもなく、かといって見たというのでもないあなたが恋しくて、わけもなく今日一日もの思いに耽って過ごすのか）」の古歌が手紙に引いてあるのに気づき、「見たというわけでもない」とは、あの思いがけなかった御簾の端の隙間のことだと思い当たって、姫宮の顔は赤くなる。光君があんなにもことあるごとに「大将に見られてはいけません。あなたは子どもっぽいところがおありのようだから、ついうっかりして、大将が見てしまうこともあるかもしれません」と注意していたことを思い出

し、大将が「こんなことがありました」と、もし光君に言おうものなら、どれほど叱られることだろうと、督の君に見られたことなどは念頭になく、真っ先に光君をおそれている心中はまったく幼いのだった。

いつもと違って姫宮の返事がないので、小侍従はつまらないと思うものの、これ以上無理に何か言うこともないので、人目を忍んでいつものように返事を書く。

「先日はそ知らぬ顔をしていたのですね。これまでのあなたのご希望も、姫宮さまに失礼だからお許ししませんでしたのに『見ずもあらず（見なかったというわけでもない）』とはどういうことでしょう。いやらしいこと」と、すらすらと走り書きをして、

いまさらに色にな出でそ山桜およばぬ枝に心かけきと

（手の届きそうもない山桜の枝に心をかけたなどと、今さらお顔の色にも出しませんよう）

無駄なことですよ」とある。

若菜（わかな） 下　すれ違う思い

光君が、紫の上の看病に大わらわの隙に、柏木は途方もない思いをついに遂げ……。

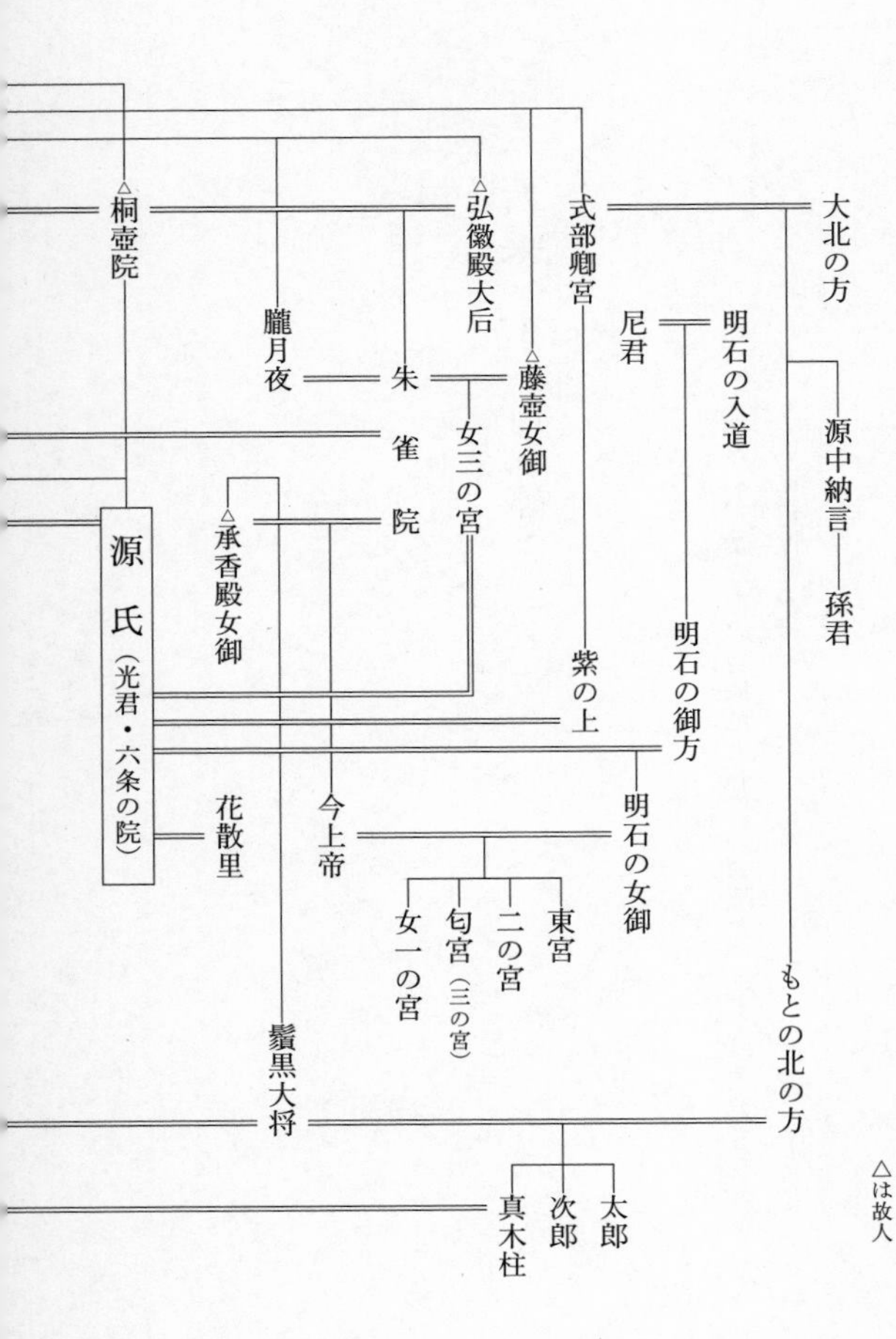

大北の方
源中納言
孫君
式部卿宮
明石の入道
尼君
明石の御方
紫の上
△藤壺女御
△弘徽殿大后
△桐壺院
朧月夜
朱雀院
女三の宮
△承香殿女御
源氏（光君・六条の院）
花散里
今上帝
明石の女御
東宮
二の宮
匂宮（三の宮）
女一の宮
鬚黒大将
もとの北の方
太郎
次郎
真木柱

＊登場人物系図
△は故人

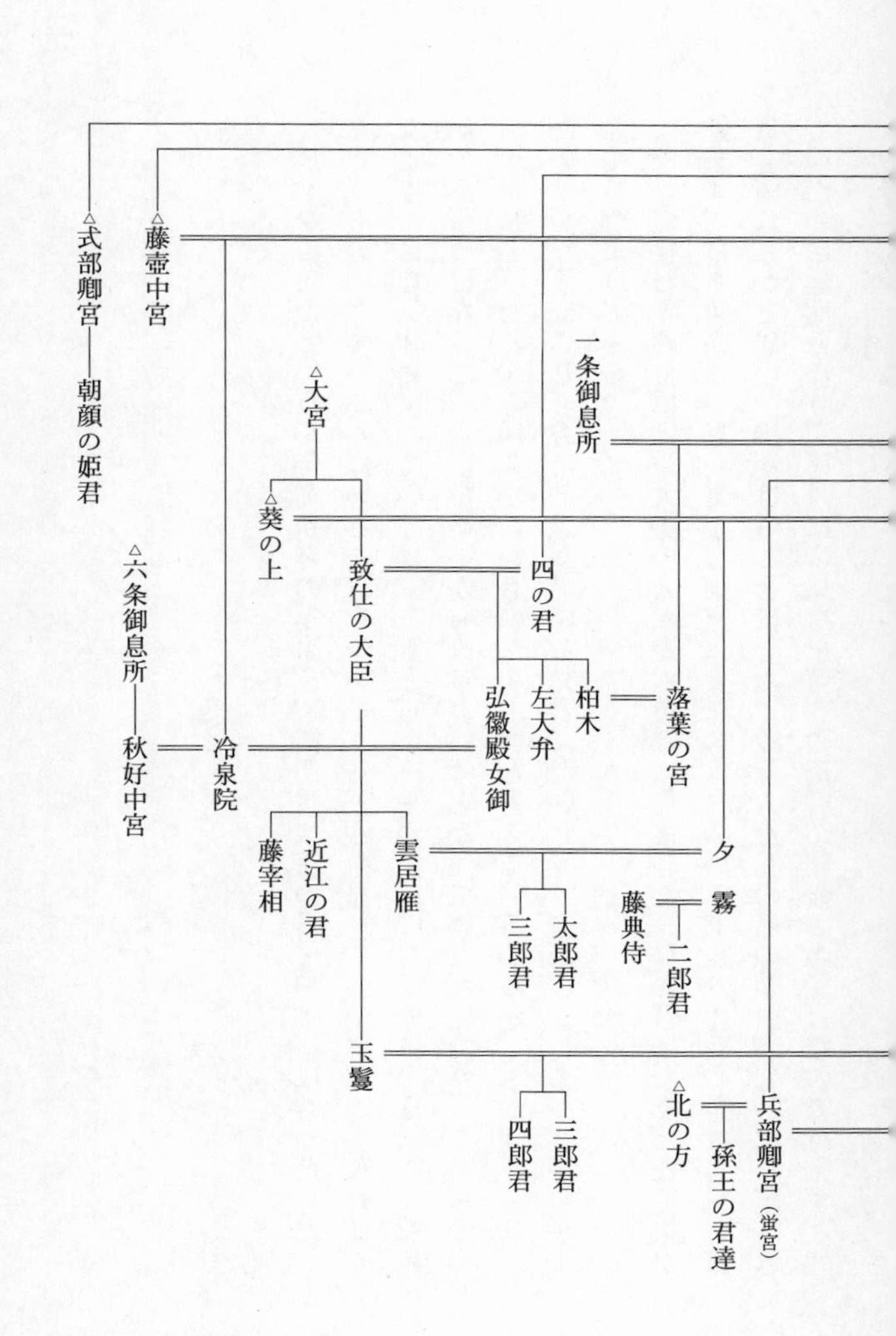

一条御息所
落葉の宮
夕霧
二郎君
兵部卿宮（蛍宮）
孫王の君達
△北の方
藤典侍
柏木
左大弁
四の君
太郎君
三郎君
三郎君
四郎君
弘徽殿女御
致仕の大臣
雲居雁
近江の君
藤宰相
玉鬘
△大宮
△葵の上
冷泉院
△藤壺中宮
△六条御息所
秋好中宮
△式部卿宮
朝顔の姫君

無駄なことだという小侍従からの返事を、衛門督（督の君・柏木）はもっともだとも思うものの、ずいぶん痛いところをついてくる、とも思う。いや何、こんな月並みな返事だけを気休めにしていては、これからどうやって過ごしていけよう。こんな人伝の返事ではなくて、一言でいいから直接お言葉をかけていただいたり、こちらから何か申し上げたりする機会がないものか……、と考えているからか、ふつうならば、たいせつなすばらしい方だと思っている光君にたいして、何かよこしまな気持ちが兆してきたようで……。

三月の終わりの日には、大勢の人々が六条院に集まった。督の君はなんとなく気が進まず、落ち着かない思いだが、姫宮（女三の宮）のいるあたりの花の色でも見れば気も晴れるかと思い、出かけることにした。殿上人たちの弓の競射が二月に予定されていたのに延期となり、三月は帝（冷泉帝）の母后（藤壺）の忌月なので行えず、残念なことだと人々は思っていたのだが、六条院でこうした催しがあると伝え聞いて、いつものようにみな集まった。左大将（鬚黒）、右大将（夕霧）は、光君の身内として参上するので、中将以下の人々も参加する。そもそもは小弓の競射という話だったが、徒歩で弓を射る歩弓に秀でた者もいるので、光君は彼らを呼び出して競わせる。

殿上人たちでも、射手にふさわしい人々はみな、前に立つ左方、後ろの右方と入れ違いに分かれて競い、やがて日が暮れはじめると、春も今日までというように、あわただしく霞の風情も乱す夕風が吹き、花の陰から立ち去りがたく、人々はたいそう酒に酔う。

「優雅な賞品の数々は、六条院のあちらこちらの方々の趣味もよくわかる品々なのに、柳の葉も百発百中できそうな舎人たちだけが得意げにひとり占めするのも、おもしろみがない。もうちょっとおっとりした素人の射手たちも競わせるがいい」と光君が言うので、左右の大将をはじめとして上達部が庭に下りるが、督の君ひとりだけがやけにもの思いに沈んでいる。少々事情を知っている右大将の目にはその姿が気になって、やっぱりなんだか様子が変だ、厄介ごとが起きるのではないか……と自分まで深い悩みを抱えたような気持ちになる。右大将と督の君はたいそう仲がいいのである。いとこ同士という以上に、心も通い合う親友同士なので、どんなちょっとしたことでも相手が悩み、思い詰めていると、自分のことのように心配になるのだった。

督の君自身も、光君の姿を見るとそらおそろしくなり正視もできない。「あのお方に心を寄せるなどとんでもない、たいしたことではなくても、不道徳な、人にとやかく言われるような振る舞いはすまいと思っているのに、これはあってはならないことだ」と思い悩んでは、「あの時の唐猫(からねこ)だけでも手に入らないものか。思いの内を語り合うことはできそうもないが、ひとり寝のさみしさをなぐさめてもらえるように手なずけよう」と考えていると狂おしい気持ちになり、どうしたらあの唐猫を盗み出せるだろうかとも考えるが、それさえ難しいのである。

督の君は、妹である弘徽殿女御(こきでんのにょうご)の部屋に行き、世間話などをして気を紛らわせようとする。女御は非常に慎み深く、気後れするような対応で、じかに姿を見せることもない。こうした兄妹の間柄でも他人行儀に接するのが習慣となっているのに、あの、お姿を垣間見た一件はなんと不用心で奇妙なできごとだったのだろうとさすがに思わずにいられないが、まわりも見えないほど思い詰めている恋心では、姫宮が軽率な人だと思いつくこともない。

東宮(とうぐう)に参上し、この方は姫宮の異母兄であるのだから、当然姫宮に似たところがあるに違いないとよくよく注意して見つめると、輝くような容姿ではないけれど、やはりこれほどの身分であるだけに、じつに格別で、気品にあふれ優雅である。

帝の飼っている猫がたくさん引き連れていた子猫たちが、あちこちにもらわれていって、東宮御所にも一匹いる。その子猫がたいそうかわいらしく走りまわっているのを見ると、督の君はあの時の猫を思い出さずにはいられないので、

「六条院の姫宮のところの猫は、見たこともないような顔をしていて、とてもかわいらしかったのです。ちらっと見ただけなのですが」と言う。東宮はたいへんな猫好きなので、その猫についてくわしく訊く。

「唐猫で、こちらの猫とは違いました。猫はみな同じように見えますが、気立てがよくて人なつこいのは、なんだか妙に目が離せなくなりますね」などと、督の君は東宮の興味を引くようにうまく話した。

この話を聞いた東宮は、その猫をほしいということを明石の女御を通じて伝えたので、姫宮から献上した。たしかに、本当にかわいらしい猫ですこと、と人々がはしゃいでいるところへ、督の君があらわれた。かつて猫について話した時に、東宮はきっとあの猫をもらうだろうと察していて、幾日かたってからやってきたのである。督の君は、子どもの頃から朱雀院がとりわけかわいがって召し使っていたので、院が出家した後は、この東宮の元に親しく参上して仕えているのである。琴などを東宮に教え

るついでに、

「猫がずいぶんたくさんおりますね。どこでしょう、私があの時見た人は」とあたりをさがし、見つけた。たいそうかわいらしく思えて、猫を撫でまわす。東宮も、

「たしかにかわいい猫だね。まだ心からなついてくれないのは、人見知りをしているのだろうか。私の猫たちもそう見劣りはしないけれど」と言う。

「猫は人を見分けたりしないと思いますが、とくに賢い猫には自然と心があるのかもしれませんね」などと言い、「こちらにはもっとよい猫がたくさんいるようですから、この猫はちょっとお預かりしましょう」と言いながら、一方、心の中ではあまりにも愚かしいとも思ってもいる。


とうとうあの唐猫を手に入れて、夜も自分のそばに寝かせる。夜が明けるとすぐに猫の世話をして、やさしく撫でてはたいせつに飼っている。はじめは人になつかなかった猫だが、今ではすっかり馴れて、どうかすると衣の裾にまつわりつき、すり寄ってきてはごろりと寝転がって甘えるのを、なんとかわいいのかと督の君は思う。ひどくもの思いに沈んで、端近くでものに寄りかかって横になっていると、猫が近づいて「ねうねう」とそれはかわいい声で鳴くので、撫でまわし、「寝む寝む」と鳴くなんて、やけに積極的なやつだ、と顔がほころぶ。

「恋ひわぶる人のかたみと手ならせばなれよ何とて鳴く音なるらむ

（恋してもどうにもならない人の形見だと思って手なずけた猫よ、おまえはどういうつもりでそんな声で鳴くのかな）

おまえとも前世からの縁があるのかもしれないね」と、猫の顔をのぞきこんで話しかけると、ますますかわいい声で鳴くので、懐に抱いてぼんやりもの思いに耽っている。年配の女房たちは、「急に猫をおかわいがりになって、妙なことですよ。今までこんな動物など見向きもなさらなかったのに」と不審に思っている。東宮から猫を返すように催促があっても手放さず、ひとり占めして猫を相手にしている。左大将（鬚黒）の北の方（玉鬘）は、自分の兄弟でもある太政大臣の子息たちよりも、右大将の君（夕霧）に、昔と変わらず親近感を抱いている。北の方は利発で気さくな性格で、対面する時はいつも思いやり深く、親しげに接してくれるので、よそよそしく、いかにも近寄りがたく取り澄ましている実の妹、淑景舎の御方（明石の女御）と比べて、大将の君も少々独特な親しさで仲よくしている。

　夫の左大将は、今ではすっかり前妻との縁を切ってしまい、このあたらしい妻を並ぶ者のないほどたいせつにしている。彼女が産んだのは男の子ばかりなので、左大将はもの足りなく思い、前妻の元にいるあの真木柱の姫君を引き取ってだいじに育てたいと思っているのだが、祖父の式部卿宮がどうしても許さず、「せめてこの姫君だけは世間からもの笑いにされないよう、立派な婿を迎えてやりたい」と思い、また言いもしている。

この式部卿宮の声望はたいしたもので、帝も、この宮への信頼は格別で、このようにと宮が言ったことはけっして断ることなく、いつも気遣っている。おおよそはなやかなところのある宮なので、光君や太政大臣に次いで人々も仕え、世間でも一目置いている。

左大将も、東宮の伯父として将来は国の重鎮となるはずの人なので、その娘である真木柱の姫君の評判も軽いはずがない。折に触れて求婚を申し出る人も多いのだが、式部卿宮はだれとも決めていない。督の君がもしそんな様子を見せたらば、と宮は考えているようだけれど、猫より下に見ているのか、督の君にはまったくその気もないようなのは、残念なこと……。あの母君もどうしたことか、まだ不安定な状態で、ふつうとは言いがたく、世間とまるで関わりを持たないことを、娘の姫君は残念に思っていて、継母（玉鬘）に心を寄せて憧れている、そんな現代的な性格なのである。

兵部卿宮（蛍宮）は、今もずっと独身で、熱心に結婚を望んだ人々はみな当てが外れ、世の中もおもしろくなく、世間の笑い者になったような気がしてたまらないの

で、こんなふうにのんきにしてはいられないと、この姫君に気のあるそぶりを見せたところ、式部卿宮は、

「いや何、たいせつな娘ならば、帝に差し上げたいが、それに次いでは親王たちに嫁がせるのがいいだろう。臣下の、真面目だけが取り柄の平凡な人ばかりを、今の世の中はちやほやするけれど、それは品位に欠けるというもの」と言って、そうたいして兵部卿宮を焦らすこともなく、すぐに結婚を承諾した。兵部卿宮は、あんまりうまくことが運びすぎて恋の恨み言を言う隙もないのをもの足りなく思うほどだったが、相手はそう侮ることもできない身分なので、今さら言い逃れもできず姫君の元に通うようになった。宮家では、この兵部卿宮を婿として丁重にもてなしている。

式部卿宮には娘が大勢いて、「いろいろ嘆かわしいことが多いので、もう懲り懲りだと思いたいところだが、やはりこの孫娘のことは放っておけないのだ。この子の母君はおかしな変わり者で、年がたつにつれてますますひどくなっている。父親の大将は大将で、この私が言うことを聞かないからといって、薄情にも自分の娘を見捨てたようになっている。この孫娘が不憫でならない」と、兵部卿宮を迎える部屋の飾り付けも自身で熱心に世話をして動き、何くれとなくもったいないほどの心配りである。

兵部卿宮は、亡くなった前妻のことをずっと恋しく思い続けていて、ただ亡き妻の

面影と似た人を妻にしたいと思っていた。姫君（真木柱）は器量が悪いわけではないが、雰囲気がまったく違うと思ってがっかりしたのか、通うのも気乗りのしない様子である。式部卿宮はそれを見て、ひどいではないか、と胸を痛めている。母君も、こうしておかしくなってしまったとはいえ、正気に戻った時には、期待外れの情けない縁組みだったと気落ちしている。父である大将も、それ見たことか、ひどい浮気者の親王なのだからと、はじめからこの結婚には賛成していなかったからか、おもしろくない気持ちである。

尚侍の君（玉鬘）も、そんなふうに頼りない兵部卿宮の様子を身近な人の噂で聞くと、「もしも私があの宮に縁づいていたら、光君や父の大殿がどうお思いになっただろう」などと、なんとなくなつかしくも、またせつなくも思い出すのだった。「あの頃だって私は宮と結婚しようとは思いもしなかった。ただ宮がいかにもやさしく、心のこもったお手紙をくださっていたのに、こうして大将の妻となった私を、張り合いもない軽率な女だとさぞやお蔑みになったに違いない」と、長いあいだ顔向けもできないような気持ちでいるので、「継娘の婿という間柄となれば、私の噂も耳に入るだろうから気をつけていよう」などと思うのだった。

尚侍の君のほうからも、この姫君に継母としてしかるべき世話をしている。こうした兵部卿宮のつれなさには知らぬふりをして、姫君の弟たちを介して親しくやりとりをしているので、宮も心苦しく、姫君と縁を切るような気持ちにはなれないでいる。それなのに大北の方という性悪者——紫の上の不運をよろこぶ、あの式部卿宮の妻——が、しょっちゅう容赦なく不平不満を漏らしている。

「親王といった方々は、はなやかな暮らしのできないかわりに、ゆったりとひとりの妻をだいじにしてくださることだけが気休めなのに」と文句を言っているのを宮も漏れ聞いて、

「聞いたこともないひどい言いようではないか。昔とても愛していた妻のいた時も、それはそれとして、やはりちょっとした浮気はしていたものなのに、こんなに手厳しい嫌みはとくに言われたりしなかった」とおもしろくない。ますます昔の妻が恋しくなって、自分の邸に引きこもってはぼんやりとものの思いに耽るばかりである。しかしながらこんな関係も二年ばかりも続くと当たり前となってしまって、ただそのような夫婦として暮らしている。

　これといったこともなく年月が過ぎ、冷泉帝が即位してから十八年という時がたった。

「私にはあとを継いで次の帝となるべき皇子もおらず、張り合いもない上、先のことも心許なく思えるので、これからは気楽に、会いたい人たちに会い、公の立場ではなく私人として、思うままにのんびりと過ごしたい」とずっと考え、また口にもしていたのだが、ここ最近ひどく患ってしまうことがあって、急に退位することとなった。世間の人たちは、まだまだ若い盛りの御代なのに、こうしてお退きになってしまわれるなんて、と惜しんで嘆いているが、東宮もすでに成人しているので、そのまま位を引き継ぎ、世の政などはこれまでと大きく変わることはない。

　太政大臣は辞表を出して自邸から出なくなった。

「この世は無常であるゆえ、畏れ多い帝の君もご退位なさったのだ、年老いたこの私が職を辞するのになんの惜しいことがあろう」と思い、また言ってもいる。そこで左大将（鬚黒）が右大臣に昇進し、政務をおさめることとなった。新帝の母君である承香殿女御は、こうした御代を目にすることなく亡くなってしまったので、皇太后の称号を亡くなった後に授けられたけれど、何か光のあたらない物陰といったふうで、張り合いのないことだった。明石の女御が産んだ一の宮が東宮の位に就いた。そうなるだろうとだれもが思っていたけれど、実際に実現してみるとやはりめでたく、目の覚めるほどよろこばしいことなのである。右大将の君（夕霧）は大納言に昇進した。

右大臣（鬚黒）とも、ますます申し分のない親密な関係である。

六条院の光君は、退位した冷泉院の跡継ぎがいないことを内心では不満に思っている。明石の女御が産んだ新東宮も自分と同じ血筋ではあるのだが……。これまで冷泉院が在位中に思い悩むような事態にもならなかったから、出生の罪の秘密は隠しおおせたが、そのかわり後の世までその血筋を伝えることのできなかった宿縁を、無念にも、またもの足りなくも思うのだが、人に話せるようなことでもないので、光君の気持ちは晴れない。

明石の女御にはその後次々と子が生まれ、ますます並ぶ者のない寵愛を受けている。皇族出身者ばかりが引き続き后の位に就くことを世間では不満に思っているにつけても、冷泉院の后（秋好中宮）は、格別の理由もなく、無理に自分を中宮に立ててくれたその好意を思うと、年月がたつにつれて、ますます六条院の光君に感謝の念が尽きないのである。

帝を退いた冷泉院は、かねて望んでいた通り、御幸にも窮屈な思いをせずに出かけ、こうして譲位後のほうがいかにも申し分のない、理想的な暮らしぶりである。

姫宮（女三の宮）のことは、兄である新帝はとくに心に留めている。姫宮は広く世間からもたいせつに思われているが、紫の上の威勢には勝つことができない。年月がたてばたつほど紫の上と光君の間柄はしっくりと仲睦まじくなり、なんの不足もなく、よそよそしさも微塵(みじん)も感じられない。けれども紫の上は、

「これからはこうした成り行きまかせの暮らしではなく、心静かに仏のお勤めをしたいと思います。世の中はこうしたものだという見極めもついた年齢にもなりました。どうぞそのようにすることをお許しください」と真剣にお願いすることもたびたびなのだが、

「とんでもなくひどい言いようではないか。私だって出家したいと深く願っているが、そうすれば後に残されたあなたがさみしい思いをし、今までとは打って変わった暮らしになるだろうと心配でならず、だからこうしているのだ。私がいつか望みを遂げた後ならば、どうとでもお決めになればいい」と、光君は決まって反対するのである。

明石の女御は、この紫の上が実の母であるかのように接していて、実の母である御方は陰のお世話役としてへりくだっているが、それがかえって将来も安心で頼もしく思えるのだった。女御の祖母である尼君も、何かといえばすぐにこらえきれないうれし涙がこぼれ落ち、目を拭いすぎてただれさせているのさえ、長寿は幸福であることの例となっている。

光君は、住吉(すみよし)神社に立てた願のお礼参りをしようと思い立つ。また明石の女御も祈

願のために参詣するというので、入道から送られたあの箱を開けてみる。じつに多くの盛大な願文が入っている。毎年春と秋に神楽(かぐら)を奉納し、そのたびにかならず子々孫々の繁栄を祈った願文の数々は、なるほど、こうして女御が東宮の母となるほどの威勢がなければ願果たしもできないことどもを、あらかじめ書き記してあるのだった。ほんの走り書きのような文面だが、学才のほどが感じられ、神仏も聞き入れてくれるに違いないとはっきりわかる文章である。ああした世間離れした山伏(やまぶし)のような身でありながら、どうしてこれらいろいろを考えついたのだろう、と光君は感心もし、分不相応にも思う。やはりこうなるべき宿縁があって、しばらくのあいだかりそめの姿に身をやつしていた、前世の修行僧だったのだろうか、などと思いをめぐらせていると、ますます入道を軽々しくは思えなくなるのだった。

今回は、この入道のお礼参りということは表向きにはせず、ただ光君の参詣ということで出立する。須磨(すま)、明石のあのたいへんな経験をした時に立てた願は、みな果たし尽くしたけれど、今なおこうして生き長らえ、さまざまな栄華を見るにつけても神のご加護は忘れがたく、紫の上もともに連れての参詣となったので、世間は尋常ならざる騒ぎである。何ごとにおいてもともかく質素にし、世間の迷惑にならないように簡略にしているが、身分が身分なので簡略にするにも限度があり、またとなく盛大なものとなった。

上達部も、左大臣、右大臣をのぞいて、みなお供している。舞人には六衛府の次官たちの、容姿がきれいで背丈が揃った者ばかりを選ばせた。この選に漏れたことを恥と思い、悲しみ嘆いている芸熱心な者も大勢いたのである。神楽を奏でる陪従も、石清水八幡宮や賀茂神社の臨時の祭に呼ばれる人々で、それぞれの道にとくべつ秀でた者ばかりを揃えさせた。それに加わった二人の楽人は、近衛府の評判の高い名手が選ばれている。神楽には大勢の人がお供する。帝付き、東宮付き、冷泉院付きの各殿上人がそれぞれの行列に分かれて奉仕する。数限りなくさまざまに華美を尽くした上達部の馬や鞍、乗馬の従者、随身、小舎人童(少年)、それ以下の舎人に至るまで、みごとに整え飾り立てた有様は、またとなくすばらしい見物である。

明石の女御と紫の上は同じ車に乗っている。次の車には、明石の御方、そして尼君がお忍びで乗っている。女御が生まれた時分に光君が明石に送った乳母も、すべてのいきさつを知る者として同乗している。それぞれ、お供の女房たちが乗る車は、紫の上付きに五台、女御に五台、明石の御方一行のぶんが三台、目にもまばゆいほど飾り立てた車の装いや、外にのぞかせた女房たちの袖口のみごとさは、今さら言うまでもない。じつは、

「同じことなら尼君も、年老いた皺ものびるように、女御の祖母君としていっしょに詣でよう」と光君が言ってくれたのであるが、

「このたびはこうして世をあげて大騒動のお参りですから、そこに加わるなんてとんでもないことです。もし、ずっと願っておりますようなおめでたい時世まで無事でいましたら、その時に……」と明石の御方は尼君を止めたのである。しかし尼君はこの先どのくらい生きられるのか心配で、何よりこの盛儀の様子を見てみたくて、いっしょに参詣することになったのだった。もともと高い宿縁で栄華を誇っている身分の人々よりも、たいそうすばらしい運勢を持っていることが思い知らされる尼君の身の上なのである。

十月の二十日のことで、「ちはやぶる神の斎垣にはふ葛も秋にはあへずうつろひにけり（古今集／神の垣根に這う葛の葉も秋にたえることができず、色を変えてしまった）」という歌の通り、垣の葛も色あせて、松の下葉の紅葉なども、風の音にだけでなく、色にも感じる秋の風情である。大がかりな高麗や唐土の音楽よりも、神前で演奏される東遊の耳馴れた音楽のほうがなつかしく胸に響き、波風の音に響き合わさっている。あの小高い松を鳴らす風の音に合わせて吹く笛の音も、ほかで聴く調べとは違って身に染み、和琴に合わせて打つ拍子も、太鼓を使わずに調べを整えているとこ

ろが、仰々しくなく、優雅で、ぞくっとするほどすばらしく、こういう場所だけにいっそう感慨深く聴こえるのだった。舞人たちの装束の、山藍で摺った竹の模様は松の緑と見間違えるほどで、冠に挿した花のさまざまな色は秋の草花とは見分けられないほど、何もかもが見紛うような色合いだ。「求子」の舞が終わる頃、若々しい上達部は袍の肩を脱いで庭に下りる。つやのない黒の袍から、蘇芳襲や葡萄染めの袖をぱっと引き出したので、紅の濃い衵（下に着た袿）の袂があらわれて、さっと降った時雨に少しばかり濡れる。その様子は、ここが松原であるのを忘れて、一面に紅葉の散るのを見ているような思いになる。みな見映えのする姿で、真っ白に枯れた荻を高々と挿頭にして、ただひとさし踊って戻っていくのは、じつに見応えがあり、見飽きることがない。

光君も昔のことを思い出し、ひところ不幸な境遇に沈んでいた時のことも、昨日今日のことのように感じられるけれど、当時のことを打ち解けて話せる人もいないので、須磨を訪ねてもくれた致仕の大臣（前太政大臣）を恋しく思わずにはいられない。奥に入り、尼君たちの乗る二の車にそっと、

たれかまた心を知りて住吉の神代を経たる松にこと問ふ

（あなたと私のほかに、いったいだれが昔の事情を知っていて、住吉の、神代

の年を経た松に話しかけられようか）

と畳紙に書く。尼君は涙にくれる。こうして栄えた時世を見るにつけても、あの明石の浦で、これで最後と光君が別れていった時のこと、今は女御となった姫君が御方のお腹に宿っていた時のことなどを思い出すと、本当にもったいないほどの幸運に恵まれた我が身だと思うのである。世を捨てた入道のことも恋しく、いろいろなことが悲しく思えるが、縁起でもないと思いなおし、言葉を慎み、

住の江をいけるかひある渚とは年経るあまも今日や知るらむ

（住吉の浜は生きている貝——甲斐のあった渚だと、長年住み慣れた海士——年老いた尼の私も、今日の儀を拝見して思い知ることでしょう）

返事が遅くなっては失礼にあたるだろうと、ただ心に浮かんだままを尼君は詠んだ。

昔こそまづ忘られね住吉の神のしるしを見るにつけても

（昔のことがまず思い出される……、住吉の神のご利益を目の当たりにするにつけても）

とも、尼君はひとりつぶやくのだった。

その夜は一晩中、神楽を奏して遊び明かす。二十日の月は空高くに澄み、海面がうつくしく遠くまで見渡せる。地上では霜が深くおりて、松原も霜と見間違えるほど白

く、あたりのすべてが鳥肌が立つほど身に染みて、おもしろさも、またさみしさもいっそう深く感じられる。紫の上はつねに邸の内にいて、四季折々に合わせた、趣ある朝夕の管絃の遊びには聴き飽きもし見馴れてもいたのだが、邸の門から外を見物したことはほとんどなく、ましてこうした都の外への外出ははじめてのことだったから、珍しくも、興味深くも感じずにはいられない。

住の江の松に夜ぶかく置く霜は神のかけたる木綿鬘かも

（夜更けてから、住吉の神前の松におりる真っ白い霜は、神のおかけになった木綿鬘（楮から作った白糸を鬘にしたもの）でしょうか）

小野篁朝臣が「ひもろきは神の心にうけつらし比良の山さへゆふかづらせり（比良の山さえ木綿の鬘をかぶったように雪で白くなったのは、神が祈りの心を受けてくださったからだろう）」と詠んだ、雪の朝を想像すると、この霜景色も、奉納の心を神が受け取った証だろうかと紫の上はますますたのもしい気持ちになる。女御の君、

神人の手にとりもたる榊葉に木綿かけ添ふるふかき夜の霜

（神にお仕えする人が手に持つ榊の葉にも、木綿をかけ添えるような夜の霜ですね）

中務の君、

祝子が木綿うちまがひ置く霜はげにいちじるき神のしるしか
（神にお仕えする人が持つ木綿と見間違えるほど真っ白い霜は、おっしゃる通り、奉納を神がお受けになった明らかな証でしょう）

以下、次々と数え切れないほどたくさん歌が詠まれて、どうしてすべて覚えていることなどできるでしょう。こうした折の歌は、例によって歌の得意な男たちでも、かえってぱっとしたところがなくて、「松の千歳……」などという決まり文句を使わない新鮮な趣向もないのだから、書き留めるのも面倒というもの。

ほのぼのと夜が明けて、霜はますます深く下り、神楽の、本方、末方どちらをうたうのかわからなくなるほど酔っぱらっている楽人たちが、自分の顔がどうなっているかも頓着せずに、すっかり楽しくなってしまって、神楽のために焚く庭燎も下火になっているのに、まだ「万歳、万歳」と榊葉を打ち振っては祝福している未来は、想像するだけでもめでたいことである。何もかもが飽きることなくおもしろく、千夜の長さをこの一夜に押しこめたいほどの夜だが、やがてあっけなく明けてしまう。寄せては返す波と競うように帰っていくのはもったいないと若い人々は思っている。

松原に、はるか遠くまで建て並べてある車の、風になびく下簾の隙間からこぼれ出ている女房たちの衣裳も、松の緑に花の錦を加えたように見える。さらにそれぞれ身分ごとに異なる色の袍をつけた役人たちが、趣向をこらした懸盤（膳）を次々に取り次いで、一同に食事を供していくのに、下々の者はじっと見入って、みごとなものだと思っている。尼君にも浅香の盆を青鈍色で覆い、精進料理が供されるというので「女だてらにずいぶんな強運ではないか」と、人々はそれぞれ陰口をたたくのだった。

参詣に向かう道中はものものしく、面倒になるほどの奉納品が多くあって窮屈だったが、帰り道はあちこちで物見遊山を楽しみ尽くす。どこで何をして……などと書き連ねるのも面倒だし、うっとうしいでしょうし……。こうした晴れがましい有様を、あの明石の入道が耳にすることも目にすることもない遠い別世界にいることが、とても残念ではあるけれど、とはいっても難しい話。なぜならこうした場にあの入道がまじっても見苦しいはず……。

世間の人々はこの明石の一家を手本として、志を高く持つような時勢になったようだ。何かというと驚いては褒めそやし、世間話の種に「明石の尼君」と言えば、「幸運な人」という意味となった。あの、致仕の大臣（前太政大臣）がさがし出して引き取った近江の君は、双六を打つ時の言葉にも「明石の尼君、明石の尼君」と言って、いい賽の目が出るように祈るのだった。
出家した朱雀院は仏道の修行に専念し、宮中の政務にも口を出すことはない。春と秋の、帝の行幸の時には、出家前の昔のことを思い出すこともある。女三の宮のことのみを今も気に掛けないではいられずに、光君はやはり表面的な後見なのだと思い、内々でこまかな心づかいをしてくれるよう帝に依頼する。そのため女三の宮は二品へと位が上がり、御封なども増え、ますますはなやかに威勢が増した。

こうして年月がたつにつれ、何かにつけて声望の盛んになる姫宮（女三の宮）にたいし、紫の上は、私は光君ただおひとりの処遇によって、ほかの方々にひけを取らずにいられるけれど、あまりにも年をとったら愛情だって薄れていくだろう、そんなみじめなことになる前に自分から世を捨ててしまいたい、とずっと思い続けているのだが、小賢しいと光君に思われるのではないかと気が引けて、はっきりそう口にすることもできずにいる。

姫宮にたいして帝までもが特別な心づかいをしているので、姫宮をおろそかに扱っているなどという噂が帝の耳に入っても困ると思い、光君が姫宮の元で夜を過ごすのも今では紫の上とそう変わらなくなっている。それはそうだろう、当然のことだと紫の上は思うものの、やっぱり思っていた通りだと不安になる。けれども素知らぬ顔で、いつもと同じように過ごしている。東宮のすぐ下に生まれた女一の宮を引き取って、たいせつに育てている。一生懸命に世話することで、光君のあらわれない夜のさみしさをなぐさめているのだった。この女一の宮だけでなく、明石の女御が産んだどの宮をも、かわいくいとしいと思っている。

夏の御方（花散里）は、こうして紫の上が大勢の孫たちの世話をしているのがうらやましく、大将の君（夕霧）が藤典侍（惟光の娘）とのあいだにもうけた女の子を、頼みこんで引き取り、たいせつにしている。じつにかわいらしくて、性格も年齢のわりには利発で大人びているので、光君もかわいがっている。自身の子どもたちは少ないと光君は思っていたが、こうして末広がりにあちらこちらに孫がたくさんできたので、今はただ、この孫たちをかわいがって世話をすることで、もの足りないような気持ちをなぐさめているのである。

右大臣（鬚黒）が六条院に参上して仕えることも以前より増えて親しみもわき、今は北の方（玉鬘）もすっかり落ち着いた年齢となり、昔の執着心を光君がすっかり捨てたせいか、何かの折々に彼女も六条院に挨拶に来ては、紫の上に対面し、とてもよい感じで仲睦まじくつきあっている。姫宮ただひとりが、何も変わることなく若々しくておっとりしている。明石の女御についてはもうすっかり帝にまかせてしまい、今はこの姫宮だけがいたわしく思えて、まるで幼い娘でもあるかのように光君はたいせつに世話をしている。

朱雀院から、「今はもう寿命も終わるような気がして心細く、けっしてこの世のことに未練は残すまいと覚悟したものの、もう一度だけ姫宮に会っておきたい。その願いがかなわずに未練が残ってはいけないから、大げさなことにならないようにこちらにいらしてくださらぬか」と便りがあったので、光君も、

「まことにもっともなことです。こうした仰せがなくともこちらから進んで参るべきなのに。まして、このように待っていらっしゃるとは、おいたわしいことです」と、訪問について計画する。

これといった折でもなく、またなんの趣向もなく訪問するわけにもいくまい。どんな催しをしてお目に掛けたらよいだろう、と光君は思案し、朱雀院はちょうど来年五十歳におなりになる、お祝いの若菜を調理してさしあげたらどうだろう、と思いつく。そしてお祝いに贈る法衣のこと、精進料理の調度など、あれこれ俗世とは勝手の違うことばかりなので、人の知恵も借りながら準備を進める。

昔から朱雀院は管絃の遊びに関心が深かったので、舞人、楽人などを入念に選び、右大臣（鬚黒）の子息二人、大将（夕霧）の子どもは藤典侍腹の子を入れて三人、まだちいさくとも七歳より上の子はみな童殿上させる。兵部卿宮（蛍宮）の子息など、みなしかるべき親王の子たち、名家の子たちを選んだのである。若い殿上人たちも、

容姿がうつくしく、同じ舞を舞っても格別な芸を見せてくれる者を選び、多くの舞の準備をさせる。それは盛大な祝賀となるに違いないと、だれもみな熱心に稽古に励んでいる。それぞれの道の師匠や名手は、休む暇もないこの頃である。

姫宮はもともと七絃の琴を習っていたが、ずいぶん若い時に父院の元を離れてしまったので、院は気掛かりで、

「おいでになる機会に、あのお琴の音をぜひ聴かせてほしいものだ。いくらなんでも琴(きん)くらいは上達なさったろう」と陰でこっそり言っていたのを帝が耳にして、

「おっしゃる通り、六条院にいらっしゃるのだから格別のご上達でしょう。院の御前で秘術を尽くしてお弾きになる機会に私もそちらで聴かせていただきたいものです」

などと言い、それを人伝(ひとづて)に聞いた光君は、

「今まで何かの折には教えてきたから、姫宮の腕前はたしかに上達してはいるが、まだ父院がご満足なさるほどの味わい深い技量には及ばない。そんなつもりもなく伺ったところに、院がぜひともお聴きになりたいとご所望なさったりすると姫宮がなんとも決まり悪い思いをするだろう」と気の毒に思い、この頃になって熱心に稽古をつけている。

調べの異なる曲を二つ三つ、いくつかのおもしろい大曲の、季節によって響きが変

わり、気候の寒暖によっても調子を変える格段の秘曲ばかりを、とくべつ念を入れて教えるので、はじめのうち頼りないようであったけれど、だんだん会得するにつれてじつに上手くなっていく。

「昼は人の出入りも激しく、今一度と絃をゆすったり押さえたりする間も気ぜわしいだろうから、毎夜毎夜静かな時にじっくりと勘どころを教えていきましょう」と、紫の上にも断って、明けても暮れても教え続ける。

明石の女御にも紫の上にも、琴は習わせなかったので、こうした折にめったに耳にしない曲の数々を弾くのだろう、それを聴きたいと思い、女御も、かんたんには許可されない暇を、ほんの少しと願い出て六条院へと退出した。女御には子どもが二人いるが、また懐妊したきざしがあり、五カ月ばかりになっているので、宮中の神事などを口実にして帰ってきたのである。神事があった十一日が過ぎると、宮中に戻るようにとの便りが帝から何度も来るけれど、女御はこのようにおもしろい夜ごとの遊びをうらやましく思い、どうして私には伝授してくださらなかったのだろうと恨めしく思う。

人とは違い、冬の夜の月を讃える光君は、風情ある雪あかりのなか、この季節にふさわしい曲の数々を演奏しては、そばに仕える女房たちの、多少は音楽に心得のある人々に琴をそれぞれ弾かせて合奏する。年も暮れてくると、紫の上は新年の支度に忙しく、あちらこちらの方々の支度にも指示することが自然と出てくるので、「新春のうららかな夕べなどに、ぜひ姫宮のお琴の音を聴かせていただきたいものです」と言い続けているうちに年が改まった。

　朱雀院の御賀は、まず帝が主催する儀式の数々がさぞや盛大だろうから、重なってはよくないだろうと光君は日時を延ばすことにした。二月十余日と決めて、楽人や舞人たちが六条院に参上しては演奏のたえることがない。

「紫の上がいつも聴きたがっているあなたの琴の音に、ぜひともあの方々の箏や琵琶の音を合わせて女楽を試してみましょう。最近の名手たちといえども、この邸の方々のお手並みにはかなわないでしょう。私はこれといってはっきりと伝授を受けたことはほとんどないが、何ごとも、なんとか知らないことはないようにと幼い頃から思っていました。なので世間に知られるその道の師匠という師匠のすべて、また由緒ある家々のしかるべき人々の秘伝の数々、残さず学んでみたけれど、実際造詣が深くてこちらが恥じ入りたくなるほどの人はいませんでした。私の若かったその頃よりも、近頃の若い人々は洒落すぎていたり気取りすぎたりして、浅くなってしまったようだ。琴に至ってはますます習う人がいなくなったと言います。あなたの琴の音色程度にも学び伝えている人はほとんどいないでしょうね」と光君が言うと、姫宮は無邪気にほほえむ。これほど認めてもらえるようになったと、うれしく思うのである。姫宮は二十一、二歳になったけれど、今なおひどく幼げで、年端もいかないような感じがし、ほっそりと華奢（きやしや）で、かわいらしいばかりに見える。

「院にずっとお目に掛からずに年月がたっているのですから、立派な大人になられたとご覧いただけるように、充分に気を配ってお目通りなさいませ」と、何かにつけて教えている。たしかにこのように行き届いたお世話役がいなければ、なおのこと子どもっぽいところが目につくだろう、と人々も思っている。

正月の二十日ほどになると、空も晴れやかに、風もなまあたたかく吹いて、庭先の梅も花盛りとなる。その他の花の木々もみな蕾（つぼみ）がほころびはじめ、あたり一面に霞（かすみ）が立ちこめる。

「月が改まったら御賀の準備も近づいて、何かと落ち着かないでしょう。そういう時に合奏すると、琴の音も御賀の試楽でもしているかのように世間から取り沙汰されるでしょうから、今この静かなうちに弾いてごらんなさい」と言い、紫の上などを姫宮のいる寝殿に連れてくる。お供として我も我もとみな聴きたがり、参上したがっているが、音楽に疎い女房は選り分けて残し、少しばかり年はとっていても、心得のある者ばかりを選んでお供させる。

女童は、容姿のうつくしい者を四人、赤い表着に桜襲の汗衫、薄紫色の織物の衵、紅のつや出しをした浮模様の表袴、姿も立ち居振る舞いもすぐれた者ばかりを選ぶ。明石の女御のところでも、部屋の飾りなど、一段とあらたまった正月の晴れやかさである上に、女房たちがそれぞれ競って美を尽くした装いで、またとなくあざやかである。女童は、青い表着に蘇芳襲の汗衫、唐の綾織の表袴、衵には山吹色の唐の綺を、お揃いで着ている。明石の御方の女童はそう大げさではなく、紅梅襲が二人、桜襲が二人、四人とも青磁色の汗衫で、衵は濃紫も薄紫もあり、単衣は打目のつやがなんともいえないほどすばらしいものを着せている。姫宮のほうでも、こうしてみなが集まると聞いて、女童の身なりだけは格別に整えさせた。青丹の表着に柳襲の汗衫、葡萄染めの衵など、とくべつ趣向をこらした珍しい装束ではないけれど、全体的な雰囲気は重々しく気品に満ちていて、ほかと比べるべくもない。

廂の間の襖を取り払い、あちらとこちらの几帳だけを境にして、その中の間には光君のための座席を用意した。今日の合奏の拍子合わせは童にまかせようと、右の大殿(鬚黒)の三男で、尚侍の君(玉鬘)腹の兄君に笙の笛、左大将(夕霧)の長男に横笛を吹かせることにして、簀子に控えさせている。中の廂の間には、敷物を敷き並べて、女君たちの前に琴を揃える。立派な紺地の袋に入れた秘蔵の楽器をそれぞれ取り出して、明石の御方には琵琶、紫の上に和琴、女御の君（明石の女御）に箏の琴、姫宮には、由緒ある琴はまだ弾きこなすことができなかろうと心配で、光君はいつも稽古に使っているものを調律して前に置く。

「箏の琴は、絃がゆるむということではないけれど、それでもほかの琴と合わせる時の調子によって琴柱の位置がずれるものです。その点を配慮して調絃しなければならないが、女の力では絃をしっかり張れないだろう。やはり大将（夕霧）をここに呼んだほうがいい。この笛の子たちはまだずいぶん幼くて、拍子を整えるにはどうも頼りない」と笑い、「大将、こちらへ」と呼ぶので、女君たちは決まり悪く思い、緊張している。父入道から伝授された明石の御方をのぞいては、だれもみな光君が手ほどきをした弟子たちなので、光君は注意して、大将が聴いても難のないようにと気を遣っている。女御は、ふだん帝が聴く際にもほかの楽器と合奏することに馴れているので安心であるが、紫の上の和琴は、そう調子の変わるものではないものの、弾き方に決まった型がないので、かえって女の奏者は戸惑うだろう、春の琴の音はみな揃って合奏するものだからこれだけ調子が狂ったりしたら……と光君はなんとなく気掛かりである。

り暮れている。大将はひどく緊張して、帝の前での仰々しく儀式張った試楽の催しよりも、今日のほうが格段に気を遣うだろうと思っているので、すっきりした直衣に香の染みた袿を何枚も重ね、袖には充分香を薫きしめて、身なりを整えて参上する頃には日もすっか

趣深いたそがれどきの空に、梅の花は、去年の雪を思い出させるように、枝もたわむほど咲き乱れている。ゆるやかに吹く風に、言いようもない御簾の内の香りもともに漂い、鶯を誘い出せそうなほどに、御殿のあたりはかぐわしい匂いに満ちている。御簾の下から箏の琴の端を少し差し出して、

「ぶしつけなのだが、この琴の絃の調子を整えてほしい。ここに、そう親しくない人に入ってもらうわけにはいかないから」と光君が言うと、大将はかしこまってそれを受け取る。その様子は非常に心づかいも行き届いていて、好ましい。大将は発の絃を壱越調（雅楽の調子のひとつ）の音に整えて、すぐには弾くこともなく控えているので、

「調絃したからには調子合わせの一曲くらい、弾いたらどうだ。興ざめになってしまう」と光君は促すが、

「とても今日のような合奏のお相手として仲間入りできるほどの腕前は、私にはあり

ませんので」ともったいぶっている。

「そうかもしれないが、女楽に仲間入りもできず逃げ出したなどと、世間で噂されるのも名がすたるだろう」と光君は笑っている。大将は調絃を終えてから、調子合わせの曲だけを興を添える程度に弾いて、琴を返す。右大臣（鬚黒）の三男、大将の長男という、光君の孫君たちはたいそうかわいらしい宿直姿で、吹き合わせる笛の音はまだ幼いけれど、将来の上達がたのしみなほど、とてもおもしろく響く。

それぞれの琴の調絃がすっかり終わり、いよいよ合奏となる。どれも優劣つけがたい中でも、明石の御方の琵琶は群を抜いて上手で、神々しいほどの撥さばきが澄みきった音色を奏でてじつに快く響く。紫の上の和琴に大将も耳を傾けているが、やさしく誘うような爪音で、掻き返す音もはじめて聴くような新鮮さで、それが近頃の名手たちがものものしく掻き立てる曲や調子にけっして負けないくらいはなやかに聴こえ、和琴にもこうした弾き方があるのかと大将は感嘆してしまう。その演奏から、熱心に稽古をしたことがはっきりと聴き取れて、味わい深く、光君も安心して、本当にこれほどの人はめったにいるものではないと思うのである。女御の弾く箏の琴は、ほかの楽器の合間合間に、かすかに聴こえてくるような性質の音色で、それが可憐にみずみずしく響く。姫宮の琴は、やはり未熟ではあるが、ちょうど習っている最中なので、危なげがなく、ほかの琴にじつによく響き合い、ずいぶん上手になったものだと大将は感心している。大将は拍子を取って唱歌する。光君もときどき扇を打ち鳴らし、いっしょにうたう。その声は若い頃よりずっと味わい深くなり、少々太くなって重々しい感じが加わっている。大将もすばらしい声の持ち主なので、夜が静まりかえるにつれて、言葉では言い尽くせないほど優雅な夜の遊びとなる。

月の出の遅い頃で、軒先のあちこちに灯籠をかけて、ほどほどの明るさに灯をともす。姫宮のいるあたりを光君がのぞいてみると、だれよりも一段と小柄でかわいらしく、ただ着物だけが座っているような感じすらする。つややかなうつくしさという点では劣るが、ただたいへん気品があってかわいらしく、二月半ば頃の少しばかり枝垂れはじめた青柳を思わせ、鶯の羽ばたく風にも乱れてしまいそうなほど、か弱く見える。桜襲の細長に、髪は左右からこぼれかかっていて、柳の糸を縒ったような趣である。

これこそがもっとも高貴な身分の方の姿なのだと思えるが、一方、明石の女御は同じように優美でありながらもう少しぱっとした感じで、立ち居振る舞いといい雰囲気といい奥ゆかしく、風情ある様子で、みごとに咲きこぼれた藤の花が夏になっても咲き続け、ほかにこれと並ぶ花もない朝景色、といった趣がある。とはいえ、妊娠しているのでふっくらとしていて、気分がすぐれないので、琴も押しやって脇息にもたれている。小柄な体でなよなよとしているが、脇息はふつうの大きさなので、無理に背伸びして寄りかかっているようだ。脇息をとくべつにちいさく作ってあげたいように見えてしまうのも、なんとも痛々しい。紅梅襲にはらはらとかかった髪はうつくしく、火影に映し出されるその姿はまたとなくかわいらしく見える。紫の上は葡萄染めだろうか、色の濃い小袿、薄い蘇芳（赤紫）色の細長を着て、その裾に髪がたっぷりと落ちているのはうるさいくらい量が多く、体はちょうどいい大きさで、全体的な容姿は申し分なく、あたり一面照り映えるほどのうつくしさである。これを花にたとえると桜であろうが、やはり桜より一段とうつくしい格別のたたずまいである。こうした人々に囲まれていては明石の御方は気圧されてしまいそうだが、けっしてそんなことはない。立ち居振る舞いも気が利いていて、こちらが恥じ入りたくなるほどだし、そのたしなみも心惹かれる深みがあり、どことなく気品が漂い優美に見えるのである。柳襲の織物の細長、萌黄（薄緑）色だろうか、小袿を着て、羅の裳をさりげなく身につけて、ことさらにへりくだってはいるが、女御の母君だと思うからか、その様子は立派で、見下したりできない雰囲気がある。高麗の青地の錦で縁取りをした敷物に遠慮がちに座り、琵琶を前に置き、少し触れてみるばかりに弾こうとして、しなやかに使いこなす撥さばきは、奏でる音より比類なくやさしく、五月を待つ花橘の、花も実も折り取った時のかぐわしさを思わせる。

だれも彼も、それぞれにきっちり改まった様子を見聞きしていると、大将も御簾の内側をのぞいてみたくてたまらなくなる。紫の上の、かつて見かけた時よりずっとうつくしく成熟しているであろう姿を一目見たくて、落ち着くことができない。姫宮のことも、もう少し深い宿縁があったならこの自分が娶ってともに暮らすこともあったかもしれないのに、優柔不断な自分の心が悔やまれる。朱雀院はたびたびそのようなご意向をお漏らしになり、陰でもそのようにおっしゃっていたのに……、と残念に思うけれど、姫宮は少々気兼ねのいらないように見受けられるので、軽んじるわけではないけれど、それほどには心は動かないのだった。この紫の上は、どんなことをしても手の届かない人であり、近づくこともままならぬまま長年たっているので、どうにかして、ごくふつうの意味合いで好意を持っていることを知ってほしいのだが、それだけの願いすらかなわないのが残念で、嘆かわしいのだった。無理になんとかしようなどという大それた気持ちはけっして持っておらず、大将はじつに冷静に自分をわきまえている。

夜が更けていく気配が、ひんやりと感じられる。臥し待ち月がわずかに顔を出した

ので、

「頼りないものだね、春の朧月夜（おぼろづきよ）は。秋の風情というものは、こうした楽器の音に虫の音がまじりあって聞こえるのが格別で、この上なく深い響きとなる感じがするね」

と光君が言うと、

「秋の夜の雲ひとつない月空の下では、何もかもすっかり見通せてしまうので、琴笛の音も、くっきりと澄んだ感じがしますけれど、わざわざ作りつけたような空の景色といい、秋草の花の露も、あれこれ目移りがして気も散りますし、よさにも限りがあるのではないでしょうか。春の空のぼんやりとした霞のあいだからおぼろに見える月の光の下、静かに笛を吹き合わせる趣にはとてもかないませんよ。秋は笛の音なども、澄みきって聞こえるということがないですよ。『女は春をあはれぶ』と古人が言い残していますけれど、たしかにその通りと思います。音がやさしく調和するという点では、春の夕暮れがいちばんではないでしょうか」と大将が言う。

「いや、この議論はね……。昔からだれもが春か秋かと決めかねた難題を、末の世の劣った者がはっきり結論づけるのは難しい。音楽の調子や楽曲については、たしかに秋の調べの『律（りつ）』は、春の調べの『呂（りょ）』の次だとしているのだから、あなたの言い分ももっともだ」などと言い、「どうだろう、昨今、名手と評判の高いだれそれを、帝の御前でしばしば演奏してご覧に入れるのに、本当にすぐれた者は数少なくなっているようだ。その一流と自認している名手たちにしても、どれほども習得できていないのではないか。こちらの頼りない女人たちといっしょに弾いても、そう際立ってすぐれた技量とも思えないがね。長年こうして引きこもって暮らしているから、耳なども、残念なことに鈍くなっているのかもしれないけれどね。どういうわけか、この邸では、みな才能はもとより、ちょっとした芸事でも、見栄えがして、よそよりすぐれてしまうようだ。その帝の御前のお遊びに、一流の名手として選ばれる人たちのだれそれに比べて、どうだろうか」と訊く。

「そのことについて申し上げようと思っていましたが、わきまえもない私がえらそうな口をきくのもどうかと思います。ずっと昔のものと聴き比べていないからでしょうか、衛門督（柏木）の和琴、兵部卿宮（蛍宮）の琵琶などを、近頃では珍しい名手の例としているようです。たしかにお二人とも並ぶ者なき名手ですが、今宵拝聴しました演奏には、どれもみな等しく驚嘆いたしました。というのも、やはりこのように特別な催しではないからと、かねがね油断していたので、あまりにも意外だったのでしょう。私の唱歌などとてもつとまりません。和琴は、あの致仕の大臣（前太政大臣）だけは、こうして臨機応変に、巧みに工夫した音色を自在に掻き鳴らされて、それがじつにおみごとでいらっしゃいましたが、なかなかふつうにはできない演奏のようです。いや、今宵はまったく申し分のない、すばらしい演奏でした」と、紫の上の和琴を褒める。

「いや、それほどたいした技量でもないのに、ずいぶん立派に言ってくれたものだ」と、光君は得意げな顔で笑みを浮かべる。「たしかに、悪くはない弟子たちだね。琵琶だけは私が口出しするようなことはないのだが、そうはいっても、ここではなんとなく感じが変わるはずだ。はじめは明石などという意外な場所で耳にしたから、めったに聴けない音色だと感心したのだが、その当時よりは格段に上達しているからね」と、強引に自分の手柄のようにこじつけて言うので、女房たちはそっとつつき合っている。

「どんなことでもその道その道について学習するならば、才能というものはどれも際限のないことがわかってくる。これで満足だという限度はなく、どこまでも習得しようとするとじつに難しい。いやしかし、そうして道を極めた人が今ではほとんどいないのだから、その一端でも無難に習得した人が、そのわずかな芸で満足すればいいのだが、琴（きん）というものはやはり厄介で、うっかり手出しのできないものだ。この琴だが、真実その奏法通りに習得した昔の人は、天地を動かし、鬼神の心をやわらげ、すべての楽器の音がこの琴の音に導かれて、深く悲しむ者はよろこばしい気持ちに変わり、いやしく貧しい者は高貴な身と成り代わり、財宝に恵まれ、世間に認められるといった例も多い。この国にその奏法が伝えられた当初の頃までは、深くこの琴について理解した人は、見知らぬ異国で何年も過ごし、その身を擲つ覚悟で、この楽器の奥義を学び取ろうと懸命になっていたものだが、それでも習得するのは難しかった。なるほどたしかに、空の月星を動かし、時節に抗い霜や雪を降らせ、雲や雷を騒がせたりする例が、ずっと昔の世にはあったのだ。このように琴は際限なく霊力を備えた楽器なので、伝授された通り習得する人はめったにおらず、今は末世だからか、どこに昔の奥義の一端でも伝わっていようか。……とはいえ、あの鬼神が耳を傾けて深く聴き入ったと昔から言われているせいか、中途半端に習ったせいで願いがかなわなかった例があって以来、これを弾く人には災いがある、とかいう難癖をつけられ、面倒だと思われて今ではほとんど習い伝える人がいないらしい。ずいぶん残念なことではある。琴の音以外のどの楽器で音調をきちんとわきまえることができよう。たしかに、何ごともかんたんにすたれていくようなこの世の中で、琴を学ぼうとひとり故国を抜け出して、志高く、唐土、高麗と異国をさまよい歩き、親子別れ別れになるというのでは、世間の変わり者ということになろう。しかしそこまでせずとも、通りいっぺんにでも、この道を理解する一端くらいはなぜ知らずにいられるだろうか。ひとつの調べを弾きこなすだけでも、その難しさは計り知れないという。いわんや、厄介な曲がたくさんあるのだから、私が熱中していた頃には、世の中のありとあらゆる、この国に伝わっている譜という譜のすべてをどれもこれも見比べて、しまいには師とする人さえいなくなるほど夢中で練習したが、それでもやはり昔の人にはかないそうもないだろうね。まして私の後となっては、伝授できそうな子孫もないのがまったくさみしいよ」などと言い、大将はその通りだ、じつに残念だと思い、また恥ずかしくも思うのである。

「女御の皇子たちの中に、私の望み通りに成長なさる方がいらっしゃるなら、その時に……、それまで長生きできれば、の話だけれど、どれほどでもないけれど私の技のすべてを伝授しよう。二の宮が、今からその才能があるように見えるけれど」などと言うので、祖母君である明石の御方はたいへん名誉に思い、涙ぐんで聞いている。

明石の女御は箏（そう）の琴（こと）を紫の上に譲り、ものに寄りかかって横になってしまったので、紫の上は和琴を光君に渡し、それからはくつろいだ演奏となった。催馬楽（さいばら）の「葛城（かずらき）」を演奏する。はなやかでおもしろい。光君がくり返しうたう声は、たとえようもなく魅力的ですばらしい。月がだんだん空高く上るにつれて、花の色も香りもいっそう引き立てられ、いかにも奥ゆかしい風情である。

箏の琴を弾く女御の爪音は、それは可憐でやさしく、母君である御方の奏法も受け継いで、絃を揺すってうねりをつけた「揺の音」も深く響き、たいそう澄んで聴こえた。それに比べて紫の上の手さばきは、また趣が異なって、ゆったりと晴れやかで、聴く人たちはこらえきれずに浮き立った気分になるほど魅力的で、静かに弾き、また速く弾く「輪」という奏法など、すべてに才気が感じられる音色である。旋律が変わり、みな調子を変える。調絃後の試し弾きの合奏の、親しみやすくてはなやかな曲の中で、姫宮の琴は「五箇の調べ」といったたくさんの奏法のうちでも、かならず注意して弾かなくてはならない五六の撥を、じつにおもしろく冴えた音で弾いている。未熟さを感じさせることなく、たいそう澄みきって聴こえる。春と秋、どの季節にも合う調子で、何曲もふさわしい音色で弾いている。その心配りも教えた通りに間違うことなく、よく理解しているので、光君は姫宮を可憐にも、また晴れがましくも思うのだった。

笛の係の若君たちがとてもかわいらしく笛を吹き、一生懸命であるのに光君は感心し、

「もう眠たいだろうに。今宵の演奏はそう長引くことのないよう、ほんのわずかなあいだだけと思っていたのに、やめるには惜しい音色がどれも優劣をつけがたく、それ

を聴き分けるほど耳もよくないので、ぐずぐずしているうちに夜も更けてしまった。
気がつかなかったね」と、笙の笛を吹いていた大臣（鬚黒）の三男に、盃を渡し、自分の着ていた袿を脱いで肩に掛けてやる。横笛を吹いていた大将（夕霧）の長男には、紫の上から織物の細長と袴など、大げさにならないようにほんの形ばかりを与え、大将の君には姫宮から酒が振る舞われ、姫宮の装束一揃いが肩に掛けて与えられる。それを光君が、

「これは妙なこと。師匠の私こそ、何はさておきだいじにしてほしいものだ。情けないこと」と言うので、姫宮のいる几帳の端から笛が渡される。光君はほほえんでそれを受け取る。すばらしい高麗笛である。光君が少し吹いてみると、みな帰るところだったけれど、大将は立ち止まって息子の持っていた笛を取り、それはおもしろく吹きはじめる。その音色はじつにすばらしいが、だれも彼もみな自分から伝授され、それぞれの腕前が比類なくすぐれているので、自身の音楽の才能は世にもまれなのだと光君は思い知るのだった。

　大将は子どもたちを車に乗せて、月の澄んだ夜更けに退出する。帰り道、紫の上の箏の琴の、よくあるものとは違ってすばらしかった音色が耳に残り、恋しく思える。自身の妻（雲居雁）は、亡き祖母、大宮が琴を教えたけれども、熱心に習う以前に大

宮の元を離れてしまったので、満足に稽古を積むこともなかった。それを自分の前では恥ずかしがって、いっこうに弾こうとしない。何ごとにおいてもただのんきに、おおらかにかまえていて、子どもたちの世話を休む間もなく次々している妻を、なんの風情もないと思わずにはいられない。とはいえさすがにおおらかなばかりでもなく、腹を立てたり嫉妬したりするところは、愛嬌があって憎めない人柄のようだけれど……。

光君は東の対に帰る。紫の上は寝殿に残って姫宮と話をし、明け方になってから自分の部屋へ戻った。光君とともに日が高くなるまで寝んでいる。

「姫宮のお琴の音色はたいそう上手くなったものだ。あなたはどう聴きましたか」と光君に訊かれ、

「はじめの頃、あちらでお弾きになっているのをちらりと聴きました時は、どうかと思いましたけれど、格段にご上達なさいましたね。それもそのはずでしょう、かかりきりで教えておあげになったのですから」と紫の上は答える。

「そうだね。私はいちいち手を取るように教える頼もしい先生だからね。琴は面倒で厄介なもので、教えるにも時間がかかるから、ほかのだれにも教えはしないのだが、朱雀院も帝も、いくらなんでも琴だけは姫宮に教えているだろうとおっしゃっている

のを聞くとおいたわしくて、せめてそれくらいのことだけはして差し上げよう、わざわざ姫宮のお世話役としてこの私にお預けくださったのだから……、とがんばってお教えしたのだ」などと話すついでに、「昔、まだ幼かったあなたをお世話した頃は、私には時間もなかなかなくて、ゆっくりと特別に教えることもままならなかった。近頃も、なんとはなしに次々と忙殺されて日が過ぎていき、ちゃんと聴き役になることもできなかったのに、あなたの琴の音がすばらしいできばえだったのは、私も面目が立つというものだ。大将が耳を傾けてひどく感心していたのも、我が意を得たりとうれしかったよ」と話す。

紫の上はこうした音楽の方面でも、すっかり大人びた年齢にふさわしく、また孫宮たちのお世話を取り仕切る面でも、行き届かないことはない。すべてにおいて人から非難されるような頼りないところがなく、めったにいない人柄なので、こうしてなんの不足もない人は長生きできない例もあるようだから……と、光君は紫の上に不吉なことが起こりはしないかと心配している。光君はこれまでじつにさまざまな人々を多く見てきているので、紫の上のように何もかもがすばらしい人は二人といるものではないと心から思っている。紫の上は今年三十七歳になる。

今までともに暮らした長い年月のことなどもしみじみと思い出し、そのついでに、

「しかるべきご祈禱など、いつもより特別に行って、厄年である今年はご用心なさい。私はいつも何かと忙しいばかりで、気のつかないところもあるだろうから、あなたのほうでもいろいろ考えて、大がかりな法要をするというのだったら、当然私が執り行おう。あの北山の僧都が亡くなられたことが本当に残念だ。たいがいのことでは頼りになる、じつに立派な人だったのに」などと話し出す。「私自身は幼い頃からふつうの人とは異なっていて、たいそうな扱いを受けて育ったし、現在は世間から重んじられて暮らしている。過去にこうした例は少なかったのだ。けれどもまた、世にまたとなく悲しい目に遭うことも、人よりずっと多かった。まず、かわいがってくださった方々に次々と先立たれた。後に取り残され、こうして晩年になっても、満ち足りることがなく、悲しいと思うことが多い。愚かしくも大それたことにかかわって、妙に悩みがたえず、ずっと満ち足りた思いをしたことがないまま過ごしてきた。そのかわりに、思ったよりもずっと長く生きているのだと思い知ったよ。

あなたのほうは、あの一件での別離をのぞいては、後にも先にも悩みごとで心を乱されたりはしていないと思う。お后ほどの身分であっても、それ以下ならもちろん、されっきとした身分の方々も、みなかならず心穏やかならぬ悩みはつきまとうもの。宮仕えで高貴な人々との交際にしても気苦労が多く、寵愛を他人と争う気持ちが消えないのも不安だろうし、親の家で奥に引っ込んで暮らすあなたのような気楽さはないだろう。その点では、あなたは並外れて幸運だったとわかっているかい？　思いもよらないことに、姫宮がこうしていらしたことは、なんとなくおもしろくはないだろうが、それにつけてもますます深まる私の愛情を、自分のことだから、もしかしたら気づいていないのかもしれないね。あなたはものの心もよくわかっている人だから、いくらなんでもわかってくれているね」

「おっしゃる通り、ふつつかな私には過ぎた幸せだと世間は思っているでしょうけれど、私の心にはこらえがたい悲しみがつきまとって離れません。その悲しみが祈りとなって私も生き長らえているのかもしれません」と紫の上は言い、もっと多く言いたそうな様子は、こちらが決まり悪くなるほどである。「本当のことを申しますと、この先もう長くない気がするのに、この厄年もこうして何もないような顔で過ごすのは不安でたまりません。以前にもお願いいたしました出家のこと、どうか許してくださいませんか」と紫の上は言う。

「それはまったくとんでもないことだ。そんなふうにあなたが世を捨てたら、後に残された私は生きる甲斐もない。ただこうしてこれといったこともなく過ごしている年月だけれど、明け暮れ、なんの隔てもなくあなたと暮らすうれしさだけが、何にも代えがたく思えるのだ。やはり、あなたを思う気持ちがどれほど深いか、見届けてほしい」と、そればかり光君は言うが、紫の上は、いつもと同じことをおっしゃって……、とつらくなり、涙ぐむ。その様子をいじらしく思い、光君はあれこれとなぐさめている。

「それほどたくさんの女の人を知っているわけではないが、みなそれぞれに取り柄があるものだと知るにつれて、心底から気立てのおっとりした穏やかな人はめったにいないものだと思うようになった。

大将の母君（葵の上）を、まだ私が幼い頃に妻とすることになって、れっきとしたお方としてたいせつにしなければならないと思っていたが、いつもしっくりいかなくて、打ち解けない気持ちのまま終わってしまったのは、今思うと、気の毒でもあり悔やまれもする。けれど私だけがいけなかったのではないと、心中では思うのだ。きちんとしていて重々しく、どこが不満だということもなかった。ただあまりにもくつろいだところがなく、堅苦しくて、頭のよすぎるきらいがあった。離れて思うとたのもしいが、ともに暮らすには気詰まりな人柄だった。

中宮の母君（六条御息所）は、ずば抜けてたしなみ深く優雅な人のお手本として、まず思い浮かぶが、どうもつきあいにくく、逢うのはつらかった。私を恨むのも当然で、じつにもっともなことだとは思うが、そのままずっと思いつめて深く恨み続けたのはまったくつらいことだった。いっときも気をゆるめられずに気詰まりで、私も相手もくつろいで、朝夕親しく暮らすには気が引けてしまうようなところがあった。気を許しては見下されるのではないかと、あまりにも体裁を繕っているうちに、心が離れてしまった。とんでもない浮き名が立って、ご身分に似合わない軽薄なことになって嘆かわしいと、それはひどく思い詰めていたのが気の毒で……。たしかにあのお人柄を考えても、私がいけないのだろうと思い、それきりになってしまったことへの罪滅ぼしに、もちろんそうなるべき宿縁だとはいえ、中宮を私のほうでもお引き立てして、世間の批判や人の恨みも気にせずに力添えしているのを、あのお方もあの世から見なおしてくださっているはず。今も昔も、いい加減な気まぐれから気の毒な思いをさせてしまうことも、また悔やまれることも多いのだ」と、過去の女性たちについて少しずつ話しはじめる。

「女御のお世話役（明石の御方）は、はじめはたいした身分の人でもないからと軽く見ていて、気楽な相手だと思っていたのだが、やはり心の奥底の見えない、際限なくたしなみ深い人なのだ。表面上は従順でおとなしく見えるけれど、どこか油断のならないところがあって、なんとなく気詰まりなところのある人だね」

「ほかの人は会ったことがないのでわかりませんが、明石の御方は、改まってのことではないけれど、自然とご様子を拝見する機会もあるので、近寄りがたく、気後れしてしまうお方だととてもよくわかります。ですから、反対に表裏のまるでない私を、どんなふうにご覧になっていらっしゃるかと気が引けてしまうのですが、でも娘として育てた女御は、こんな私をいつか大目に見てくださるだろうとは思っています」と紫の上。

あれほど目障りだと不快に思っていた人を、今はこうも受け入れて会ったりしているのも、すべて女御のため、と心底から思うせいだろうと考えると、紫の上の気持ちが本当に殊勝と思い、

「あなたこそ、さすがに心中で思うことはあるのだろうが、相手によって、また事情次第でじつにうまく二通りの心づかいをしてくれる。私もたくさんの女の人とつきあってきたけれど、あなたのような人はまったくいなかった。一筋縄ではいかないところもあるけれど」とほほえんで言う。

「姫宮に、琴をたいそう上手にお弾きなさったお礼を申し上げよう」と言い、光君は夕方に出かけていく。姫宮は自分に遠慮している人がいるとは思いつきもせず、ひどく子どもっぽい様子で、ただひたすら琴に熱中している。

「もう私にお暇をくださって休ませてくれませんか。弟子なら先生を楽にしなくては。本当にたいへんな思いをした毎日の練習の甲斐あって、安心できるほど上達なさいました」と光君は言い、琴を押しやって寝む。

紫の上のいる東の対では、いつものように光君のいない夜は、夜更かしをして、女房たちに物語などを読ませて聞いている。

こうして世間によくある話としていろいろ書かれたいくつもの物語にも、移り気な男や好色な男、二股を掛ける不実な男と関わった女など、そんな話がたくさん書かれているが、最後には拠りどころとなる人を見つけている。なのに私はどうしたことか、浮き草のように過ごしてきた身の上ではないか。光君のおっしゃる通り、並外れた幸運に恵まれた身ではあれど、ふつうの女ならばとてもたえがたく、満たされることのないもの思いから逃れられずに一生を終えるのだとしたら、なんとつまらないことだろう……。などと考え続け、夜も更けて寝んだその夜明け前から、紫の上は胸の痛みで苦しみはじめた。女房たちが介抱し、「殿にお知らせしましょう」と言うが、「それはいけません」と制し、たえがたい苦しみをこらえて朝を迎えた。体は熱で火照り、気分もひどく悪いのだが、光君もなかなかあらわれない。その間、これこれのご容態だと知らせることもない。

女御のところから便りがあったので、「このように具合が悪く……」と返事をしたところ、女御は驚いて光君に知らせた。光君は胸のつぶれる思いで、急いで帰ってみると、紫の上はたいそう苦しげにしている。「気分はどうだ」と光君が体を触ってみると、ひどく熱い。昨日、厄年だから用心なさいと話したことを思い合わせて、ひどくおそろしくなる。粥(かゆ)などをこの部屋で用意したが、光君は見向きもせずに一日中付き添って、何かと面倒をみては心を痛めている。ちょっとした果物ですら口にするのを嫌がって、起き上がることもできないまま幾日も過ぎる。どうなることかと光君は気が気ではなく、さまざまな祈禱を数え切れないほどはじめさせる。僧を呼び、加持もさせる。紫の上はどこがどうというわけでもなく、ひどく苦しんでいて、ときどきぶり返すように胸が痛む様子は、たえがたく苦しそうである。さまざまの祈願を無数にさせても効験はあらわれない。重態と見えても、たまたま快方に向かうきざしがあれば心強いのだが、そんなこともないので、光君はひどく心細く、悲しくその様子を見守っている。ほかのことを考える余裕もなく、朱雀院の御賀の騒ぎも鎮まってしまう。朱雀院からも、紫の上の病状について聞き及び、ていねいなお見舞いがたびたびある。

何も変わらないまま二月も過ぎた。光君は言いようもなく心配になり、試しに場所を変えてみようと、二条院に紫の上を移した。六条院は揺れるほどの騒ぎで、嘆き悲しんでいる人も多い。冷泉院もこのことを耳にして嘆いている。もしこの方がお亡くなりになれば、光君はきっと出家の決心をなさってしまうだろうと、大将の君（夕霧）も懸命になって看護に手を尽くしている。御修法などは、通常行うもののほかに、大将の君が特別に命じたものも行わせる。紫の上は、多少とも意識のはっきりしている時は「お願いしました出家のことを、お許しくださらないのはつらい」と恨み言を口にする。

けれど光君は、紫の上の寿命が尽きて亡くなってしまうよりも、この目で、みずから出家する姿を見るほうが、いっときもたえられそうもなく、惜しくも悲しくも思えるに違いないと思う。

「昔から、私こそが出家を強く望んでいたのに、後に残されたあなたがさみしく思うだろうからと心苦しくて、ずっと思いとどまってきたのに、あなたが逆に私を見捨てようというのか」と、それればかりを言って引き止めるのだが、本当に望みが持てないほど衰弱し、もうおしまいかと思ってしまうこともたびたびなので、どうしたらいいのかと光君は悩み、姫宮のところにほんの少し顔を出すこともなくなる。琴なども場違いに思えてみな片づけてしまい、六条院に仕える人々はみなこぞって二条院に集まってくる。六条院は灯の消えたようにただ女君たちがいるだけである。そうなると、これまでのはなやかさは紫の上ただひとりが保っていたものだったのか、と思える。

明石の女御も二条院にやってきて、ともに看病をする。

「あなたはふつうのお体ではいらっしゃらないのに、物の怪などが憑いたらおそろしいことになります、早くお帰りください」と紫の上は苦しい中からも女御に言う。女御とともにいる若宮がそれはかわいらしいのを見て、紫の上は激しく泣き、「大きくなられるのを拝見できないのでしょうね。私のことなどお忘れになりましょう」と言うので、女御は涙を抑えることができないほど悲しくなる。

「縁起でもない、そんなことを考えますな。そんなに悪くなるはずがない。気の持ちようで人はどうともなるものだ。心が広く器の大きい人は、幸福もまた大きくなるし、心の狭い人は、そうなる宿世で出世したとしても、ゆったりと大きくかまえることができず、せっかちな人はその地位に長くいることができない。心が穏やかでゆったりしている人は、寿命もまた長い例が多いのだから」などと光君は言い、仏神にも、このお方が珍しいほどの心の持ち主であり、前世の罪も軽いことをくわしく祈り伝える。

御修法を行う阿闍梨たちや、泊まり込みの夜居の僧など、近くに控えている高僧たちは、こうして取り乱している光君の様子を見て、ひどく気の毒で胸が痛み、心を奮い立たせて祈禱を続ける。少し快方に向かうように見える時が五、六日あったかと思うと、また重く患ってしまうことが続き、それがいつ落ち着くということもなく日がたっていくので、やはりどうなってしまうのか、治る見こみのない病なのかと光君は心を痛めている。物の怪が名乗り出てくる様子もない。苦しんでいる様子は、どこが悪いというのでもなく、ただ日がたつにつれて衰弱する一方に見えるので、それはもうこらえきれない悲しみで、心の安まる時もないのである。

さて、あの猫好きの衛門督（督の君・柏木）は、中納言に昇進した。今の御世では、帝の信頼がたいへんに篤く、今をときめく人物である。自分の地位や声望が高まるにつけても、思いのかなわないどうしようもなさを思い悩み、女三の宮の姉である女二の宮を妻としたのだった。女二の宮は身分の低い更衣腹の生まれだったので、督の君に多少軽んじる気持ちもないわけではない。女二の宮の人柄も、ふつうの身分の人と比べれば、格段に上品ではあるけれど、もとより心に棲みついた人への思いが深かったので、「わが心なぐさめかねつ更科や姨捨山に照る月を見て（古今集／自分の心をなぐさめきれない、姨捨山のうつくしい月を見ても）」と詠われる「なぐさめがたき姨捨」といった心持ちなのだが、人目に怪しまれない程度には、この女二の宮を妻としてだいじにしている。

　しかし督の君はどうしても胸に秘めた姫宮への恋心を忘れることができない。相談相手の小侍従は、姫宮の乳母の侍従の娘であるが、その乳母の姉が、この督の君の乳母だったので、早くから督の君も姫宮のことは耳にしていた。まだ姫宮が幼い頃から、たいそううつくしくて気品があることや、帝にそれはたいせつに育てられていることなどを聞いていたので、このような恋心を抱くようになったのだった。

こうして光君が姫宮のところから離れている頃、邸内はさぞや人目も少なくひっそりしているだろうと推測し、督の君は小侍従を何度も呼び出しては熱心に相談する。

「昔から命も縮まるほど恋い焦がれているのに……。あなたのような親しいつてがあって、姫宮のご様子を伝え聞いたり、またこらえきれない私の思いを聞いてもらったりして、頼もしく思っているのに、いっこうに何もしてくれないのだから、つらくてたまらない。朱雀院でさえ、『光君はあんなに多くの女君たちと関わっていらっしゃって、姫宮もその中で気圧されたようで、ひとりさみしくお寝みになる夜も多く、所在なくお暮らしのようです』とある人が奏上した時にも、少し後悔なさったご様子で『同じ臣下の気楽なお世話役を決めるのなら、真面目にお仕えしてくれる婿を選べばよかった』と、さらには『女二の宮のほうがかえって心配なく、末永く幸せに暮らせるに違いない』とおっしゃっていると人伝(ひとづて)に聞いて、おいたわしくも残念でもあり、私はどんなに思い悩んだことか。たしかに姫宮と同じお血筋だと思って彼女を妻にしたものの、それはそれ、としか思わない」と、思わず嘆息する。小侍従が、

「まあ、なんと大それたことを。それはそれ、などと女二の宮さまを差し置いて、まだそんなふうにお考えとは、どんなに途方もないことをお考えなのでしょう」と言うと、督の君は苦笑して、

「そういうものだよ。畏れ多くも姫宮との結婚を望んだことは、朱雀院も帝も知っていらっしゃった。あれを婿にしてなんの不足があろうと、この私のことを院も何かの折におっしゃっていた。いやいや、あの時もう一押ししてくださっていれば……」などと言う。

「まったくあり得ない高望みです。前世からのご縁というものがあると言うけれど、あの院（光君）が言葉にして熱心に結婚を望まれたのに、それと張り合って邪魔だてできるようなご身分だと思っているのですか。近頃こそ、ちょっとはえらくなって、御衣(おんぞ)の色も濃くなったけれど」と小侍従が言う。その、とてもかなわないほどぽんぽん言ってのける口ぶりに、督の君はそれ以上言いたいことも言えず、「もういい。過ぎたことを言っても仕方ない。ただこれほどめったにない機会に、姫宮のおそば近く

で、この心に秘めた思いの一端を少しでも申し上げられるように、とりはからってほしいのだ。まあ見ていなさい、大それたことなどは、本当におそろしいことだものの、したりするはずがない」と言う。

「これ以上の大それたことがほかにありますか。なんて気味の悪いことを思いついたんでしょう。まったく私は何しにここへ来たのやら」と口を尖らせる。

「嫌なことを言う、聞いていられないよ。ずいぶんと大げさな言い方をする。男女の縁はどうなるかわからないものだ。女御や后といったご身分の方でも、何かわけがあってほかの男と逢うことだってあるだろう。まして姫宮のご様子を見ていると、いかにも並ぶ者なくすばらしいけれど、内々ではおもしろくないことも多いのではないか。朱雀院の、たくさんの御子たちの中で、ほかに並ぶ者のないほどたいせつに育てられたのに、こうして同列とは思えない女君たちにまじって心外なこともあるに違いないよ。私はよく知っているんだ。世の中、どうなるかわからないものなのに、はじめからこうだと決めてかかって、つんけんと突き放すようなことを言うものではない」と督の君。

「ほかの方々に気圧されていらっしゃるご様子だからといって、今さら別のふさわしい方にあらためて縁づかれるわけにはいかないでしょう。六条の院とのご関係は、世間のご夫婦とは違いますよ。ただお世話をなさる方もなく、頼りなくお暮らしになるよりは、親代わりになっていただこうと、院にお頼みなさったのだから、お二人ともそのようなお気持ちでいらっしゃるのでしょう。あなたの言いようは的外れな悪口ですよ」としまいには小侍従が腹を立ててしまうので、あれこれと言いなだめ、

「本当のところ、あのようにだれよりもすばらしい光君の姿を見馴れていらっしゃる姫宮に、人の数にも入らないようなみすぼらしい私の姿を、馴れ馴れしくお見せしようなんてまったく思ってはいないよ。ただ一言、もの越しに私の気持ちを伝えるくらいで、どれだけ姫宮の御身の疵（きず）になるというのだ。神仏にも心の中の願いを言うのは、罪にでもなると思うのか」と、たいそうな誓いの言葉を並べるので、はじめのうちこそまったくとんでもないことだと言い返していた小侍従だが、所詮は考えの浅い若い女房、人がこうして命に代えても、とひどく熱心に訴えるのを、拒否し続けることができず、

「もし適当な機会があれば、なんとかしてみましょう。院のいらっしゃらない夜は、御帳台（みちょうだい）のまわりに女房たちが多く控えていて、御座所（おましどころ）の近くにはしかるべき人が必ず付き添っているので、どんな折に隙が見つけられるか、わかりませんけどね」と当惑しながら帰っていく。

どうなのか、どうなのかと毎日催促されてうんざりして、適当な機会をやっと見つけて小侍従は便りを送った。督の君はよろこびながら、たいそう目立たない恰好でこっそりとやってきた。実際、我ながら大それたことをしていると自覚しているので、姫宮に近づいて、かえって取り乱すことがあろうとは思いもしない。ただ、ほんのちらりと衣裳の端だけを見た春の夕べの、忘れられずにいつも思い出してしまう姫宮のお姿を、もう少し近くで拝見し、自分の気持ちも打ち明けたならば、ほんの一行のご返事くらいはいただけるだろうか、あわれな者だと思ってくださるだろうか、などと考えている。

四月十何日かのことである。賀茂の御禊を明日に控えて、斎院に奉仕すべくこちらから向かわせる女房十二人、そう身分の高くない若い女房や女童など、それぞれ晴れ着を縫ったり化粧をしたりして、見物に出かけようとその準備をしているのもみな忙しそうで、姫宮の周辺はひっそりとして、ひとけのない折なのだった。近くに控えている按察の君も、ときどき通ってくる源中将が無理に呼び出したので自分の部屋に下がっている。ただこの小侍従だけが近くにいるのだった。今だ、と小侍従は、督の君をそっと御帳の東側、姫宮の御座所のそばに座らせる。そんなことまですべきだったのかどうか……。

姫宮は無心に眠っていたのだが、近くに男の気配がするので、光君がいらしたのだと思っていると、男はいかにもかしこまったそぶりで姫宮を御帳台の下に抱き下ろす。何者かに襲われたのかとやっとの思いで目を開けてみると、光君とは別人である。その男は聞いてもよくわからない奇妙なことを話しているではないか。ただもう驚いて気味が悪くなり、人を呼ぶが、近くにはだれも控えていないので、聞きつけてあらわれる者もいない。わなわなと震え、水のように汗を流し、気を失いそうなその様子は、たいそういじらしくも、可憐でもある。

「とるに足らない私ですが、これほど嫌がられる者だとは思いもしませんでした。昔から身の程知らずにもお慕いしていましたが、ひたすら心に秘めたままにしていたら、その思いも朽ちてしまったでしょう。けれどなまじ思いを口にしてしまい、朱雀院のお耳にも入ってしまったのですが、まったく問題外だともおっしゃいませんでしたから、望みを捨てきれませんでした。私の身分が一段劣っているということだけで、ほかの人より深いあなたへの気持ちを無駄にしてしまった。そのことの無念が消えず、何もかも今は取り返しのつかないことだと思ってみても、どれほど私の心に染みついてしまったのでしょう……、年月がたつにつれて、残念にも、つらくも、気味悪くも、悲しくも、さまざまに深く思いが募るばかりなので、こらえかねて、こうして身の程知らずな真似をお目に掛けてしまったのです。しかし考えてみれば、まことに浅はかで恥ずかしい限りですので、大それた罪を犯す気持ちなどまったくありません」と言い続ける。

この人だったのか、と相手がわかると、姫宮はまったく不愉快で、またおそろしいことに思えて、なんの返事もしないでいる。

「まったくごもっともですが、こうしたことは世間に例がないわけではありません。なのに世にもまれなほど冷たいお仕打ちならば、私も情けなさのあまり、かえって一途にも無分別なことをしてしまうかもしれません。せめて、あわれな者、とでも言ってくだされば、そのお言葉を胸に帰ります」と、言葉を尽くす。

よそで想像していたところでは、この姫宮という人は、威厳があって、馴れ馴れしく逢うことなどとても気が引ける方だと思っていたので、ただこれほどまでに思い詰めた気持ちの一端を話してわかってもらうだけで、なまじ色めかしい振る舞いなどしないでおこうと督の君は思っていた。けれども実際の姫宮は、それほど気高くもなく、気が引けるようでもなく、ふんわりとやさしくかわいらしく、ただなよなよとした雰囲気は上品で、とてもうつくしく感じられ、そこはだれとも比べようがないのだった。督の君は冷静に自分を抑える気持ちも失せて、もうどこでもいい、姫宮を連れ出してかくまってしまって、自分もまたこの世の暮らしをうち捨てて行方をくらましてしまいたい、とまで取り乱すのだった……。

ほんの少しのあいだ、まどろんだともいえない夢に、あの、手なずけた猫が出てきた。いかにもかわいらしく鳴きながら近寄ってくる猫を、この姫宮に返すために自分が連れてきたように思うのだが、なぜ返すのだったか……と思っているうちに目が覚めて、どうしてこんな夢を見たのだろうと督の君は思う。

姫宮はあまりにも思いがけないことで、現実のこととも思えず、胸もふさがる思いでぼんやりしているが、

「やはり、逃れられない宿縁が浅くなかったのだとおあきらめください。我ながら、正気だったとはとても思えません」と督の君は言い、あの、姫宮は気づいていなかった、御簾(みす)の端を猫が綱を引いて持ち上げた夕べのことも話した。そうか、そんなこともあったのかと姫宮はくやしく思う。情けない宿縁の身の上だったと言うしかない。光君にも、いったいどうして顔向けができようと悲しくて心細くて、まるで子どものように泣いているのを、督の君はまことに畏れ多く、またいとしく思い、姫宮の涙をも拭ってあげる袖はますますしっとりと濡(ぬ)れる。

夜も次第に明けていくが、督の君は帰る気になれず、なまじの逢瀬(おうせ)に思い乱れてい

る。

「いったいどうしたらいいのでしょう。ひどく私をお嫌いのようですから、もう二度とお話しすることもないでしょう。どうか一言でもお声を聞かせてください」と、あれこれ言っては困らせるのも、姫宮にはわずらわしくて情けなくて、ますます何も言えずにいると、

「しまいには気味が悪くなってきました。こんなお扱いはあり得ません」と督の君はたまらない気持ちになり、「もうどうしようもないのですね。いっそ死んでしまいたい。あなたのことが忘れられずにこうして生きてきたのです。その命も今宵限りの命となるのも悲しいことです。少しでもお心を開いてくださるならば、それと引き替えに命を捨てるのも惜しくはないのですが」と姫宮を抱いて外へ出るので、いったいどうするつもりなのかと姫宮は茫然としている。隅の間の屏風を引き広げて、妻戸を押し開けてみると、渡殿の南の戸の、昨夜入ってきたところがまだ開いているが、まだ夜の明けきらない頃合いなのだろう、ほんの少しでも姫宮を見てみたいという気持ちから、督の君は格子をそっと引き上げて、

「こんなにもひどくつれないお心に、私も正気を失いました。少しでも気持ちを落ち着けてほしいとお思いなら、あわれな者、とだけでもおっしゃってくださいよ」と脅

し出す。なんということを言うのだろうと思い、姫宮は何か言おうとするけれど、体が震えるばかりで、いかにも幼げな様子である。

刻々と夜が明けていくので、気が気ではなく、

「身に染みて感じることのあった夢を見まして、そのお話もするべきなのでしょうが、こんなに私をお嫌いなのでは……。それでも、そのうち思い当たることもあると思います」と、せわしなく帰っていく。夜明けのまだ薄暗い空は秋のそれよりずっと悲しみをそそる。

おきてゆく空も知られぬ明けぐれにいづくの露のかかる袖なり

（起きて行く、その行き先もわからない夜明けの薄暗がりに、いったいどこの露がこうも袖を濡らすのでしょう）

と袖を引き出して訴える。姫宮は、督の君が帰っていこうとしていることに少々ほっとして、

明けぐれの空に憂き身は消えななむ夢なりけりと見てもやむべく

（夜明けの薄暗い空に、つらい我が身は消えてしまいたい。これは夢だと思って済ませてしまえるように）

と弱々しくつぶやく声が、若々しくうつくしく聞こえるのを、最後まで聞かないう

ちに出ていく督の君のたましいは、本当に体を抜け出して姫宮の元に留まってしまった心地がする。

妻の女二の宮の元に帰ることもせず、督の君は父致仕の大臣（前太政大臣）の邸にそっと帰った。横になってはみたものの眠ることもできず、あの夢が正夢となるのかどうか、それも難しい、と考えていると、あの夢の猫の姿を恋しく思い出さずにはいられない。

それにしてもなんと大それたことをしでかしてしまったのだろう、世間に顔向けできなくなってしまった、とおそろしくなり、なんとなく身もすくむ思いで、出歩くこともしなくなった。相手の姫宮のためにはもちろん、我がことながらも、なんとあるまじきことをした、とぞっとしてきて、気ままに忍び歩きなどできるはずもない。もし帝の后を相手にあやまちを犯し、それが表沙汰になったとしても、これほど苦しく思い詰めた相手のためなら、命を捨てるようなことになってもつらくはなかろう。それほどの大罪にはあたらないとしても、あの光君ににらまれ、疎んじられることはそれよりずっとおそろしく、恥ずべきことに思える。

この上もなく高貴な身分の女でも、少々色気づいた気持ちもあって、うわべは気品がありおっとりしているようで、心の内ではそうでもないような人こそ、あれこれ男の甘い言葉についなびいて、情を交わすといったこともあるようだ。しかしかしこの姫宮はそうではなく、深い考えなどないのだが、ただ臆病なばかりの性格で、今にもあのできごとを人に見聞きされてしまったかのように、顔も上げられないほど怖じ気づき、明るいところににじり出ることさえできずに、なんと情けない宿世だったかと、自分自身でつくづく思い知らされているようだ。

　姫宮のご気分が悪いようです、と知らせがあったので、それを聞いた光君は、たいそう心配している紫の上のことに加えて、この姫宮までもどうしたことかと驚いて、姫宮の元に向かう。はっきりとどこが苦しいという様子でもなく、ひどく恥ずかしげに沈みきっていて、まともに目も合わせようとしないので、ずいぶんこちらへ来ていないことを恨めしく思っているのだろうと、いたわしく感じて、光君は紫の上の病状などを話して聞かせる。

「もうこれが最期かもしれません。今さらこのような時にいい加減な扱いをしたと思われたくないのです。あの人は幼い頃から面倒をみてきて、ここで見放すことなどできませんから、こうして幾月もほかのことはほったらかしで過ごしているのです。そのうち事態がおさまりましたら、私の気持ちもおわかりいただけるでしょう」などと話す。光君がこうして何も知らない様子なのを、申し訳なく、また心苦しく思い、姫宮は人知れず涙のあふれる思いである。

督の君は、なまじ逢ってしまったばかりにますます苦しくなり、寝ても起きても、明けても暮れても、日々を過ごしかねている。賀茂の祭の当日は、我先にと見物に出かけていく君達(きんだち)が連れだってやってきては、口々に同行を勧めるけれど、気分がすぐれないように振る舞って、ぼんやりと横になっている。妻の女二の宮にたいしては、丁重な態度で接しているだけで、実際は打ち解けて逢うこともほとんどなく、自分の部屋に閉じこもって、ただ何をするでもなく心細い思いでぼんやりしている。女童の持っている葵(あおい)を目にして、

くやしくぞつみをかしける葵草(あふひぐさ)神のゆるせるかざしならぬに

(まったく悔やまれる、罪を犯して葵草(あおいぐさ)を摘んでしまった——あの人に逢ってしまった、神のお許しになった挿頭(かざし)でもないのに)

と思うにつけても、本当に、かえって逢わなければよかったほどのつらさである。世間のにぎやかな牛車(ぎっしゃ)の響きを遠いことのように聞きながら、だれのせいでもない、自分で招いたやり場のなさに、一日がむやみに長く思える。

女二の宮も、こうした督の君の無気力さに気づかないはずがなく、何があったのかはわからないながらも、打ち解けてもらえないことが何やら決まり悪く、心外で、晴

れやかな気持ちになれない。女房たちはみな祭見物に出て、邸内は人も少なくひっそりしているので、ぼんやりと箏(そう)の琴(こと)を、弾くともなしにやさしくつま弾いているその様子も、さすがに気品があり優雅であるけれど、督の君は、同じことならもう一段上のあのお方と結婚したかった、今ひとつのところで及ばない私の宿縁ではないか、とまだ思っている。

もろかづら落葉を何にひろひけむ名はむつましきかざしなれども

（葵と桂のもろかづらのうち、なぜつまらない落葉など拾ってしまったのか。名前だけは睦まじい挿頭(かざし)だけれども――同じ姉妹とはいえなぜ落葉のほうをもらったのか、どちらも同じ血筋の姉妹だけれども）

……と書き流していますけれど、ずいぶんと人を馬鹿にした陰口というものではないでしょうか。

姫宮のもとへくるのが久しぶりだったので、光君は、そうすぐに帰ることもできず、落ち着かない気持ちでいるところへ、「息をお引き取りになりました」と使者が伝えにくる。もう何も考えることができなくなり、暗闇(くらやみ)に覆われたような心地で紫の上のところへと向かう。道中も気が気ではないのに、二条院に着いてみると、たしかに近くの大路にまで人々が立ち騒いでいる。邸で人々が大声で泣き騒いでいる様子は、じつに不吉に感じられる。光君は我を忘れて邸内に入る。

「ここ数日は少しよいようにお見えでしたのに、急にこんなことにおなりになって……」と、お付きの女房たちがこぞって、自分も取り残されずにいっしょに死ぬとばかりに泣き惑う姿は、異常なほど。数々の祈禱の壇を取り壊して、僧なども、しかるべき者だけは退出せずにいるが、ほかの者たちがばらばらと帰り支度をしているのを見ていると、もう本当におしまいなのかと光君も断念せざるを得ず、その情けなさはいったい何にたとえられよう。

「こうなってしまったとはいえ、物の怪のしわざということもあるだろう。そうむやみに騒ぎ立てるのではない」と静めて、今までにもまして数々の願をあらたに立てさせる。光君は、すぐれた験者たち、すべてを呼び集め、

「前世で定められた寿命が尽きたのだとしても、どうか今しばらくのあいだ、命を引き延ばしてくださいませ。亡き後もしばし命を延ばしてくださるという不動尊のご本誓もございます。せめてその日数だけでもこの世にお引き留めください」と頼み、験者たちは頭から実際に黒煙を立てて、必死に心を奮い立たせて加持祈禱をする。

光君も、「せめてもう一度目を開けて私を見てくれ、あまりにもあっけなく亡くなってしまって、その臨終にも立ち会えなかったのがくやしく悲しい」と取り乱してい

る様子は、とても後に残って生きていけそうもないほどである。光君のそんな姿を目の当たりにする人々の動揺がいかほどか、容易に察することができるはず……。

この光君の悲しみに満ちた心中に、仏も目を留めたのか、この幾月もいっこうに姿をあらわさなかった物の怪が、憑坐（よりまし）のちいさな女童に乗り移って大声で何か叫びはじめる。そうしているうちにようやく紫の上は息を吹き返し、光君はうれしくも、また不吉にも思い、心が騒ぐ。

物の怪は激しくこらしめられて、

「ほかの人はみな出ていきなさい。院の殿おひとりの耳に申し上げたいのです。この私を幾月もこらしめて苦しい目に遭わせるのが、あまりにむごく、つらいので、どうせならあなたに思い知らせてやろうと思ったのです。けれどさすがにあなたがお命も投げ出すように、身を削って嘆き悲しんでいらっしゃるのを拝見しましたら……。この私も今はこうしてあさましい身でありますが、昔の心が残っているからこそこうまでしておそばに参ったのですから、なんともおいたわしいご様子を見過ごすことができずに、とうとう正体をあらわしてしまいました。けっして悟られてはなるまいと思っていたのに」

と、顔を隠すように髪を振りかけて泣く様子は、その昔、妻だった葵の上が亡くなる時に見た物の怪とそっくりである。こんなことが本当にあるのか、なんと気味が悪いと、あの時も同じように心底思ったのだった。それもまた不吉なので、この女童の手をつかんで引き据え、見苦しい振る舞いをしないように取り押さえる。

「本当にその人に間違いないのか。たちの悪い狐などで、気の触れたのが、亡き人の不名誉になることを口走ることもあるそうだから、はっきりと名を名乗れ。ほかの人の知らないはずのことで、私にだけはっきりわかることがあれば言ってみるがいい。そうしたら多少なりとも信じよう」と光君が言うと、物の怪はほろほろと泣いて、

「わが身こそあらぬさまなれそれながらそらおぼれする君は君なり

(私の身は、昔と変わり果てた姿になってしまいましたが、そらとぼけていらっしゃるあなたは昔のあなたのままですね)

ああ、恨めしい、恨めしい」

と泣き叫んでいるものの、それでもどことなく恥じらいを見せている様子は昔と変わらず、それがかえってひどく不気味で疎ましく、光君はもうこれ以上何も言わせまい、と思う。

「娘の中宮のことも、それはもううれしくもありがたくも、空をさまよいつつも拝見していましたが、この世あの世と境を異にしてしまうと、子のことまで深く思えなく

なるのか……。やはり私自身がつらいと思い続けた執念が、いつまでも残るものなのですね。その中でも、私が生きていた時にほかの人より軽んじてお見捨てになったことはまだいいのです。お親しい人との睦言(むつごと)に、私のことを『心のひねくれたつきあいにくい女だった』とおっしゃいましたね、そのことが本当に恨めしい……。今はもう亡くなったのだからと大目に見て、だれかほかの人が私の悪口を言った時でも、それを否定してかばってくださったってよかろうものを……、と、ふとそう思っただけなのです。けれどこうしてあさましい身に成り果てているので、そう思っただけでもこんなに厄介なことになったのですよ。この紫のお方を深く憎いと思ったことはありませんが、あなたさまは仏神の加護が強く、とても遠く感じられて、おそばには近づくことができずに、お声だけをかすかに聞くばかりなのです。どうか今は私の罪を軽くするための供養をお願いいたします。修法(ずほう)だ読経だと騒ぎ立てることも、この私には苦しくつらい炎となってまとわりつく一方で、尊いお経もいっこうに耳に入りませんので、本当に悲しいのです。娘の中宮にも、次のように伝えてください。御宮仕えのあいだも、ゆめゆめほかの方と競おうとしたり、妬んだりしなさいますな。斎宮でいらした頃の、仏の道と離れていた罪を軽くするための功徳をかならずなさいますよう。その頃のことは心から悔やまれます」

などと話し続けるけれど、物の怪に面と向かって話をするのもおかしなことなので、憑坐を一室に閉じこめて、また別の部屋に紫の上をこっそりと移した。

こうして紫の上がお亡くなりになったという噂が世間に広まり、弔問にやってくる人々がいるのを、縁起でもないと光君は思う。賀茂の祭の翌日である今日は、斎院が帰る日なので、その行列を見にいった上達部たちが帰る途中、そのように人々が言っているのを聞き、

「それはたいへんなことになったものだ。生きる甲斐のある人生を送った幸運な人が、その光を失った日だからこうして雨がそぼ降るのか」などと思いついたことを口走る人もいる。また、

「こう何もかも兼ね備えた人は決まって長生きできないものだ。『何を桜に』という古歌もあるではないか。こういう人がいつまでも長生きしてこの世のたのしみを味わい尽くすと、はたの人が迷惑する。今こそ女三の宮さまは本来のご身分にふさわしいご寵愛をお受けになるだろう。おいたわしいことに、ずっと気圧されてきたのだから」

「待てと言ふに散らでしとまるものならば何を桜に思ひまさまし（古今集／待てと言って散らずにいてくれるのなら、これ以上桜に何を望もう）」を引き合いに出して、

ひそひそと噂しているのだった。

衛門督（督の君・柏木）は祭の当日だった昨日、我が身をもてあますことに懲りて、今日は、弟たち、左大弁、藤宰相などを車の奥に乗せて見物に出かけた。みなが紫の上がお亡くなりになったと噂しているのを耳にし、どきりとして、「何かうき世に久しかるべき」（散ればこそいとど桜はめでたけれ憂き世に何か久しかるべき《伊勢物語／散るからこそ桜はすばらしい、つらいこの世に永遠のものがあるだろうか》）とひとり口ずさみ、みなで二条院へ向かう。たしかな話ではないのだから、お悔やみを言うのは縁起でもないと案じ、ただふつうのお見舞いの体で参上すると、たしかに人々が泣き騒いでいるので、本当だったのかと仰天する。

紫の上の父である式部卿宮もやってきていて、悲しみのあまり放心して入ってくる。宮は人々の弔問の挨拶も奥に伝えることができないでいる。大将の君（夕霧）が涙を拭いながら出てきたので、

「いったい何があったのか。縁起でもないことを人々が噂しているが、とても信じられなくて……。ただご病気が長引いていらっしゃると聞いて、心配になって参ったのだが」などと督の君が言うと、

けているのだな、と疑いの目を向ける。

「重病のまま月日を過ごしていらして、この夜明け頃に息絶えてしまわれたのだが、物の怪のしわざだった。なんとか息を吹き返されたと聞くことができて、今やっと、みんなほっとしているのだが、まだ安心はできない。おいたわしいことだ」と、ひどく泣いていた様子である。目も少し腫れている。督の君は、自分のあるまじき恋心に照らし合わせたのか、この君は、そう親しい間柄でもない継母のことをやけに気に掛けているのだな、と疑いの目を向ける。

こうしてだれ彼がお見舞いにやってきたと聞いて、光君は、

「重病人が急に息を引き取ったように見えたのを、女房たちが落ち着きもなく取り乱して騒ぎ立て、この私もじっとしていられず、何も手につかない有様なのです。こうしてお見舞いくださったお礼は、あらためて申し上げることにしましょう」と言う。督の君は胸がどきどきして、こうした折の取り込み中でなければとても光君に会いにくることなどできそうもなく、どこか気後れしているのは、心中で自身のよこしまさをわかっているからなのでしょう。

こうして紫の上が息を吹き返してから、かえって光君はおそろしく思い、さらにまた大々的な修法を数限りなく行い、あらたに祈らせる。生きている時だって不気味であったあの六条御息所が、ましてあの世で、どんなお

そろしい姿になっているかと想像すると、ひどく嫌な気持ちになり、その娘の中宮のお世話をすることまでもが、この頃は厭わしくなってしまう。結局のところ、女の身というものは、みな同じように罪の元となるのだと、男女のことそのものが嫌になってしまった。あの、ほかに聞く人もいなかった紫の上との睦言に、あのお方について少しばかり話したことを、物の怪が口にしたのを思うと、まことにあのお方の霊に違いないと思い出されて、ひどく面倒なことになったと思わずにはいられない。

紫の上が剃髪を強く望むので、受戒の功徳によって快方に向かうかもしれないと、光君は頭頂に形ばかりはさみを入れて、五戒（在家の信者が守るべき五つの戒律。殺生、盗み、姦淫、嘘、飲酒を忌む）だけを受けさせる。信者に戒を授ける御戒の師が、受戒の功徳のすぐれていることを仏に述べる時も、その中には心打たれる尊い言葉もあるので、見苦しいほど紫の上のそばに近づき、涙を拭いながら、いっしょに仏に祈願している。その姿は、いかに世にすぐれた人であっても、こうまでひどく混乱すると、冷静ではいられないのだと思わせるのであった。どんなことをしてこの紫の上を救い、その命を引き留めようかと、それればかり昼夜考えては嘆き、腑抜けたようにまでなって、顔も少しやつれてしまった。

五月の頃は、なおさら晴れ晴れとしない空模様で、すっきりした気分にはなれないのだが、今までより多少は回復した様子である。とはいえまだ絶えず苦しみ続けている。物の怪の罪を救うための供養として、毎日法華経(ほけきょう)を一部ずつ唱えさせる。また毎日何かと尊い法要を命じている。病人の枕元近くでも、声のすぐれた僧ばかりを選んで不断の読経をさせる。物の怪は、姿をあらわすようになってからは、ときどきあれこれと悲しそうなことを言うけれど、すっかり離れていくことはない。だんだんと暑さが増してくると、紫の上は息も絶え絶えになり、ますます衰弱していくので、光君は言いようもなく心を痛めている。紫の上は意識がないような心地のなか、光君のこうした嘆きようをいたわしく思い、「この世からいなくなってしまっても、私自身は何ひとつ未練はないけれど、これほど心を乱されていらっしゃる殿に、むなしく命果てる姿をお目に掛けるのはあまりにも思いやりのないことだ」と、気力を奮い起こして薬湯などを少しばかり口にするからか、六月になるとときどき頭を上げることもできるようになった。光君は久しぶりのこととうれしく思うのだが、やはりまだ心配で、六条院の姫宮のところへはかりそめにも足を運ぶことができないでいる。

姫宮は、あの、あってはならないできごとに心を痛めてからというもの、いつもの様子とは異なって、気分がずっと悪いのだけれど、そうひどい病状ではない。しかし五月になってから食事も進まず、たいそう青ざめてやつれてしまった。あの男君（柏木）は、どうにも思いにたえかねる折々には、夢の中のことのように姫宮に逢いにやってくるのだが、姫宮はそれをなんともたえがたいことだと思っているのである。光君をひどくおそれている姫宮にとって、この男君の容姿も人柄も、同列だとどうして比べられようか。

督の君はたいそうたしなみ深くて優美ではあるから、ふつうの人から見れば、並の人よりは抜きん出て評判もいいだろう、けれども、幼い頃からあれほど抜きんでて立派な人を見馴れている姫宮にとっては、ただ不快に思うだけなのも無理からぬこと。それなのにこうして、そんな相手の子を宿して気分がすぐれずにいるとは、なんといたわしい宿世でしょう……。

乳母たちは懐妊に気づき、光君がたまにしかやってこないことに不平を言い、恨めしく思っている。姫宮がこのように気分がすぐれずにいると耳にして、光君は姫宮の元に行くことにする。

紫の女君は暑くてうっとうしいからと髪を洗い、少しさっぱりした様子である。横になったまま髪を広げているのですぐには乾かないけれど、いささかも癖や乱れなく、うつくしくゆらゆらとしている。顔色が青白くやつれているのがかえってかわいらしく、透きとおるように見える肌などは、世にまたとないほど可憐である。脱皮した虫の殻のように、まだたいそう頼りない様子である。長い間住んでいなかったために少々荒れてしまった二条院は、ずいぶんと手狭に感じられる。昨日今日のこうして意識がはっきりしているうちにと、念入りに手入れをした遣水や庭前の植え込みが、にわかに気持ちのよい景色になったのを眺めて、ああ、よく今まで生き長らえたものだと紫の上は思う。池はたいそう涼しげで、蓮の花は一面に咲いているのに葉は青々として、その上の露がきらきらと玉のように見える。

「あれを見てごらん。蓮が自分だけ涼しそうにしているよ」と光君が言うと、紫の上は起き上がってそちらに目を向ける。そんなこともこの頃はなかったので、「こんなに元気になった姿を見られて夢のようだ。本当に悲しくて、この私までもうおしまいかと思うことが幾たびもあった」と、涙を浮かべて言う。紫の上も胸がいっぱいになり、

消えとまるほどやは経べきたまさかに蓮の露のかかるばかりを

(蓮の上の露が消えずに残っているあいだくらいは生きられるでしょうか。たまたま露は消えず残っている、それだけの命ですのに)

と詠む。光君は、

契りおかむこの世ならでも蓮葉に玉ゐる露の心へだつな

（約束しておこう、この世ばかりでなくあの世でも同じ蓮の上に生まれ変わろう。蓮の葉の玉のような露ほども――つゆほども心を隔てないでほしい）

これからあちらに出かけていくのは気が進まないけれど、帝にも朱雀院にもどう思われるかとの懸念もあり、姫宮も具合が悪いと聞いてからずいぶんたっているし、身近な人の病気に心を痛めていたあいだ、逢うこともほとんどなかったのだから、こうした雲の晴れ間にまでこちらに引きこもっているわけにはいかない、と思い立って六条院に出かけていく。

姫宮は、良心の呵責を感じ、光君に会うのも気が引けて憚られ、光君が何か話しても返事もしないでいる。長く訪ねてこなかったことを、さすがにおもてには出さないけれどやはり恨めしく思っているのだと、光君は心苦しくなって、あれこれとなだめる。年配の女房を呼び、体調などを訊くと、

「ただのご病気とは違ったご様子で……」と、懐妊の徴候らしいと答える。

「妙だね、今頃になって珍しいことがあるものだ」とだけ言い、内心では、長年連れ添った夫婦ですら妊娠などということもなかったりするのだから、確かかどうかはわかるまいと思い、格別この件についてどうこう言わずに、苦しむ姫宮の様子が痛々し

いのを、ただいたわしく思っている。

こうしてようやく思い立ってやってきたので、すぐに帰るわけにもいかず、二、三日泊まっているが、紫の上はいったいどうしているか、どんな様子かと気になって仕方なく、手紙ばかりをこまごまと書いている。

「いつの間にあれほどお書きになりたいお言葉が積もるのかしら。嫌だわ、姫宮さまとの仲も心配になってしまう」と、姫宮のあやまちを知らない女房たちは言っている。手引きをした小侍従だけは、こうしたことにもどぎまぎしている。

あの督の君も、光君が姫宮の元にいると聞き、身の程知らずにも嫉妬めいた逆恨みをして、ずいぶんひどいことを書き連ねて小侍従に寄こす。光君がほんのちょっと東の対に行っている隙に、姫宮のまわりに人がいなかったので、小侍従はその手紙を見せる。

「そんな厄介なものを見せるなんて、嫌になる。ますます気分も悪くなります」と姫宮は横になってしまうので、

「それでも、この端書きのお言葉は、本当にかわいそうなのですよ」と手紙を広げたところへ女房がやってきたので、小侍従はあわてて几帳をそばに引き寄せて立ち去った。姫宮もどぎまぎしているのに、ちょうど光君が入ってきてしまい、手紙を上手く

隠すこともできず、敷物の下に急いで挟む。

　夜になったら二条院に帰ろうと、光君は姫宮に暇の挨拶をする。

「あなたはそうお悪いようにも見えませんけれど、あちらはまだひどく不安定な状態ですから、今さら見捨てたように思われても気の毒です。私のことを悪く言う人がいても、ゆめゆめ気になさいますな。そのうち私の気持ちもわかってもらえるはずです」と言い聞かせる。いつもは何か子どもっぽい冗談を打ち解けて口にする姫宮が、今日はひどく沈んでいて、まともに目も合わそうとしないでいるのを、ただ向こうに行くのがおもしろくないのだと光君は理解する。昼の御座所に横になって話などをしているうちに日も暮れる。少し眠り、ひぐらしがはなやかに鳴くのに目を覚ます。

「では、道が暗くならないうちに」と衣裳などを着替える。

「『月待ちて』、とも言いますのに」と姫宮が言う。

「夕闇は道たどたどし月待ちて帰れわがせこその間にも見む（古今六帖／夕闇は道が暗くなって足元がおぼつきません、あなた、月が出るのを待ってお帰りください、そのあいだだけでもいっしょにいてください）」の歌で初々しく引き止める姫宮を、かわいらしく思わないわけがあろうか。「その間にも」と思っているのかと、いじらしくなって光君は立ち止まる。

　夕露に袖ぬらせとやひぐらしの鳴くを聞く聞く起きてゆくらむ

（夕露に袖を濡らして泣けばいいというおつもりで、ひぐらしの鳴くのを聞いてお起きになり、帰っていかれるのですか）

まだ幼さの残る心のままを口ずさむのも可憐に思え、光君はひざまずき、「ああ、困ってしまう」とため息をつく。

　待つ里もいかが聞くらむかたがたに心さわがすひぐらしの声

（私の帰りを待つ里でも、どのように聞いているだろう、あれこれと私の心を騒がせるこのひぐらしの声を）

などと迷い、やはり薄情なことをするのも心苦しいので、泊まることにした。とはいえやはり心落ち着くことはなく、ぼんやりともの思いに耽り、果物などだけ食べて眠った。

まだ朝の涼しいうちに帰ろうと、光君は早くに起きた。

「夕べの夏扇をどこかに落としてしまった。これは風がなまあたたかいな」と手にしていた檜扇を置き、昨日うたた寝をした御座所のあたりを立ち止まってさがしていると、少し乱れた敷物の端から、浅緑色の薄様の紙に書かれた手紙の、丸めた先が見える。光君は何気なくそれを引き出して見てみると、男の筆跡である。紙に薫きしめた香りはひどく洒落(しゃれ)ていて、もっともらしい書きぶりである。二枚の紙にこまごまと書いてあるのを読むと、間違いようもなく督の君その人の筆跡だとわかる。朝の支度のために鏡の蓋(ふた)を開ける女房は、当然光君が読むはずの手紙なのだろうと、まったく事情も知らないが、小侍従が目を留め、昨日の手紙の色だと気づくと、さあたいへんなことになった、と胸がどきどきと鳴り響くような気がする。光君が粥(かゆ)を食べているほうを見ることもできず、いいえ、まさか、昨日の手紙とは違うはず、いくらなんでも、そんなことあるはずがない、あれは姫宮がお隠しになったはず、と思おうとする。姫宮は何も知らずにまだ眠っている。光君は「ああなんて幼稚でいらっしゃる、ああしたものを散らかして……、ほかの人が見つけでもしたら……」と思ううち、姫宮を見下したくなってくる。「ほらごらん、たしなみ深いところなんてぜんぜんないお方だと、ずっと気掛かりだったんだ」と思うのである。

光君が帰っていったので、女房たちも少しそばから離れた時に、小侍従は姫宮に近寄り、

「昨日のお手紙はどうなさいました。今朝、院の殿がご覧になっていたお手紙の色がよく似ていたのですが」と言う。姫宮はあまりのことに仰天し、涙がただ次から次へと流れ出る。かわいそうにと思うものの、まったくどうしようもないお方だと小侍従

は思う。

「どこにお置きになったのですか。あの時、女房たちがやってきましたから、何かわけがありそうな顔でおそばに控えていてはいけないと、そのくらいのことですら私は気が咎(とが)めて用心しましたのに。院の殿が入っていらしたのは少したってからでしたから、お隠しになったとばかり思っていました」

「いいえ、違うの、手紙を見ていた時に入っていらしたので、ぱっとしまうこともできなくて、下に挟んでおいたのを忘れちゃって」と姫宮が言うので、小侍従はもう言葉もない。近づいてさがしてみるが、そこに手紙があるはずがあろうか。

「ああたいへん、あの督の君も院の殿をひどくおそれて遠慮していて、このことがほんのちょっとでもお耳に入ったら、と畏れ多くて身も縮むようだったのに、すぐにもうこんなことになってしまうなんて。だいたい子どもっぽすぎていらっしゃるから、あの方にもお姿を見られてしまったのですよ。だからあれ以来、あの方は何年も姫宮を忘れることができなくて、この私に恨み言を言い続けていたのです。ですがね、こんなことにまでなろうとは思いもしませんでしたよ。どなたにとっても困ったことになりました」と無遠慮に言う。姫宮の乳母子(めのとご)である小侍従にとって、姫宮は気のおけない、子どもっぽい方なので、こうまで馴れ馴れしい口もきけるのである。

姫宮は返事もせずにただ泣きに泣いている。たいそう気分が悪そうで、まったく何も食べようとしないので、

「こんなにもお具合が悪くていらっしゃるのに、院の殿は置いていかれて、今はすっかりよくおなりになったお方のお世話にご熱心でいらっしゃるなんて」と、女房たちは恨めしく思い、またそう言い合っている。

光君は、この手紙を不審に思わずにはいられず、人目に触れないところでくり返しくり返し見ている。姫宮に仕える女房たちのだれかが、あの衛門督(えもんのかみ)の筆跡に似せて書いたのだろうか、とまで考えてみるが、言葉遣いが整っていて、本人に間違いないと思うことがいくつか書いてある。

「長年ずっと抱いていた思いが、たまたまかなえられて、そのためかえって不安でならないと細かく書き続けているのは、たいそう読み応えがあるし心を打つけれども、こんなにあからさまに書くのはどうだろうか、あれほどの男が、ずいぶん思慮に欠けた手紙を書いたものだ。こんなふうに落としてだれかに見られるかもしれないと思ったからこそ、私などは昔、こうこまごまと書きたい時でも、ところどころ省いてわからないように書いたものだが……。用心深くするというのも、なかなか難しいことなのだ……」と、光君は督の君の心まで見下げてしまいたくなる。

「それにしても、この姫宮をどうお扱いしたものだろうか。ただのご病気ではないお体というのも、こうしたあやまちの結果だったのだ。ああ、なんて情けない。こうして、こんなに嫌なことを人伝（ひとづて）ではなく、直接知ってしまって、今までと同じように接することなどできるものだろうか」と、自分の心ながら、考えなおすことなどできそうもない気もする。しかし「軽い気持ちの浮気相手の、はじめからたいして愛していない女でも、ほかの男に気持ちが行けば、嫌なものだし遠ざけたくなるものを、まして浮気相手などではなくれっきとした私の妻だというのに、督の君もなんと身の程知らずな気持ちを起こしたのか。帝のお后（きさき）とあやまちを犯したという例は昔もあったけれど、それはまた話が別だ。宮仕えということで男も女も同じ帝に親しく仕えているうちに、自然と心を通わせ合うようになって、いろいろあやまちも起きるということはままあることだろう。女御（にょうご）、更衣（こうい）といった身分の高い方々でも、ある点についてはどうかと思うような人はいるものだ。気持ちの浮ついたような人もいて、思わぬことになったりするが、重大な不始末が露見しないあいだは、そのまま宮仕えを続けることになるだろうから、すぐにはそのあやまちも表沙汰にならずにすんでしまう場合もあろう。しかし姫宮には、こうして並ぶ者のないほどたいせつな扱いをしてきて、内心ではるかにたいせつな紫の上よりも、粗末になどできぬ畏れ多いお方としてお世話しているこの私をさしおいて、こんなことをしでかすとは、まったく例のないことだ」と爪弾きをせずにはいられない。

「相手が帝であっても、ただおとなしく表向きにお仕えしているだけでは、宮仕えもおもしろくないものだ。そこへ深く心を寄せる男のせつなる願いにほだされて、それぞれ思いを尽くして、黙って見過ごせない折には手紙の返事もするようになり、自然と心が通い合うようになったような関係ならば、同じあやまちだとしても、まだ許せる。我がことながら、あの程度の男と私が心を分けられていいはずがない」と、ひどく不愉快なのだが、しかしだからといって顔色に出すようなことではない、と思い乱れている。そして、「亡くなった桐壺院も、こうしてお心では何もかもご存じでいながら、知らん顔をしてくださっていたのだろうか、思えばあのことは真実おそろしく、あってはならぬあやまちだった」と、もっとも身近な自分のことを思うと、「いかばかり恋てふ山の深ければ入りと入りぬる人まどふらむ（古今六帖／いったいどのくらい恋の山路は深いのだろう、分け入る人がみな心を乱すほど）」と詠われる通り、「恋の山路」はとても非難できるものではない、とも思うのだった。

光君は平静を装っているけれど、見るからに何か思い悩んでいる様子なので、紫の上は、私がなんとか命を取り留めたのを不憫に思ってこちらにいらしたけれど、あち

らの姫宮のこともご自身でどうにもならず、おいたわしく思っていらっしゃるのだろう、と思い、

「私はもうすっかり気分もよくなりました。あちらの姫宮はお加減が悪くていらっしゃるのに、すぐにこちらにお帰りになるのでは、姫宮もお気の毒です」と言う。

「そうだね。いつもとは違うようだったけれど、特別どこが悪いということもなさそうなので、それなら安心だと思ってね。帝からは何度もお見舞いの使者があった。今日もお手紙があったとか。父宮である朱雀院が、格別にだいじになさるようにとおっしゃっていたから、帝もこれほどお気遣いなさっているのでしょう。何か少しでも姫宮に粗相をしてしまえば、帝も院もどうお思いになるか、それが心苦しいよ」とため息をつく。

「帝がなんとおっしゃるかよりも、姫宮ご自身が恨めしくお思いになるほうが、心苦しいでしょう。姫宮ご自身では何もお思いにならなくとも、あしざまに陰口を申し上げる女房がきっといるのだろうと思うと、私もつらいです」

「たしかに、私がただひたすら大事に思うあなたには、面倒な縁者はないけれど、そのかわりあなた自身が何ごとにつけても深く考えすぎるところがあるね。あれやこれやとまわりの人間がどう思うかまで考えをめぐらせているのだから、ただ帝がご機嫌

を損ねないかばかりを気にしている私は、情が浅いというものだ」と光君は苦笑して、話をそらす。姫宮のところへ行くことについては、

「いずれあなたといっしょに六条院に帰って、のんびりしてからにしよう」とだけ言うので、

「私はこちらでしばらく気楽に過ごします。先にあちらにいらっしゃって、姫宮のご気分のよくなられた頃に、私も」などと話しているうちに、何日かが過ぎた。

こうして光君がなかなか訪ねてこない日が過ぎていき、今まで姫宮は、光君のお心が薄情だからだとばかり思っていたのだが、今となっては、自分のあやまちのせいもあってこういうことになったのだと思うのである。そして、朱雀院(すざくいん)のお耳に入ったらどのようにお思いになるかと、身の置きどころもない心地でいる。

あの督(かん)の君(きみ)も、たいそうせつなそうに訴え続けてくるのだが、小侍従(こじじゅう)もたいへんなことになったと嘆いて、「こんなことがあったのです」と知らせた。督の君はあまりのことに仰天して、「いったいいつそんなことが起きたのか。こういう秘めごとは、時がたてば自然と気配だけでも人に勘づかれることもあるかもしれない、と身が縮む思いで、空からだれかに見られているように思っていたのに、ましてあんな疑いよう

のない証拠をご覧になってしまったとは……」と、恥ずかしく、畏れ多く、いたたまれない思いである。朝夕、涼しくもない時期なのにぞくぞくと寒気がして、言いようもなくおそろしくなる。「今まで長年、仕事でも遊びでも、おそば近くにお招きいただいて親しく参上していたのが常だったのに……。ほかのだれよりこまやかに目を掛けてくださった院の殿のお気持ちが、ありがたくも、慕わしくも思えるのに、あきれ果てた身の程知らずと憎まれては、どのように顔を合わせたらいいのか……」、かといって、このままふっつり伺わないのも人が変に思うだろうし、院の殿もやっぱりそうかとお思いになるだろう」などと、気が気ではなく悩んでいると、気分もひどく悪くなってきて、宮中へも参上しなくなった。それほど重罪ではないとしても、これでもう自分はおしまいだというような気がして、やっぱりこんなことになってしまった、と一方では自分の心が恨めしく思えてくるのである。

「いやしかし、姫宮はしっとりと奥ゆかしいところのない方ではあった。そもそもあの御簾（みす）の隙間からお見かけしたことだって、あってはいいことだろうか。大将（夕霧（ゆうぎり））だって、軽率なことだと思っているのが顔に出ていた」などと今になって思い当たるのである。……無理にでもあきらめようと思うから、なんでもかんでもこうして難をつけてみたくなるのか……。「どんなにそれがいいとはいえ、あんまりにもただおっとりと上品な人は、世間知らずで、それに、仕えている女房たちに用心することもない、そのせいでご自身にとっても、その相手にとっても、いたわしい上とんでもないことになってしまうのだ」と、姫宮をいじらしく思う気持ちも捨てることができないでいる。

姫宮はいかにも痛々しく、ずっと気分が悪いままでいる。光君はその様子がやはりとても心配で、こうしてきっぱり忘れてしまおうとしても、あいにくなことに、厭わしさだけでは埋められない恋しさをどうにもできず、六条院にやってきて姫宮に逢うにつけても、せつなくもいたわしくも思うのである。祈禱などをさまざまに行わせる。だいたいにおいては以前と変わりなく、いたわり深く、たいせつにお世話している様子はかえってこれまで以上である。しかし二人水入らずで話すような場合には、光君は離れてしまった気持ちをどうすることもできず、人前では体裁を気にして無難に振る舞いつつも、内心ではあれこれと思案に暮れているのだから、姫宮もまたかえって心中つらいのである。こういう手紙を見たのだと光君からはっきり言わないからといって、姫宮がどうしたらいいのかとひとり苦しんでいるのも、まったく子どもっぽい。

光君も「こんなふうでいらっしゃるからあんなあやまちも起きたのだ、おっとりしているのがいいとは言うが、あまり気掛かりなほど分別もないのは、いかにも頼りない」と考えていると、男女の仲というものはすべて先のわからないものだ、とも思えてくる。「娘である明石(あかし)の女御も、あまりにもやさしくておっとりしていると、こうして思いを寄せる男がいたら、その男は督の君以上に心を狂わせるかもしれない。女というものは、こうも消極的でなよなよしていると、男も甘く見るからだろうか、あってはならぬこととわかりながら、ふと目が留まり、心を強く持てずにあやまちを犯すことになってしまうのだ」と思う。

「右大臣の北の方（玉鬘(たまかずら)）は、これといった後見もなく、幼い頃からなんとも頼りなく、定まるところもないように成長したけれど、才気があり思慮深い。私も表向きは親として面倒をみてきたが、よこしまな気持ちを持たなかったとは言えない、けれど彼女は穏やかに、さりげない態度で受け流した。そしてこの大臣（鬚黒(ひげくろ)）が、まったく心ない女房と示し合わせて忍び入った時でも、自分の意思とはまったく違うことだったとはっきり世間にも知らしめ、あらためて親たちから正式に許された結婚というふうに筋立てて、自分から進んであやまちを犯したのではないとしたことは、今思うと、いかにも賢い身の処し方だった。宿縁の深い二人だったから、こうして長く連れ添っているのも、はじまりがどうであっても同じようなものだろうけれど、自分から進んでそうなったのだと世間でも思い出すのであれば、身分柄ちょっと軽々しいのではないかと思うだろう。彼女はまったくみごとにことをおさめたものだ」と思い出す。

二条の尚侍の君（朧月夜）を、光君は未だに思い出さないことはないが、こうした男女の、後ろ暗い事情が厭わしいものに感じられて、尚侍の君の心の弱さも、なんだか軽率に思えてくるのだった。けれど尚侍の君がとうとう願っていた通りに出家したと耳にしてからは、たいそう悲しくもあり残念でもあり、心がざわついて、まずお見舞いの手紙を送る。今から出家すると、そのことを少しもほのめかしてくれなかったつれなさを、心底残念に思うことを伝える。

「あまの世をよそに聞かめや須磨の浦に藻塩垂れしも誰ならなくに

（尼におなりになったことをよそごとと思えるでしょうか。須磨の浦で海士のようにわびしく暮らし涙に濡れたのは、だれでもない、あなたのせいなのに）

さまざまなこの世のさだめなさを心の中で思いながら、今日までぐずぐずし、あなたにこうして先を越されてしまったのはくやしいけれど、たとえこの私をお見捨てになっても、これから毎日なさるご回向では、私のことをまず第一にお祈りくださいますだろうと思い、感にたえません」

などと、こまごまと書いてある。

尚侍の君は、出家の決心はもっと早くについていたのだが、光君が引き止めていたので延び延びになっていたのである。人にははっきり言うことはできないが、心の内ではしみじみと感慨深く、昔からの光君とのつらい縁もさすがに浅いものではなかったのだと、今までのことをつい思い出してしまう。返事は、今後はこうしてやりとりもできなくなる、その最後の手紙なのだと思うと、さまざまな思いが胸にあふれ、心をこめて書く。その墨の色もじつにうつくしい。

「世のさだめなさは、私ひとりのことだと思っていましたのに、先を越されたとおっしゃいますのは、たしかに、

あま船にいかがは思ひおくれけむ明石の浦にいさりせし君

（どうしてあま船に乗り遅れたのでしょう、明石の浦で漁をなさっていたあなたが）

回向は、生きとし生けるもののすべてのため。あなたさまがそこに含まれないはずがありましょうか」

とある。濃い青鈍色の紙で、樒（仏前に供える枝葉）に挿してある。お決まりの趣向ではあるが、ひどく洒落た筆使いは昔とまったく変わらず、みごとなものである。

光君はちょうど二条院にいる頃で、今はもうすっかり関係の途絶えた人のことなので、紫の上に手紙を見せる。

「ずいぶん手厳しくやられたものだ。たしかに我ながら、嫌なやつだと思うよ。あれこれと心細い世の中の有様を、私はよくも平気で見過ごして生きてきたものだ。世間ではありふれたことがらについても、とりとめもない手紙を交わし、その折々について、趣を理解し、風情も逃さず、離れていながら親しくつきあえる人では、前斎院(朝顔の君)とこの尚侍の君だけが残っていたのに、こうしてみな出家してしまった。前斎院は、ひたすら熱心にお勤めをし、わき目もふらずに仏道に専念なさっているらしい。やはり、たくさんの女性たちを見てきたが、思慮深く、なおかつやさしい人という点では、前斎院に匹敵するような人はとてもいるものではない。女の子を育て上げるということは、なんと難しいことなのかと思うよ。宿縁などというものは、目には見えないものだから、親の思い通りになるものでもない。しかし成人していくまでの親の心づかいは、どうしたって力を入れねばならない。私の場合は運のいいことに、たくさんの子どもたちに苦労しないでもすむ宿世だった。まだそれほど年齢を重ねていなかった頃は、もの足りないものだ、あれこれと子どもの世話をしたいのに、と嘆かわしく思うことがたびたびあった。若宮(明石の女御が産んだ女一の宮)を、よくよく気をつけて育ててあげてほしい。女御はまだ充分にものがわかるとは言えない年頃なのに、こうして暇もいただけない宮仕えをしているのだから、何ごとにつけても頼りない思いをしているだろう。皇女たちというものは、やはりどこまでも人に後ろ指を指されることなく、生涯安泰に暮らす上で心配しなくともすむだけのたしなみを身につけさせたいものだ。身分柄、それぞれ相応の夫を持つふつうの女ならば、自然と夫に助けられていくものだが」などと話す。

「私などはたいしたお世話もできませんけれど、この世に生きております限りは、ぜひとも面倒をみさせていただきたいと思いますが、でも、どうなることでしょうか……」と、紫の上はやはりどこか心細そうな様子である。そしてこうして思い通りに、なんの差し障りもなく勤行に励んでいく人々をうらやましく思っている。

「尚侍の君に、尼になられてからのお召し物などを、まだ裁縫に馴れていらっしゃらないうちはこちらからご用意すべきだが、袈裟というのはどんなふうに縫うものかな。それを誂えさせてほしい。一揃いは六条院の東の君（花散里）に頼むことにしよう。きっちりとした正式な尼衣では見苦しいし、見た目にも馴染みにくい。とはいえやはり、法衣らしい趣は残さないと」などと話す。

青鈍色の法衣一揃いをこちらで仕立て上げることになった。光君は作物所（宮中の調度類を製作するところ）の役人を呼び、内々に、尼として必要な道具をはじめとして、あれこれと命じる。茵、上莚（薄い敷物）、屏風、几帳なども、ごく内々に、入念に用意させる。

こうして山の帝（朱雀院）の五十歳を祝う御賀も延び延びになり、秋に、ということだったが、八月は大将の母、葵の上の亡くなった月なので、大将が自身で音楽のことを取り仕切るのは不都合である。また九月は、朱雀院の大后（弘徽殿皇太后）が亡くなった月なので、御賀は十月に……と予定したのだが、姫宮（女三の宮）がひどく患ってしまい、また延期することとなった。

その十月、朱雀院の御賀のお祝いにやってきた。衛門督（柏木）の妻である女二の宮が、政大臣）がみずから奔走し、盛大に、また細心の注意を払って最高級の支度をし、みごとな儀式を執り行った。督の君も、この機会にと気持ちを奮い起こして伺候した。しかしやはりまだ気分はすぐれず、いつになく病気がちに暮らしている。

姫宮もあれからずっと気が咎めて、ただつらいと思い詰めているからか、月がたつにつれてたいそう苦しげにしている。光君は、一方では、情けないことをしてくれたと思うものの、ひどく痛々しくか弱い姫宮が、こうして苦しみ続けているのを見ると、どうなってしまうのかと心配でもあり、あれこれと心を痛めている。祈禱などが続き、今年は何かと忙しく日を過ごしている。

山の帝も姫宮のことを耳にして、いじらしく思い、恋しくなる。光君がもう幾月も二条院にいて、姫宮のところを訪ねることもめったにないかのようにだれかが奏上したので、いったいどうしたことかと胸がつぶれるようで、俗世のことも今さらながら恨めしく思える。

「紫の上が重態だった時は、その看病のための不在だと聞いてはいても、なんとはなし心穏やかではいられなかったのに、その後も相変わらず足が遠のいているとは、その頃に何か不都合なことでも起きたのだろうか……。姫宮自身では知らぬことでも、分別のないお世話役の女房たちの考えで、何かあったのだろうか。宮中あたりでの、優雅なつきあいをする間柄でも、不愉快で品の悪い噂の立つこともあると、よく聞くことであるし……」とまで考えをめぐらせる。俗世の些末なことは断念した身の上ではあるが、やはり子を思う親の道は忘れがたく、心をこめた手紙を姫宮に書き送る。

ちょうど手紙が届いた時は光君がその場にいたので、見ると、

「これといった用事もないので、頻繁にお便りしませんうちに、あなたのご様子もわからないまま年月が過ぎてしまうのは、悲しいことです。お具合がよくないとくわし

く聞いてから、念仏誦経（ずきょう）の折にもあなたのことを思っていますが、体調はいかがですか。夫婦仲がさみしく心外なことがあっても、ぐっと辛抱してお過ごしなさい。つまらないことで夫を恨むような様子を見せたり、得意顔にほのめかしたりするのは、本当に品のないことです」

などと教えている。

朱雀院が気の毒でもあり、心苦しくもあり、このような内々のとんでもない不始末をお耳になさったはずもなく、すべてこの私の怠慢だと不本意に思っていらっしゃるのだろう、と光君は考え続ける。

「このお返事はどうなさいますか。お気の毒なお手紙に、私こそつらくてたまらない。あなたのことで心外に思うことがあっても、おろそかな扱いだと他人に咎められるようなことはすまい、と思っているのです。いったいだれが私のことを院に悪く言ったのだろう」と光君が言うと、姫宮は恥ずかしそうに顔を背ける。その姿もひどく可憐（かれん）なのである。ひどく面やつれして、しょんぼりしていても、ますます気品に満ちてうつくしい。

「あなたがどれほど幼くていらっしゃるか知っていて、院がこれほどご心配なさっているのです。そのお気持ちがよくわかるから、この先も何かとお気をつけください。

こんなことまでなぜ言わねばならぬかと思いますが、私がお気持ちに背いていると院に思われるのは不本意で憂鬱だから、せめてあなたにだけでも言わせてください。よく考えることもなしに、ただ人が言っているのをそのまま鵜吞(うの)みにするあなたのお心では、私がただつれなくて薄情だとばかり思うのでしょう。それればかりか、今はすっかり年をとって盛りも過ぎた私の姿も、すっかり見馴れて見くびっているのでしょう。それもこれも残念で情けなく思うけれども、父院がご存命中は、ともあれお気持ちをしっかり保ってください。院が私をあなたのお世話役と定めたのにはそれなりのお考えがあったのでしょうから、こんな年寄りの私でも、父院と同じように思って、そう馬鹿にするのはおよしなさい。私はずっと昔から願っていた出家も、そう深い考えのなさそうな女たちにまでみんな先を越されてしまって、まったくふがいないことばかりだ。私自身の気持ちとしては、出家にこれっぽっちも迷いはないのです。ただ、院が、いよいよご出家されたのちの後見にこの私をお決めになった、そのお気持ちが身に染みてうれしいのです。だから院に続いて、まるで競うように私も同じく出家して、あなたを見捨てるようなことになったら、院がどれほどがっかりなさるだろうと思って、出家を思いとどまったのです。気掛かりになっていた人たちでも、今はもう、私をこの世に引き止める絆(ほだし)となるような人はいません。明石(あかし)の女御(にょうご)も、先のことはわからないけれど、こうして御子たちをたくさんお産みになったし、私の生きているあいだだけでも安泰ならば、と考えてもかまわないでしょう。そのほかはどの女君たちも、その時の成り行きに従って、私といっしょに出家しても悔いはなさそうな年齢ですから、ようやく私もさっぱりとした気持ちになってきたのです。院のご寿命もこの先そう長くはないでしょう。近頃はますますご病気も重くなられて、なんとなく心細そうにしていらっしゃるのに、今さらに心外なお噂をお耳に入れて、院のお心を乱すようなことがあってはならない。現世だけのことなら、なんということはない。とりたててどうということもないのです。ただ、来世の成仏の妨げになるようなことがあれば、その罪はまことに重いのです」

督の君とのことだとははっきり言わないけれども、光君がしみじみと話し続けると、姫宮は涙が止まらなくなり、我を失ったかのように沈んでいる。光君も思わず涙を流し、

「昔は他人(ひと)ごとでも歯がゆく思っていた年寄りのおせっかいだが、今は私がするようになってしまった。どれほど嫌な爺(じい)さんだと、うっとうしくて厄介だとますますお思いでしょうね」と光君は恥じ入りながら硯(すずり)を引き寄せ、みずから墨をすり、紙の用意をして、院への返事を書かせようとするけれど、姫宮は手も震えてしまって何も書く

ことができずにいる。あの、こまやかに書いてあった督の君への返事は、こんなに気後れすることなくやりとりしていたのだろうと思うと、たいそう憎らしくなり、いとしく思う気持ちも消えてしまいそうだけれど、言葉などを教えて返事を書かせるのだった。

姫宮が院の御賀に行くことのないまま、この月も過ぎてしまった。女二の宮が格別の威勢でお祝いに参上したものだから、こちらの姫宮がそう若々しくも見えない身重の姿で、張り合うようにするのは差し控えたほうがいいように光君には思えたのである。

「十一月は、桐壺院（きりつぼいん）の亡くなった月で私の忌月です。それに年末はたいそうあわただしいものだ。あなたのおなかもますます見苦しく大きくなって、ご対面をお待ちかねの院にお目に掛けるのはどうかとも思いますが、だからといって、そう延期してばかりなのもよくありません。くよくよお悩みにならず、明るいお気持ちで、そのひどくやつれてしまったお顔をなんとかなさい」と、さすがにいたわしく思っている。

今までどんな時も、何か趣向をこらした催しの折には、光君はかならずわざわざ衛門督を呼び出しては相談していたのだが、今はふっつりと声もかけなくなった。人が不審に思うだろうと光君は考えるのだが、しかし顔を合わせれば、ますます間抜けな男だと相手の目に映るのではないかと気後れし、また自分も会えば平静ではいられないだろう、などと思いなおし、督の君が幾月も参上しないでいても咎め立てしないでいる。世間一般の人々は、やはり督の君がいつになく病気であるし、六条院でも音楽の催しなどはない年だから、と思っているが、大将の君（夕霧）だけは、「何かわけがありそうだ、惚れっぽい男のことだから、私が気づいたあの方への思いをどうにもできなかったのだろうか」などと思ってみるけれども、よもや、これほどはっきりとことが露見したとは思いもよらないのだった。

十二月になった。御賀は十何日と決めて、数々の舞の練習で、六条の邸内は揺れるほどの大騒ぎである。二条院の紫の上は、まだこちらには戻ってきてはいないけれど、御賀の試楽があるというので落ち着いてはいられなくなり、六条院へと帰ってきた。明石の女御も六条院に里帰りしている。このたび生まれた御子は、また男の子だった。次々と生まれる子どもたちはじつにうつくしく、明けても暮れても遊び相手をしている光君は、年老いた甲斐のあることだとうれしく思っている。試楽に、右大臣の北の方（玉鬘）もやってくる。大将の君は東北（夏）の町で、まずは内々での練習として、朝に夕に演奏しているので、こちらの女君（花散里）は光君の前での試楽は見にいかない。

こうした折に督の君を参加させないのは、いかにも催しが引き立たず、もの足りなく感じられるばかりか、誰もが変に思うだろうから、と光君は参上するように伝えたのだが、ひどく患っていると答えてあらわれない。しかし、はっきりとどこが悪いわけでもなさそうなので、何か思うところがあるのかと光君は気の毒に思い、わざわざ手紙を送った。督の君の父である致仕の大臣も、

「なぜ辞退するのだ。院の殿も、ひねくれているように受け取るだろう。たいした病気でないのだから、なんとかして参上しなさい」と勧めているところへ、こうして重ねて手紙があったので、つらく思いながらも督の君は参上した。

まだ上達部たちも集まっていない。光君は、いつも通り督の君をそば近くの御簾の中に招き入れる。自身は母屋の御簾を下ろして、その内にいる。なるほど督の君はひどくやつれて顔色も悪い。ふだんでも、弟たちに比べると、意気揚々とした派手なところはこの督の君にはなく、いかにもたしなみ深そうに落ち着いているところが特別の魅力なのだが、今日はよりいっそうもの静かに控えている。その姿は、皇女といった方々の隣に並べてみても、なんの難があろうと思うほどである。しかし今回の件ではこの督の君も姫宮もどちらも分別がなさ過ぎて、その罪を許すことはできそうもない、などと光君は思ってその姿に目を留めるが、しかし何気ないふうにやさしく振る

舞い、

「これといった用件もなかったので、ずいぶん久しぶりにお目に掛かりますね。この幾月か、あちらこちらの病人たちを看病していて、心が安まる時もなく過ごしているうちに、院の御賀のためにこちらの姫宮が法事を執り行うことになっていたのです。ところが次々と差し障りが重なって、こう年も押し迫ったので、充分なことはできませんが、ほんの型通り精進の料理を差し上げるつもりです。御賀などというと仰々しいようだけれど、この家に生まれ育った子どもたちも多くなったので、院にご覧に入れようと思って、舞なども習わせはじめました。それだけでも執り行おうと思い、拍子を整えるのにはあなた以外だれにお願いできようか、と考えた末、この幾月も顔を見せてくれなかった恨みを捨てて、声をかけたのです」

と言う顔つきは、なんのこだわりもなさそうに見えるのだが、督の君は気が咎めて、顔の色も変わるような気がして、すぐに返事もできないでいる。

「このところ、あちらの方こちらの方とご病人を心配なさっていたことは耳にして、心を痛めておりました。ですがこの私も春の頃から、ずっと患っている脚気(かっけ)がたいそうひどくなりまして、しっかり歩くこともできないほどで、月日がたつにつれ気持ちも沈んでしまって、宮中にも参上せずに、世間とも関わりを絶ったようにこもっています。『院のご年齢がちょうど五十におなりになる年だ、人一倍はっきりとお年を数えてお祝いしなければならない』と父も思い立って私に言うのです。『私は官職を辞した身で、進んでお祝いしようにも身の置き場がない。おまえはまだ身分が低いけれど、院をお祝いする気持ちは私と同じくらい深いだろう、その気持ちをご覧に入れなさい』とせき立てるように父に言われまして、重い病をなんとかこらえて参上いたしました。今は、院はますますひっそりとお暮らしで、仏道に専念していらして、盛大な儀式を待ち受けることはお望みではないとお見受けしましたので、もろもろ略式にして、静かに御父娘のご対面をなさりたいというご希望をかなえさせていただくのが、何よりかと思います」と督の君が言う。たいそう盛大だったと聞いていた十月の御賀を、父大臣のやったことだとして、妻の女二の宮が催したものだと言わないのは、思慮の行き届いたことだと光君は思う。

「ご覧の通りなのですよ。この簡略な有様に、世間の人は思いが浅いと見るでしょうが、あなたはさすがによくわかって、そう言ってくださるので、これでよかったのだとますます自信がつきました。大将（夕霧）は、仕事の面ではようやく一人前になってきたようですが、こうした風雅な方面はもともと性に合わないのでしょうか。院は、何ごとにも通じていらっしゃらないことはほとんどないお方ですが、音楽についてはとくにご熱心で、本当に堪能でいらっしゃいます。今のお話のようにこの世のことはすっかりお捨てになったようですが、心静かにお聴きになるとすれば、こちらも以前よりずっと気を遣うべきだと思うのです。あの大将といっしょに面倒をみて、舞の童たちの心構えやたしなみをあなたからも教えてください。その道の師というものは、自分の専門の芸はともかく、まったく行き届かないものですから」などと親しく頼むので、督の君はうれしく思うものの、つらくて身の縮む思いで何も言えず、ともかく早く光君の前から下がりたいと思っているので、いつものようにこまごました話をするでもなく、やっとの思いで部屋を出る。

東北（夏）の町の御殿で、大将が準備をさせている楽人や舞人の装束のことなどに、督の君はさらにあらたな指示を出す。すでに充分に用意を尽くしてある上に、ますます細心の配慮が加わっていくのを見ると、なるほど督の君は、この道にかけてはいかにも造詣の深い人ではあるようだ。

今日はこうした試楽の日であるが、女君たちも見物するので、それだけ見どころのあるものにしようということで、御賀の当日、童たちは赤い白橡の袍に葡萄染めの下襲を着るのだが、今日は、青い白橡の袍、蘇芳襲をつける。楽人三十人は今日は白襲を着て、東南の、池に張りだした釣殿に続く廊を演奏の場として、池の南にある築山から登場し、「仙遊霞」という曲を奏する。雪がほんの少し降り、春が近いことを思わせ、梅の花は目を引くようにほほえむかのようだ。光君は廂の御簾の中にいる。式部卿宮と右大臣（鬚黒）だけがそばに控えていて、それ以下の上達部は簀子に居並び、今日は正式な御賀の日ではないので、ご馳走などもそう仰々しくなく気軽なものにしてある。

右大臣の四男の君、大将（夕霧）の三男の君、兵部卿宮（蛍宮）の子息二人は、「万歳楽」を舞い、まだ幼いその姿はじつにかわいらしい。四人とも、いずれも劣らず高貴な家の子息たちで、みな顔立ちがうつくしく、立派に装い立てられている姿は、そう思うせいもあって気品に満ちている。また、大将の子で、惟光の娘、典侍が産んだ二男の君、式部卿宮の子で兵衛督と言われていて、今は源中納言となっている人の子息が「皇麞」を舞う。右大臣の三男の君が「陵王」を、大将の長男は「落蹲」を舞い、さらに「太平楽」、「喜春楽」などといった数々の舞を、同じ一族の子息たちや大人たちが舞うのだった。日が暮れてきたので光君は御簾を上げさせる。舞楽の興が高まってくるにつれて、それはかわいらしい顔立ち、姿の孫たちが、ほかでは見られないようなみごとな舞を見せる。それぞれの師匠たちが技のすべてを教えた上に、持ち前の才能も加わって、すばらしく舞う孫たちの、どの子も本当にいとおしく感じる。

年老いた上達部たちはみな涙を流している。式部卿宮も「皇麞」を舞った孫を見て、鼻が赤くなるほど泣いている。

主である光君は、「年をとると、酔って涙もろくなるのをとめられなくなってしまうものですね。督の君がめざとく見つけて笑っているのだから、まったく恥ずかしくなります。けれどもそれも今のうちだけのこと。逆さまには流れないのが年月というもの。だれしも老いから逃れられないのだ」と、督の君をじっと見据える。督の君はほかの人よりずっとかしこまって意気消沈し、実際に気分もすぐれないので、すばらしい舞もまったく目に入らない思いなのだが、光君はわざと名指しで、酔ったふりをしてそんなことを言うのである。冗談のようにも思えるのだが、督の君は胸が破裂する思いで、盃（さかずき）がまわってきても頭がずきずきしてくるように思え、飲むふりをして取り繕っている。光君はそれを見咎めて、盃を持たせたまま何度も酒を勧めるので、督の君は決まり悪く、困りきっているのだが、その様子は並の人とは比べものにならないほど、優雅である。

気持ちが掻（か）き乱されてどうしようもなくなった督の君は、まだ宴（うたげ）も終わらないうちに退出するが、そのままひどく苦しくなって、「いつものようにひどく酔っぱらったわけではないのに、いったいどうしたんだろう、やっぱり気が咎めていたせいで、のぼせてしまったのだろうか、そんなに怖じ気づいてしまうほど気弱になっているとは思わないが、なんともふがいない有様だ」と、我がことながら思う。しかしそれはいっときの悪酔いではなかったのである。そのまま、督の君は重く患ってしまう。父の致仕の大臣も母北の方も心配し、離れていたのでは気掛かりでならないと、自邸に督の君を移そうとするが、それを妻の女二の宮が悲しむ様子はひどくいたわしい。

何ごともなく過ごしていた日々は、のんきに、いつかは夫婦らしくなれるはずだと、督の君は根拠もなく思いこみ、女二の宮にさほど愛情をかけていなかったのだが、これがもう最後の別れになるかもしれない門出なのかと思うと、身に染みて悲しく、後に残された女二の宮が嘆き悲しむことを思うと申し訳なく、たえがたく思う。女二の宮の母君（一条御息所）も、それはひどく悲しみ、「世間の常として、ご両親のことはそれとして差し置き、夫婦というものはどういう時であってもお離れにならないのがふつうではありませんか。なのにこうして引き離され、ご病気がよくなるまであちらでお過ごしになるのでは心配でたまりません。今しばらくこちらでご養生なさってください」と、督の君のそばに几帳だけを隔てて看病をする。

「ごもっともです。人の数にも入らないような私などが、本来ならかなうはずのない宮とのご縁談を無理に許していただきまして、その感謝のしるしとして、長生きして、ふがいない身の上ですが、少しでも人並みになるところをご覧に入れたいと思っておりました。けれど情けないことに、こんなことになってしまって、私の深い愛情も見届けていただけないままになってしまうのではないかと思うと、もう助からないかもしれませんが、とてもあの世には旅立てそうもありません」などとお互いに泣き、父大臣の邸(やしき)になかなか移ろうとしない。また督の君の母北の方が心配し、

「どうして、何よりもまず親たちにお顔を見せようと思わないのですか。私は少しでも気分がすぐれずに心細くなると、たくさんの子どもたちの中でだれより特別に、あなたに会いたいと思い、あなただけが頼りだとも思いますのに。心配でなりません」

と恨み言を言うのも、これもまた当然のことではある。

「この私は長男として生まれたからでしょうか、親たちからだれよりもだいじにされてきたのですが、未だに私をかわいがって、ちょっとでも顔を見せないと悲しみますので、もう寿命も尽きるかもしれないと思えるこんな時に顔を見せないのも、罪深く、申し訳ないことです。もし、私がもうおしまいのようだとお耳になさいましたら、お忍びでいらして、この私に会ってください。かならずまたお目に掛からせていただきます。どういうわけか、私は気の利かない愚かな性分で、何かにつけあなたをたいせつにしなかったとお思いになるでしょう、それが悔やまれます。寿命がこんなに短い

とは知らず、まだまだ行く末は長いとばかり思っていました」と、督の君は泣く泣く父大臣の邸に移っていった。後に残された女二の宮は、言いようもないほど恋い焦がれている。

督の君を迎え入れた父大臣の邸は、何かと大騒ぎである。とはいえ、急に重態に陥るということもない。この幾月も何も食べていなかったのだが、いよいよちょっとしたみかん程度のものさえ触れようとせず、ただ、だんだんと何かに引きこまれていくように弱っていく。督の君のような、今の世のすぐれた人物がこのような状態なので、世間では惜しみ、残念がり、お見舞いにこない人はいないほどである。帝からも朱雀院からもお見舞いの使者がしばしばやってきて、たいそう惜しみ、案じているにつけても、両親の心は狂おしく乱れる。光君も、なんと残念なことだと驚いて、たびたびのお見舞いを丁重に父大臣に伝える。大将は、だれにもまして仲がよかったので、直接見舞っては、たいへんな悲しみようでおろおろしている。

御賀は二十五日に催すことになった。

こういう時に列席するはずのだいじな上達部が重病で、その親兄弟、その他大勢の高貴な一族が悲しみに沈んでいる時期なので、何か興ざめのようでもあるけれど、これまでずっと延期続きだったものをこのままにして、どうして中止になどできましょう。女三の宮の心の内を、光君はいたわしく思いやっています。しきたり通り、五十の寺に読経を依頼し、また朱雀院の住む西山の寺でも、摩訶毘盧遮那（大日如来）の読経を――。

柏木（かしわぎ）

秘密を背負った男子の誕生

恋患いには加持祈禱も効かず……。
女三の宮は、たいそううつくしい男の子を産み、出家したそうです。

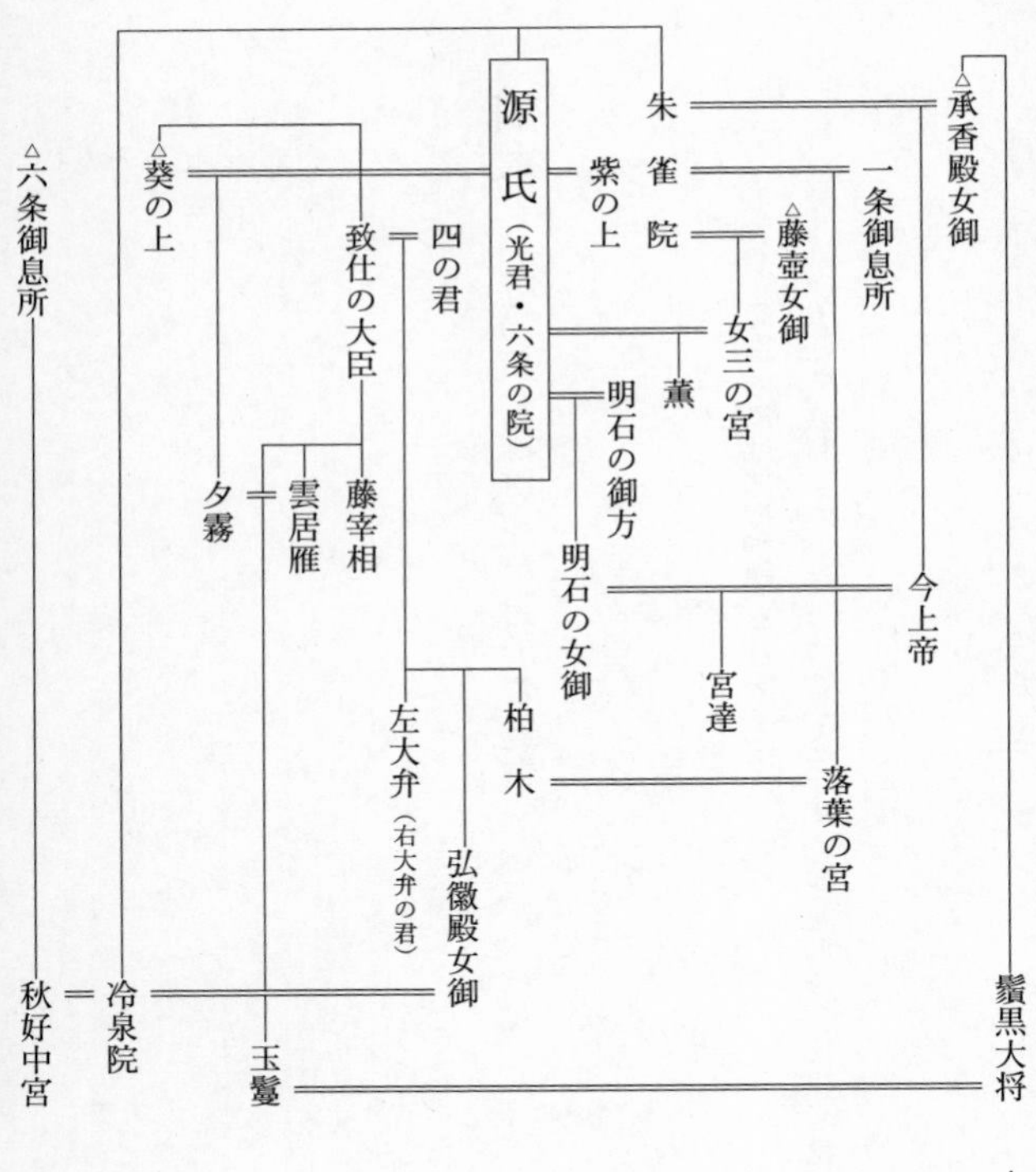
△承香殿女御
朱雀院
一条御息所
△藤壺女御
女三の宮
源氏（光君・六条の院）
紫の上
薫
明石の御方
明石の女御
今上帝
宮達
落葉の宮
柏木
四の君
致仕の大臣
△葵の上
△六条御息所
藤宰相
雲居雁
夕霧
左大弁（右大弁の君）
弘徽殿女御
鬚黒大将
秋好中宮
冷泉院
玉鬘

＊登場人物系図
△は故人

衛門督（督の君・柏木）はずっと病に臥せたまま、快方に向かうことなくあたらしい年となった。一途にこの世を捨ててしまおうと命をあきらめつつも、父である致仕の大臣と母北の方が悲しみ嘆いているのを見るにつけ、両親に先立つ罪は重かろうとも思うのだが、それはそれとして、

「しかしまた、どうしてもこの世に未練がましく生き残りたいような我が身だろうか」とも思うのである。「幼い頃から、何ごとにおいても人より一段すぐれていたいと、公私にわたってだれよりも高い志を持っていたが、思うようにその望みがかなわずに、一度、二度とつまずきを重ねるうちに、だんだん自分は駄目な男だと思うようになってしまった。それからはもう、この世の中はなんてつまらないものかと思うようになって、来世の安楽を願う修行をしたいと強く願うようになったが、両親がどれほど悲しむかと思うと、俗世を捨て野山に分け入ろうにも重い絆となるに違いない、

と思い、なんだかんだと気を紛らわせて出家せずに過ごしてきた。しかし結局のところ、世間でうまくやっていけそうもない悩みが、あれこれとこの身に取りついてしまったのは、自分以外のだれが悪いというのか、すべて自分で駄目にしたのだ」と思うと、恨むような人もいない。「神仏にも文句の言いようがないのだから、前世からの因縁だろう。だれしも千年生きる松ほど長生きできないのだ、こうしてあの女（女三の宮）から少しは思い出してもらえるうちに息絶えて、かりそめにも、あわれなことだと思ってくださるお方がいることを、一途な思いに燃え尽きた証しにしよう。無理矢理生き長らえたら、おのずからよからぬ浮き名を立てることになり、私にもあのお方にも、どうにもならない厄介ごとが起きてくるかもしれない。それよりは、自分が死んでしまえば、不届き者めと私を疎ましく思う六条の院（光君）も、いくらなんでも大目に見てくださるに違いない。何ごとにつけ、人が死ねばいっさい消えてしまうものだ。それに、あの一件のほかには私はなんのあやまちも犯していないのだ、ずっと長年何か催しごとの折には、いつも近くに呼んでくださったのだから、不憫に思ってもくださるだろう」などと、気を紛らわしようもなくあれこれ思い続けていると、考えれば考えるほど情けなくなってくる。

　それにしてもいったいなぜこうも身の置きどころもないようなことになったのかと、

心を暗く掻き乱して悩み、枕も浮くほどの涙を、だれのせいにもしようがなく、また泣いている。少しばかり病状も落ち着いたように見え、人々がそばを離れたその隙に、督の君は姫宮に手紙を書く。

「いよいよ命も果てようかという私のことは、自然とお耳に入っていると思いますが、どうなっているのかとそれだけでもお気に留めてくださらないのは、もっともなこととはいえ、まことに情けなく思います」などと書くのにも、ひどく手が震えるので、思うこともすべて書けずに、

「今はとて燃えむ煙もむすぼほれ絶えぬ思ひのなほや残らむ

（今これまでと私を葬る炎も燃えくすぶって、いつまでもあきらめきれない恋の火だけがこの世に残り続けるでしょう）

どうか、なんとあわれな……、とだけでも思ってください。そのお言葉に心を落ち着けて、みずからさまよう闇の道を照らす光といたします」と書く。

小侍従にも、なお性懲りもなく、あわれを誘うことをあれこれと書いて寄こす。

「私から今一度、あなたに話したいことがある」と督の君が言うので、小侍従も、幼い頃から縁あって督の君の邸に出入りしては、馴染み深い人ではあるので、大それた恋心にはうんざりしていたものの、もう最後だと聞くとたいそう悲しくて、泣く泣く

姫宮に、

「やはりお返事なさいませ。本当にこれが最後になるかもしれません」と言う。

「私の命も今日か明日かというような気がして、なんとなく心細いのだから、おかわいそうにとは思います。でもあの人とのことはつくづく情けなくて、もう懲り懲りなので、とてもその気にはなれません」と、姫宮はどうしても返事を書こうとしない。

そう言い張るほど、姫宮は性格がどっしりと強いわけではないのですが、どうも気後れしてしまう光君の機嫌が折々悪いことが、それはもうおそろしく、やりきれない思いなのでしょう。

けれども小侍従が硯を用意して催促すると、しぶしぶながら返事を書く。小侍従はそれを受け取り、人目につかないように、宵闇に紛れて督の君のところへ向かう。

督の君の父、致仕の大臣は、葛城山から招き迎えたすぐれた修験者を待ち受けて、加持祈禱をさせるつもりである。御修法や読経なども、たいそう仰々しく騒ぎ立てている。人が勧めるままに、さまざまな、いかにも聖らしい修験者などの、ほとんど世間に知られずに山深くこもって修行している者たちをも、弟たちを遣わしてさがし出し、呼んできたので、無骨で愛想のない山伏たちも大勢参上している。督の君の病状はというと、どこが悪いということはなくただ心細い面持ちで、ときどき声を漏らして泣いている。陰陽師たちの多くが女の霊のしわざだと占い、父大臣もそうかもしれないと思ったのだが、物の怪がまったく正体をあらわさないので、あれこれ思案の果てに、こうして山奥の隅々まで行者をさがしまわったのだった。

この葛城山の聖も、背丈が高くまなざしが険しくて、荒々しい大声で陀羅尼を読むので、

「ああ、嫌だ嫌だ。この私はそれほど罪深い身なのだろうか、陀羅尼を大声で読まれるとおそろしくて、ますます死んでしまいそうな気がする」と、督の君はそっと病床をすべり出て、この小侍従と言葉を交わす。

父大臣はそうとも知らず、「お寝みになっています」と督の君が女房たちに言わせたので、そう思いこんで声をひそめてこの聖と話をする。年齢は重ねたけれど相変わらず陽気なところがあって、よく笑うこの父大臣が、こうした修験者たちと差し向かいで、督の君が病気になった時の様子や、どうということもないままぐずぐずと重くなっていったことなどを話し、

「本当に物の怪が憑いているのなら正体をあらわすよう祈禱してください」などと真剣に頼んでいるのも、じつにいたわしい。

督の君は、「あれを聞きなさい。なんの罪ともわからないのに、占いでは女の霊だ

という。本当にあのお方のご執心が私に取り憑いているのなら、愛想の尽きたこの身だって、打って変わってたいせつなものに思えるだろうに。あんな大それた望みを抱いて、とんでもないあやまちをしでかして、相手のお方の浮き名まで立て、我が身の破滅も厭わないなんて例は、過去にもなかったわけではない、と気を取りなおしてみても、やっぱりなんだか気詰まりでおそろしい。あの六条の院のお心にこうしたあやまちを知られたからには、どんな顔をしてこの世に生き長らえればいいかわからない。それも、いかにも六条の院の格別のご威光ゆえなのだろう。それほどたいへんなあやまちを犯したわけでもないのに、目をお合わせした夕べから、そのままおかしくなってしまって、さまよい出ていったたましいが、もうこの体に戻ってこないのだ。もしそのたましいが院のお邸を、姫宮を求めてさまよっていたら、衣の下前の褄を結んで魂結びしてくれ」と、ひどく弱々しく、まるで抜け殻であるかのように、泣いたり笑ったりして話し続ける。

小侍従は、姫宮もまた何かにつけて後ろめたく、合わせる顔がない思いでいる様子だと語る。そのように打ちしおれて、面やつれしているだろう姫宮の姿を、目の当たりにしているような気がするので、督の君は、本当にこの身からさまよい出たたましいが姫宮の元を行き来しているのではないかと思い、ますます気持ちが乱れ、

「もう今となっては、姫宮とのことについては何も言うまい。私の一生はこうしてあっけなく過ぎてしまったが、この思いが、この先ずっと成仏の妨げになるかと思うと、つらいものだ。お産のことが気掛かりでならないから、せめて、無事に生まれたと聞いてからあの世に行きたい。私の見た夢の意味をこの胸ひとつにわかっていながら、ほかのだれにも打ち明けられないことが、ひどく心残りだ」などと、さまざまに深く思い詰めている様子である。それを見て、一方ではぞっとするほどおそろしく思うが、やはりまたかわいそうな気持ちも抑えきれず、小侍従も激しく泣くのだった。

紙燭を持ってこさせて姫宮の返事を見てみると、筆跡も未だにひどく幼いが、きれいに書いていて、

「お気の毒なことと聞いておりますが、どうしてお見舞いできましょう。ただお察しするばかりです。お歌に『思ひのなほや残らむ』とありますが、

立ち添ひて消えやしなまし憂きことを思ひ乱るる煙くらべに

（私もいっしょに煙となって消えてしまいたい。情けない身を嘆く思い――思ひの火に乱れる煙は、あなたとどちらが激しいか比べるためにも）

私も後れはとりません」とだけあるのを、督の君は、しみじみともったいなく思う。

「いやもう、この『煙くらべに』とのお言葉だけが、私にとってこの世の思い出なの

だろう。思えばはかないご縁だった」と、いよいよ激しく泣き、返事を、横になったまま筆を休め休め書き綴る。言葉もとぎれとぎれに、おかしな鳥の足跡のような字で、

「行方なき空の煙となりぬとも思ふあたりを立ちは離れじ

（行方のわからない空の煙となってしまっても、私のたましいは恋しく思うあなたのそばを立ち離れることはありません）

夕暮れはとりわけ、空を眺めてください。お見咎めになるお方のことも、今はもうご心配なさらずに、死んでしまってはその甲斐もないのですが、それでもあわれな者だった、といつまでもお心を掛けてください」などと乱れた字で書いているうちに、ますます気分が悪くなってきて、「もういい。あまり夜が更けないうちに帰って、こうしてもう最期のようだと姫宮に伝えてくれ。今になって人があれこれ思い合わせて不審に思うかもしれないが、死んだ後のことまで気掛かりだとは情けない。いったいどういう前世の因縁で、こんなにも姫宮のことが心に染みついたのか」と、泣く泣く病床に入る。いつもならいつまでも前に座らせて、たわいもない無駄話までさせようとするのに、こんなに言葉少なになってしまったと思うと悲しくなって、小侍従は帰る気にもなれない。

督の君の容体を乳母も小侍従に話して聞かせ、ひどく泣いてうろたえている。父大

臣の嘆きもただならぬものがある。

「昨日今日は多少はよくなったのに、どうしてこうも弱々しくなってしまったのか」と騒いでいる。

「いえ、もう、やはり生き長らえるのは無理なのでしょう」と督の君は言い、みずからも泣いている。

姫宮は、この日の暮れ頃から苦しみはじめた。産気づいたことに気づいた女房たちがみな大騒ぎして光君に知らせたので、光君はあわてて姫宮の元にやってきた。光君は内心では、なんと残念なことだ、なんのわだかまりもなくこのお産のお世話ができるのだったら、めったにないことだとどんなにかうれしいだろうに……、と思うが、人にはそんな思いをさとられないように、修験者たちを呼び、祈禱はいつとなく休まずにさせる。僧侶たちの中でも験力のすぐれた者がみな参上し、大騒ぎで加持祈禱をしている。

姫宮は一晩中苦しんで、朝日の差し上る頃に産んだ。男君と聞いた光君は、「こうした秘密を背負った子が、あいにくなことに、父親のはっきりわかるような顔立ちで生まれたら困ったことになる。女ならば、何かとごまかせるし、多くの人の目に晒(さら)されることもないから心配ないのに」と思う一方で、また、「こうした気掛かりな疑念がつきまとうのでは、世話の焼けない男の子であるのも好都合かもしれない。それにしても不思議なことだ、自分が常々おそろしく思っていた罪業の報いなのだろう。この現世で、思いもよらないこんな報いを受けたのだから、来世の罪も少しは軽くなるだろうか」とも思う。

周囲の人々はこうした事情は知らないので、このように格別高貴な姫宮のお腹から、しかも晩年に生まれた若君への光君の寵愛はたいへんなものだろうと、心をこめて世話をする。

産屋の儀式は盛大に仰々しく営まれる。六条院の女君たちのそれぞれ工夫をこらした産養（出産を祝う賀宴）は、それが慣例である折敷、衝重（食器を載せる台）、高坏（食物を盛る高い脚のついた器）などの趣向も、念入りに、ほかの人と競い合う様子がよくわかる品々である。五日目の夜の産養は、（秋好）中宮から、産婦である姫宮の食事、お付きの女房たちにも身分に応じて配慮した贈りものを、公式のお祝いとして大々的に用意した。粥、屯食五十人ぶん、ところどころでの饗応は、六条院の下役たちや役所の召次（雑務係）の詰所のような下々の者たちのぶんまで、盛大に準備させる。中宮職（后妃付きの役所）の役人は、長官である大夫をはじめ、それ以下の人々、また冷泉院の殿上人もみな参上した。七日目の夜の産養は帝より、それも公の儀式として行われる。致仕の大臣などは格別に心をこめてお祝いしなければならないのだが、この頃は督の君の病で気持ちに余裕がなく、ただひととおりの挨拶だけがあった。親王たちや上達部など大勢が参上した。こうして表向きのお祝いは、世にまたとないほどだいじにしているが、光君の心の内には苦い思いがあるので、そうにぎやかにはせず、音楽の催しなどはなかった。

姫宮はいかにも華奢な体で、出産は何ともおそろしく、ましてはじめてのことなのですっかり怖じ気づき、薬湯なども口にせず、こうしたことにつけても情けない身の上を思い知らされて、いっそこのまま死んでしまいたいと思う。光君はじつにうまく人前では取り繕っているけれど、生まれたばかりの赤ん坊のまだ見苦しいのをちゃんと見ることもないので、年取った女房などは「あらまあ、ずいぶん冷たくていらっしゃる。久しぶりにお生まれになった若君は、こんなにおそろしくなるほどうつくしいのに」といとおしんで世話しているのを、姫宮は小耳に挟み、これから先、こんなふうに殿のお気持ちは若君からどんどん離れていくのだろうと、恨めしく、また我が身も情けなく、尼にでもなってしまいたいと思うようになった。

夜も、光君が姫宮の元に泊まることはなく、昼間などにちょっと顔を出す。

「世の中のはかない有様を見るにつけ、私もこの先長くないだろうし、なんとなく心細くて、仏前のお勤めばかりしていまして、お産の後はもの騒がしいような気がしてあまりこちらに参りませんが、いかがですか、ご気分はよくなりましたか。おいたわしいことです」と光君は、几帳の脇から顔をのぞかせる。姫宮は枕から頭を上げて「やはりもう生きていられるような気がいたしません。けれどお産で死ぬ人は罪が重いと言いますから、尼になって、もしかしたらそれで命を取り留められるか、試してみたい……、あるいは死ぬとしても、罪が消えるのではないかと思います」と、いつもとはまったく異なった、大人びた様子で言うので、

「とんでもない、縁起でもないことです。どうしてそこまでお考えになるのです。お産というものはたしかにおそろしいでしょうが、だからといって死ぬわけではありませんよ」と光君は言う。しかし内心では、「本当にそう思って言っているのならば、尼になった姫宮と接するほうが私の心は楽かもしれない。このまま連れ添っていても、何かにつけて私から冷たくされるのは姫宮も気の毒だ。かといって私もこの気持ちを変えることはできそうもないから、つらい仕打ちもついまじってしまうだろう。自然と、姫宮にたいしてぞんざいな扱いだと人が見咎めることもあるだろうが、それは本当に困るし、それが院のお耳に入れば、すべて私の落ち度ということになる。ご病気にかこつけて、お望み通り尼にしてさしあげようか……」などと思いもするが、それ

もまたいかにももったいないことだし気の毒だ、こんなにも若く、まだまだ先の長い姫宮の髪を削ぎ捨てて尼姿にしてしまうのも痛々しい、とも思う。

「やはりそんなことはおっしゃらずに、気を強くお持ちなさい。たいしたことはありませんよ。もう駄目かと思った病人でも回復した例（紫の上のこと）が身近にありますから、さすがに世の中は捨てたものではありません」などと言い、薬湯を飲ませる。ひどく青白く痩せてしまって、驚くほど頼りなげな様子で臥している姫宮の姿は、おっとりしていてかわいらしく見えるので、どんなひどいあやまちを犯したにしても、こちらも気弱く、許してしまいたくなるようなお方だと光君は思う。

山の帝（朱雀院）は、姫宮のはじめてのお産が無事にすんだと聞き、心から会いたいと思うのだが、こうしてずっと具合が悪いという知らせばかりなので、いったいどうなってしまうのかと仏前のお勤めも手に付かないほど心配している。姫宮も、こんなに弱っているのに何も食べずに幾日も過ごしているので、すっかり衰弱してしまい、これまで会わずにいた時より、ずっと院が恋しく思い出されるので、「もう二度とお目に掛かれなくなってしまうのだろうか」とひどく泣く。このようにおっしゃっている、と、しかるべき人を介して院に伝えたので、院はたえがたいほど悲しくなり、出家の身にあってはならぬことと思いながらも、夜の闇に紛れて山を出た。

前もってそのような知らせもなく、突然院がこうしてあらわれたので、主人である光君は驚いて恐縮する。

「俗世のことを思い出すまいと心に決めていましたが、やはり迷いを捨てきれないのは、子を思う親心の闇でしたから、勤行も怠りがちで、もし親子の順番通りにいかず先立たれでもしたら、そのまま会えずに別れた恨みもお互いに残るだろう、それも情けないことだと、世の非難には目をつぶって、こうしてやってきたのです」と院は言う。出家姿になっても、優雅でやさしく、目立たないように質素な身なりをしている。正式の僧衣ではなく墨染の衣裳を着た姿は、申し分なく清らかに見えるのが、光君にはうらやましく思える。いつものことながら、院はまず涙を落とす。

「姫宮のご病状は、格別どうということもありません。ただこの幾月か、お弱りになって、きちんとお食事などもなさらないことが続いたせいか、このようなご様子なのです」と光君は言う。「見苦しいお席ですが」と、御帳台の前に敷物を敷いて案内する。姫宮も、女房たちがあれこれ身繕いをさせて、御帳台の下におろす。院は几帳を少し押しやって、

「夜通し加持祈禱をする僧みたいな気分だけれど、私はまだ験力が身につくほどの修行も積んでいないから、決まり悪いが、あなたが会いたいとお思いの私の姿をよくご

覧になるがいい」と言って涙を拭う。姫宮も、ひどく弱々しく泣いて、「とても生きていけそうにありませんから、こうしていらっしゃったついでに私を尼にしてください」と言う。

「本当にそうお望みならまことに尊いことだが、そうは言っても、これであなたの寿命が尽きたとは限らない。もしこのたび生き長らえたとしたら、先の長い若い人は、出家後にかえって間違いが起きたり、世間の非難を招くようなこともありがちだから」と院は言い、光君に、「こうして自分から言っているが、これで最期だというのなら、ほんのいっときにせよ、その功徳があるようにしてやりたいと思う」と言う。

「この何日かそのようにおっしゃっていますが、物の怪などが取り憑いて人の心をたぶらかし、こうした考えを起こさせることもありますから、と申しあげて、取り合わないようにしています」と光君。

「物の怪が言わせているとして、それに従ったからといって、悪い結果になるのであれば差し控えもしようが、こんなに衰弱した人がもう最期かもしれないと望むことを聞き流すのは、後々、後悔に苦しみそうだ」

朱雀院は心の内では思うのである。これ以上ないほど安心だと思って姫宮を預け、光君もそれを承諾したのに、それほど愛情も深くはなく、期待していたようではない様子だということを、この何年も何かにつけて噂に聞いて心を痛めていた。しかしそれを表に出して恨むべきではない、そう思って、世間がどう想像してどんな噂を立てているのかも、ただ不本意に思い続けてきただけだ。この機会に姫宮が俗世を捨てても、もの笑いとなるような、夫婦仲を恨んでの出家とは思われないだろうし、それも悪くないかもしれない。愛情は薄くとも、姫宮の後見としては、光君のお気持ちは今後も充分頼ることができそうだし、やはり姫宮をお預けしたのは間違ってはいなかったと思うことにして、あてつけがましく光君に背を向けるのはやめよう。姫宮は、故桐壺院の形見分けとして、広く趣ある邸を継いでいるから、それを手入れして住まわすこととしよう。私が生きているあいだは、尼の暮らしであっても安心できるようにしてておきたい。それにこの光君も、そうはいってもよもや姫宮を粗略に扱い、見捨てることなどなかろう、そのお心を見届けようではないか――、と決意して、

「それならばこうしてやってきたついでに、せめて出家の戒をお受けになって、仏とのご縁を結ばれるのがよかろう」と院は言う。

光君は、姫宮を厭わしく思っていたことも忘れて、これはいったいどうなることかと悲しく、また残念で、我慢できずに几帳の内に入り、

「どうしてこの先幾ばくもない私を見捨てて、こんなお気持ちになったのです。どう

かもうしばらくお気持ちを静めて、お薬を召しあがり、お食事などもなさいませ。出家は尊いことですが、お体が弱っていてはお勤めもできませんよ。ともかく養生なさってからにしましょう」と言うが、姫宮は頭を振り、なんとひどいことをおっしゃるのかと思っているようである。光君はそんな姫宮を見て、表面的にはさりげなく振舞っていても、心の内では私のことを恨めしく思うこともあったのだろうと考え、姫宮がいじらしくかわいそうに思えてくる。

ともあれ光君は思い留まるよう言い、ためらっているうちに、夜明けが近づいてくる。西山に帰るのに、その道中も昼では人目について体裁も悪かろうと院は急ぎ、姫宮の祈禱のために来ている僧たちの中で、位の高い徳のある僧ばかりを呼び集め、姫宮の髪を削(そ)がせる。今がうつくしい盛りの髪を惜しげもなく切り、戒を授ける儀式が、光君はあまりにも悲しく無念で、激しく泣かずにはいられない。院はもちろん、そもそもこの姫宮をとりわけだいじにしてきて、だれよりも幸せにしてあげたいと思っていたのに、この世では生きる張り合いもないような尼姿にしてしまうのが、あきらめきれないほど悲しく、涙にくれている。

「こうしたお姿にはなってしまったが、どうかご病気をなおして、せっかく出家したからには念誦(ねんじゅ)に励みなさい」と言い置いて、すっかり夜が明けてしまいそうなので院は急いで帰り支度をする。

姫宮は、なお弱々しく消え入りそうな様子で、はっきり院を見ることもできず、挨拶を口にすることもできない。光君も、

「夢かと思うばかりの気持ちで取り乱していて、こうして昔を思い出さずにはいられない御幸(みゆき)のお礼もきちんとできない不作法は、後ほど改めてお詫(わ)びに参ります」と言う。院の見送りに、お供の者をつける。

「私の命も今日か明日かと思わずにはいられなかった頃、ほかに面倒をみる人もなく姫宮が途方にくれることになるのかと、それがかわいそうで死ぬに死ねない気持ちでした。あなたはご本意ではなかったのでしょうが、このようにお願いして、今まではずっと安心していました。しかしもし姫宮が命を取り留めましたら、尼に姿を変えた者が人の多いところに住むのはふさわしくないでしょうし、そうかといって山里などに離れ住むのも、またさすがに心細いでしょう。尼の身となってもどうぞお見捨てなさいませんよう」と院が言う。

「重ねてこうまでおっしゃられますと、かえって顔向けできない気持ちです。すっかり気が動転し、とにかく取り乱していて、今は何も考えられません」と、光君はいかにもこらえきれない面持ちである。

夜明けに行われる後夜の加持祈禱に、物の怪があらわれた。

「どう？　この通り。うまく命を取り返したと、もうおひとりについて思っていらっしゃるのがくやしかったので、この姫宮のそばにそっとやってきて、ここ何日も取り憑いていたのだわ。さあ、これで帰ることにしましょう」と言って笑う。光君はあまりのことに、「では姫宮にも物の怪が取り憑いていたのか」と思うと、姫宮が気の毒でもあり、また出家を許したことが悔やまれる。姫宮は少し生気を取り戻したようだが、まだ頼りなさそうな様子である。お付きの女房たちも、姫宮の出家にひどく気落ちしているけれど、しかし尼となっても無事に回復するのならば、と悲しみをこらえている。光君も祈禱をさらに延長し、休むことなく行わせるなど、あらゆる手を尽くす。

あの督の君は、こうした事情を聞き、ますます消え入るように、まったく回復の見込みも望めなくなってしまった。妻である女二の宮（落葉の宮）がかわいそうに思えてきて、しかしこの父の邸に来てもらうのも、その身分柄、今さら軽々しくふさわしくない。さらに母北の方も父大臣も、このようにそばにつききりなので、女二の宮がこちらに来れば自然とその姿を見られてしまうことがあるかもしれない、それはさすがに不都合だと思い、「なんとかして妻の邸にもう一度会いにいきたい」と訴えるが、両親は許すはずもない。

督の君はこの妻のことをだれ彼となく頼んでいる。妻の母（一条御息所）がはじめから督の君との縁談に乗り気ではなかったのに、督の君の父大臣が奔走し懇願したので、その熱心さに根負けして、朱雀院も致し方あるまいと思って同意したのである。その院が、女三の宮と光君の噂を耳にしてあれこれ心を痛めていた時に、「かえってこの女二の宮は行く先も安心できる、しっかりした後見を持ったことだ」とおっしゃっていたと聞いたのを、畏れ多いことだと思い出す。「こうして後に残していくと思うと、あれこれとおいたわしいのですが、思うようにならない命ですから、添い遂げられぬご縁が恨めしく、宮がどれほどお嘆きになるかと思うと胸が痛みます。どうか心を掛けて面倒をみてあげてください」と、母北の方にも頼んでいる。

「まあ、なんという縁起でもないことを。あなたに先立たれて、その後私がどれほど生きていられると思って、そんな先々のことをおっしゃるの」とただもう泣きに泣くばかりなので、督の君も何も言えなくなる。弟である右大弁の君に、ひととおりのことはこまごまと頼む。

督の君は気性の穏やかなよくできた人で、弟君たちの、ことにずっと年下の幼い君たちは、まるで親のように頼りにしていたので、督の君がこうも心細いことを口にするのを悲しいと思わない人はいない。邸に仕える人々も嘆いている。帝も惜しみ、残念に思っている。このようにもう最期だと聞き、急いで権大納言に昇進させた。それを喜んで元気を出して、今一度参内することもあるのではないかと帝は思ってそのように言うが、督の君はいっこうによくなることがなく、苦しい病床からお礼を言上した。父大臣も、こんなにも篤い帝の処遇に接し、ますます悲しく残念で、途方に暮れている。

大将の君（夕霧）は、督の君の病気をずっと深く心配し、見舞っている。昇進のお祝いにも真っ先に駆けつけた。督の君が臥している対屋のあたりや、こちら側の門は、馬や車がひしめき合って、大勢の人々が騒がしくしている。今年になってから督の君はほとんど起き上がることなく、そんな不作法な姿でこの重々しい身分の大将の君に会うわけにもいかず、しかし会わずに気に掛けながら衰弱していくのかと思うと残念でならず、「やはりこちらに入ってください。こんなに見苦しい姿で会う失礼を、もう許してくれるね」と、横になっている枕元のあたりに、僧たちにしばらく席を外してもらって、招き入れる。

昔から少しの隔てもなく仲よくしてきた二人なので、別れるのはどれほど悲しくて恋しいか、その嘆きは親兄弟の気持ちに劣るべくもない。今日は昇進のお祝いなのだから、もしこれで気分がよいようだったらと思うと、大将の君はたいそう残念で張り合いなく感じられる。

「どうしてこんなに弱ってしまったのか。今日は、こんなおめでたい日なのだから、少しでも元気になったかと思っていたのに」と大将が几帳(きちょう)の端を引き上げると、

「まったく残念なことに、別人のようになってしまった」と督の君は烏帽子(えぼし)だけをかぶり、少し起き上がろうとするが、いかにも苦しそうである。身に馴染(なじ)んで柔らかな白い衣をたくさん重ね、その上に夜具を引きかぶって横になっている。病床の周囲はこざっぱりと片づいていて、薫物(たきもの)が香ばしく漂い、奥ゆかしい暮らしぶりである。病床ではあってもたしなみ深く感じられる。重い病を患っている人は、どうしても髪も髭(ひげ)も乱れ、なんとなくむさ苦しい感じも出てきてしまうものだが、痩せ衰えた姿がかえってますます色白く、気高く感じられる。枕を高くして話す様子は、じつに弱々しく、息も絶え絶えで、なんとも痛々しい。

「長く患っているわりには、そうひどくやつれてはいないようだ。いつもの顔立ちよりかえって男ぶりが上がったようだ」と言いながらも涙を拭い、「どちらが先立つことも後に残されることもないようにと約束したではないか。なんて悲しいことがある

んだろう。あなたの病気がどうしてこう重くなったのか、私は訊くこともできない。こんなに親しい間柄なのに、ただもどかしく思うばかりで」と大将の君は言う。

「私自身、どうしてこうも重くなったのかはっきりとはわからないのだ。どこが苦しいということもなかったから、急にこんなことになろうとは思わないでいたのに、そう月日がたたないうちに衰弱してしまって、今は正気も失せたようになってしまった。惜しくもないこの命なのに、あれこれとこの世に引き止めてくれる祈禱や願のおかげだろうか、さすがにまだ生きているけれど、それもかえって苦しいから、みずから進んで早くあの世に行きたい気がするよ。とはいえ、この世の別れともなると、思い残すことはたくさんある。両親にも充分孝行できずに、今さら心配ばかりかけて、帝にお仕えすることも中途半端な有様だ。我が身をふり返ってみても、なおさらたいしたこともできなかったという心残りもある。しかしそうした通りいっぺんの嘆きはそれとして、ほかに心の内に思い悩んでいることがあるのだ。こうした最期にあって、どうしてそれを人に漏らしていいものかと思うのだが、やはり秘してはおけないことを、あなた以外のだれに打ち明けることができよう。だれ彼とたくさん身内の者はいるが、さまざまな事情があって、それとなく打ち明けることもできないのだ。六条の院（光君）とちょっとした行き違いがあって、この幾月か、心の内で申し訳なく思っていることがあるのだが、それがじつに不本意で、生きていくのも心細くなり、それで病気になったのかもしれない。そんな折、六条の院からお呼びがあって、朱雀院の御賀の、試楽の日に参上し、ご機嫌をうかがったところ、未だに許してくださらないお気持ちがそのまなざしにあったので、ますますこの世に生きているのも憚(はばか)られるような気持ちになって、何もかもおしまいだと思った先から心が騒ぎ出して、こうして静まらないままなのだ。六条の院には、私などは人の数にも入らないだろうが、幼い頃から深くお頼りしていた人なので、どんな中傷があったのかと、このことだけがこの世の心残りとなるだろうから、きっと往生の妨げになりそうだ。だからどうか何かのついでがあれば、このことを覚えていてもらって、よろしく申し開きしてほしいのだ。私が死んだ後でも、このことを許していただけるのならば、あなたのおかげだとありがたく思う」などと話すうちにますます苦しそうに見受けられ、大将はたまらなくなる。大将の心の内では思い当たることがいろいろあるけれど、確実にこういうことだとは見当をつけられない。

「何をそんなに気にしているのだ。父は、そんな様子はちっともなく、こんなに病が重くなったことを聞いて驚いて、これ以上ないほど心を痛め、残念に思っているのに。そんなに思い悩んでいたのなら、どうして今まで黙っていたのだ。父とあなたのあいだに立って、ことをはっきりさせられたのに、今となってはもうどうしようもない」と、大将は昔の督の君を取り戻したいと悲しく思う。

「たしかに、ほんの少しでも具合のいい時に、相談して意見を聞けばよかった。けれどこんなふうに今日明日ではなかろうと、自分のことながら先のわからない命をのんきに考えていたのも浅はかだった。どうか今話したことは、あなたの胸ひとつにおさめて漏らしてくれるな。何かのついでがあれば気に掛けてもらいたいと思って話したのだ。一条の邸にいる宮（落葉の宮）を何かにつけて訪ねてあげてほしい。私がいなくなればおいたわしい身の上となって、父である朱雀院のお耳にも入るだろうから、よろしく取りはからってくれ」などと話す。言いたいことはもっとたくさんあるに違いないが、たえがたく気分が悪くなり、「もう帰ってください」と手ぶりで促す。加持祈禱の僧たちが近くに集まり、母北の方や父大臣たちもあらわれて、女房たちも騒ぎ出すので、大将は泣く泣く立ち去る。

督の君の妹である弘徽殿女御（こきでんのにょうご）は言うまでもなく、異母妹である大将の妻（雲居雁（くもいのかり））も、たいそう悲しんでいる。督の君はだれにでも心を配り、みなの兄のように面倒見がよく、右大臣の妻（玉鬘（たまかずら））も、この君ひとりを親しい兄弟と思っていたので、何かにつけて心配していて、祈禱などもみずから別にさせていたのだが、恋の病をなおす薬にはならず、その甲斐もないのだった。女宮（落葉の宮）にもとうとう会うことができないまま、泡が消えてしまうように督の君は息を引き取った。

今まで長いあいだ、督の君は妻の女二の宮を、心の底から深く愛したことはなかったが、表面上はまったく申し分のない対応をして、やさしく、隅々まで心を配り、礼儀をわきまえた態度を通していたので、宮は恨むようなことはない。ただこんなにも早死にしてしまう運命の人だったから、ふつうの夫婦関係にも妙に興味が持てなかったのかと夫を偲んでいると、たまらない気持ちになって、すっかり沈んでいる姿はじつに痛々しい。女二の宮の母御息所も、夫が先に亡くなってしまうなんて、宮にとってはひどく体裁が悪いし情けないことだと、嘆き続けている。

　督の君の父大臣、母北の方は、まして言葉もなく、「私こそ先に死にたかった、この世の道理もないではないか、なんとつらいことだ」と、失った息子を恋い慕っているが、どうすることもできない。尼となった女三の宮は、大それた督の君の心をただ厭わしく思うだけで、生きていてほしいとも思ってはいなかったのだが、亡くなったと聞けばさすがに、あわれなことだと思うのである。自分が宿した若君のことを、督の君が自分の子だと信じていたのも、たしかにこうなるべき前世からの因縁があって、あのような心外でできごとも起こったのかもしれないと思い至ると、いろいろと心細くなり、つい泣かずにはいられないのだった。

三月になると、空模様もどことなくうららかで、若君の五十日（生後五十日）のお祝いをする頃となった。じつに色白でかわいらしく、日数にしてはよく成長し、何か声を上げている。光君は尼宮の元へやってきて、

「気分はもうよくなりましたか。それにしても、なんとも張り合いのないことです。ふつうのお姿で、こうして元気になられた様子を拝見するのだったらどんなにうれしかったでしょうか。情けないことに、私をお見捨てになって……」と涙ぐんで恨み言を口にする。光君は毎日のようにやってきて、今のほうが逆に、この上なくたいせつに尼宮を扱うのである。

五十日のお祝いに、赤ん坊の口に餅を含ませる儀式があるのだが、母宮がふつうとは異なる尼姿なので、女房たちが「お祝いの席に、どうしたものでしょう」などと言い合っていると、光君がやってきて、

「いいではないか。この子が母宮と同じ女の子だったなら縁起も悪いだろうが、男の子なのだし」と寝殿の南正面に若君のちいさな御座所をしつらえて、餅を持ってこさせる。乳母がたいそうはなやかに着飾って、若君の前に並ぶ膳は、彩りを尽くした籠物（果物を入れた籠）や檜破籠（檜の薄板で作った折り箱）などの趣向をこらした

品々を、御簾の内にも外にも並べて、若君出生の真相を知らない女房たちが無邪気にお祝いしているのを見ると、光君はひどく苦しく、とても見ていられない、と思ってしまう。

尼宮も起きて座っているが、髪の裾がいっぱいに広がっているのをひどくうるさがって、額髪を撫でつけていると、几帳をずらして光君が座る。いたたまれずに背を向ける尼宮は、いっそうちいさく痩せてしまって、髪は惜しんで長めに切ったので、尼削ぎとはいえ後ろ姿はふつうの人と違うようには見えない。次々に重なって見える鈍色の袿に、今様色の表着を着た、まだ馴れない尼姿の横顔は、かえってかわいらしい少女のような感じで、優雅でうつくしい。

「ああ、なんて情けない。墨染というものは本当に嫌な、悲しい気持ちになる色だ。こうして尼姿になられても、この先もずっとお目に掛かることはできると自分をなぐさめてみるが、いつまでもやりきれない気持ちで涙が出てしまうのもみっともない。こうして見捨てられた自分が悪いのだと思ってみても、あれこれと胸が痛むし、残念でならない。昔を取り戻せないものだろうか」と光君は嘆息し、「もうこれきりと私を見限るのでしたら、真実、本心から私を嫌になって捨てたのだと、顔向けもできず情けなくてたまらない思いです。やはり、この私をかわいそうにと思ってください」

と言う。

「こうして尼となった者は、この世の情けとは縁のないものと聞いていましたが、まして私はもともと情けというものをわかっていなかったのですから、どう申し上げることができましょう」と尼宮。

「張り合いのないことを言いますね。よくおわかりの情けもあるでしょうに」とだけ言って言葉を切り、ただ若君を見つめている。

　若君の乳母たちには、身分も高く容姿のすぐれた者ばかりを選ぶ。光君は彼女たちを呼び出して、若君に仕える上での心得などを言い聞かせる。「かわいそうに、私の命も残り少なくなった今、これから育っていくなんて」と抱き上げると、まったく人見知りすることなくにこにことして、ぷくぷくと太り、色白でかわいらしい。光君は大将の幼い頃をかすかに思い出すが、似てはいない。明石(あかし)の女御(にょうご)が産んだ宮たちは、みな父である帝の血筋を引いて、皇族らしく気高いが、とくべつ抜きん出てうつくしいということはない。この若君は、たいそう気品があるのに加えて、愛くるしく、目元がほのぼのとうつくしく、にこにこしているのを、光君はじつにいとしく思うのだった。そのように思って見るせいだろうか、やはり督の君によく似て見える。もう今からして、まなざしが穏やかで、こちらが気後れしてしまう様子も並々ならず、香り立つようなうつくしい顔立ちである。母の尼宮はそこまでは見分けておらず、ほかの人はもちろん知るよしもないので、ただひとり光君だけが心の内で、「ああ、はかない運命の人だった」と思い、まったくこの世はさだめなきものだとつい考えてしまい、涙がほろほろとこぼれてくるのだが、「おめでたい今日は、縁起でもないことを口にしてはいけない日なのに」と涙を拭っている。五十八歳にしてはじめて子を持った白楽天（はくらくてん）が詠んだ詩の一節、「静かに思ひて嗟（なげ）くに堪へたり」と口ずさむ。光君はその年齢より十歳若いけれど、人生も終わりに近づいてきた気がして、しみじみと感慨を覚えずにはいられない。同じ詩にあるように、「汝（なんぢ）が爺（ちち）に似ること勿（なか）れ（おまえの実の父に似るのではないよ）」と、釘を刺しておきたくなったのかもしれません……。

この秘密を知っている人が、女房の中にもいるのだろう。誰が知っているのかわからないのがくやしい。きっと私のことをまぬけだと思っているだろう、と思うと穏やかならぬ気持ちだが、いや、この私がもの笑いになるのなら我慢もしよう、どちらかというならば尼宮の立場のほうが気の毒だ、と思い、おくびにも出さずにいる。若君がいかにも無心に声を上げて笑っている、その目元や口元のかわいらしいのを見ても、事情を知らない人はどうかわからないけれど、やはり督の君にひどく似ている、と思うのである。督の君の両親が、せめて形見となる子どもでも残していってくれればと泣いているのに、彼らに会わせることもできず、人知れず、こんなにはかない形見だけを残して、あんなに気位の高い立派な人物だったのに、みずから身を滅ぼしてしまったのか……、と痛ましく、また惜しくも思えて、憎む気持ちも消えてしまって、つい泣いてしまうのだった。

女房たちがそっとその場を離れた時に、光君は尼宮のそばに寄り、「この若君をどう思うのですか。こんなにかわいい人を捨ててまで出家しなければならなかったのでしょうか。ああ、情けない」と声をかけると、尼宮は顔を赤らめている。

「誰が世にか種はまきしと人問はばいかが岩根の松はこたへむ

（いったいだれが種をまいたのかと人に訊かれたら、岩の上に生まれ育った松――若君はなんと答えるだろう）

かわいそうに」と光君が小声で言うと、尼宮は返事をすることもなくうつ臥してしまう。無理もないと思う光君は、それ以上しいて言うことはない。いったいどう思っているのだろう、ものごとを深く考えるような人ではないが、まさか平静でいられるはずはない、と尼宮の心の内を思うにつけ、いたわしくなる。

大将の君は、督の君が思いあまって、それとなく口にしたことを、「いったい何があったのだろう、もう少し意識がしっかりしている時だったら、あんなふうに言い出したことなのだから、もっとよく事情はわかったかもしれないのに……。どうにもならない臨終の間際で、じつに折悪く、なんだか気掛かりなまま、悲しいことになってしまった……」と、面影を忘れることができず、兄弟の君たちよりも無性に悲しく思っている。「姫宮があぁして出家なさったことも、そうひどいご病気というわけでもなかったのに、よくぞきっぱりとご決心なさったものだ、それにしても父院（光君）がお許しになっていいことなのか……、二条の上（紫の上）があれほどに危篤状態で、泣く泣く出家をお願いなさったと聞いたけれど、父院はとんでもないことだとお思いで、結局こうしてお引き留めになったというのに……」などと、あれこれ思案をめぐらせて、「やはり前々から、督の君には姫宮を思う気持ちがあって、それがときどきこらえきれなかったのだろう。うわべはひどく冷静で、ほかのだれよりも思いやりがあり、穏やかで、この人はいったい心の内ではどう思っているのだろうと、はたの人も気詰まりなくらいだったけれど、少し弱いところがあって、やさしすぎたのがいけなかったのだろう。どんなにつらい思いをしても、道ならぬ恋に心を乱して、こんなふうに命に代えていいはずがない。相手のためにも気の毒だし、それに自分の身まで滅ぼしていいものか。そうなるべき前世からの因縁とはいうが、まったく軽々しい、つまらないことではないか」などと、ひとり胸の内であれこれ思っているけれど、妻（雲居雁（くもいのかり））にもそれを漏らしたりはしない。また適当な機会もなく、光君にも話せないままでいる。とはいえ、「こんなことを督の君がほのめかしていました」と光君に話してみて、顔色を見てみたくもあるのだった。

督の君の父大臣、母北の方は、涙の涸（か）れる時なく悲嘆にくれて、はかなく過ぎていく日々を数えることもなく、法事の法服、装束、そのほかあれこれの支度も、弟の君たちや姉妹たちがそれぞれに調えている。お経や仏像の飾りなどの指図も、督の君の弟である右大弁の君にさせるのだった。七日目ごとの誦経（ずきょう）についても、ほかの人が注意を促すと、「私の耳に入れるな。こんなにもつらいと親の私が悲しんでいては、かえって成仏の妨げとなってしまう」と、死人のように虚（うつ）けている。

一条の邸に住む女二の宮は、なおのこと、会えないまま別れてしまった恨めしさも加わり、日がたつにつれて広い邸の中もだんだんひとけがなくなって、いかにも心細い様子である。それでもかつて督の君が親しく使っていた人々は、今もお見舞いにやってくる。督の君が好んでいた鷹（たか）や馬などの世話係の者も、みな寄る辺なく意気消沈して、ひっそりと出入りしているのを目にするにつけ、女二の宮の悲しみは尽きないのだった。督の君が使っていた道具類、いつも弾いていた琵琶（びわ）や和琴（わごん）の絃（げん）も、見る影もなく取り外されて、音を立てないのも、気の滅入るようなわびしさである。庭前（にわさき）の木立が一面に芽吹いて、時を忘れずに咲く花を眺めてはもの悲しく思う。お付きの女房たちもみな鈍色の喪服に身をやつして、さみしく所在なく過ごしている昼頃、先払いのにぎやかな声がして、門の前に車を止める人がいる。「まあ、お亡くなりになった殿がいらしたのかと、ついぼんやりして思ってしまった」と言って泣く者もいる。大将がやってきたのだった。訪問の旨を告げる。いつものように、督の君の弟たち、弁の君や宰相がやってきたのだと女二の宮は思っていたのだが、こちらが気後れするほどの気品に満ちた姿で大将があらわれる。

母屋の廂(ひさし)の間(ま)に席を設けて大将を招き入れる。ふつうの客と同じように女房たちが対応したのでは失礼に当たるような立派な様子なので、女二の宮の母である御息所(みやすどころ)が対面する。

「このたびのご不幸を嘆く私の気持ちは、お身内の方々以上ですが、失礼になってはいけないので、お見舞いの申し上げようもなく、世間並みのお悔やみになってしまいました。ご臨終の折にも私に言い残されたことがありますので、けっしておろそかに思ってはおりません。だれしも気長に生き長らえることはできない世の中ですが、しばし私のほうが後に生き残るのですから、その間だけでも、思いつく限り、深い誠意をご覧いただきたいと思います。神事の多いこの時期に、悲しみにまかせてじっと引きこもっているのも例のないことですし、それにまた、立ったままちょっとご挨拶をして下がるのも、かえって心残りに違いないと思いまして、ご無沙汰したまま日を過ごしてしまいました。父大臣が悲嘆に暮れていらっしゃるご様子を見聞きするにつけても、親子の道の闇——子を思う親の悲しみもさることながら、こうしたご夫婦の間柄では、督の君にもどんなに深く心残りがあっただろうと察しますと、悲しみが尽きません」と大将はしばらく涙を拭い、洟（はな）をかんでいる。見るからに気高い人でありながら、優美な物腰である。

御息所も鼻声で、

「悲しいできごとは、おっしゃる通り、さだめのない世の常でしょう。どんなにつらいことでも、世の中に例のないことではないと、年老いた私などは無理にでも心を強く持とうとしていますけれど、すっかり思い詰めている宮の様子は、本当に不吉なほどで、すぐにも後を追ってしまいそうに見えまして……。何かにつけ情けないことの多かった我が身が、今まで生き長らえて、こうしてあれこれのはかない世の末の有様を見て過ごさなくてはならないのかと、気持ちも落ち着きません。あなたさまは督の君とは何かと親しい間柄でいらしたから、自然とお聞き及びになったこともあるでしょう。そもそものはじめから、私としてはこの結婚には賛成できかねたのですが、致（ち）

仕(じ)の大臣(おとど)のご意向をお断りするのも心苦しく、朱雀院も、悪くない縁組みだとお許しくださった様子ですので、それならば私の考えが至らなかったのだろうと思いなおして、督の君を迎えたのです。けれどこのように、夢のように悲しいことを目にして思い合わせてみますと、こんなことになるくらいなら、私の心の内を申し上げて強く反対すればよかったと、やはりとても悔やまれまして……。それにしてもこんなことになろうとは思いも寄らなかったのです。皇女(こうじょ)というものは、よくよくのことがなければ、良かれ悪しかれ、このように結婚するのは感心できないことだと頭の古い私などは思っていたのです。けれど、宮は、独身を通すこともできず、結婚生活をまっとうすることもできないという不幸なご運だったのですから、いっそ、こうしたついでに、亡き夫の煙に紛れてしまっても、宮ご自身にとって世間体の悪いことでもないでしょうけれど……。そうはいっても、そうさっぱりとあきらめることもできず、悲しい気持ちでおりましたから、まことにありがたいことに、ご親切なお見舞いをたびたびいただきましたようで、もったいないことと感謝しております。それも督の君とのお約束があったからなのですね。生前のあの方には私どもが期待したようなお気持ちはないようでしたが、ご臨終の際にだれ彼に残してくださったご遺言が胸に染みて、つらいなかにもうれしいことはあるものでした」と、いっそう激しく泣いている様子である。

　大将も、すぐには涙を抑えることができない。

「亡き督の君は不思議なほど老成していらした方でしたが、こういう運命だったからでしょうか、この二、三年、ひどく思い沈んでいて、なんとなく心細く見受けられたので、『あまりにも世間の道理を知りすぎて、思慮深くなると、人は悟りすぎてしまう。そうなると心も素直ではなくなって、かえってその人らしさも消えてしまうものだ』と、私の至らぬ考えながら、始終いさめていたので、私のことを思慮の浅い者だとお思いだったようです。いえ、そんなことよりも、お言葉通り人一倍悲しんでいらっしゃる宮のお心の内が、畏れ多いことですが、まことにおいたわしく思われます」と、やさしくねんごろになぐさめ、しばらくの時を過ごしてから帰っていく。

　督の君は大将より五、六歳ほど年上だったけれど、じつに若々しくて優美で、なよなよしたところのある人だった。この大将の君は生真面目（きまじめ）で重々しく、いかにも男らしいのだが、顔だけはじつに若く、気品に満ちてうつくしい様は格別である。若い女房たちは、その姿に悲しみも少し紛れるような気持ちで見送った。庭前の桜がそれはみごとに咲いているのを見て、「今年ばかりは」（深草の野辺の桜し心あらば今年ばかりは墨染（すみぞめ）に咲け《古今集／深草の野辺の桜よ、心があるならば今年ばかりは墨染に咲け》）とつい思い浮かべるが、縁起でもない歌なので、「あひ見むことは」（春ごとに花の盛りはありなめどあひ見むことは命なりけり《古今集／春になるごとに花は盛りと咲くけれど、それを見られるかどうかは命しだいだ》）と口ずさみ、

時しあれば変らぬ色ににほひけり片枝枯れにし宿の桜も

（桜の時期となれば昔と変わりなくうつくしい色に咲き匂うものなのですね、片枝が枯れてしまった邸の桜も――督の君を失ったあなたも）

さりげなく吟じて立ち上がると、御息所からすぐに、

この春は柳の芽にぞ玉はぬく咲き散る花のゆくへ知らねば

（今年の春は、柳の芽に露の玉を貫くように、目に涙を宿しています。咲いて散る桜の行方もわからないので）

と返歌がある。格別深い教養があるわけではないが、はなやかで、才気があると言われていた更衣なのである。なるほど、そつのない対応だと大将は思うのだった。

大将はそのまま督の君の父、致仕の大臣の邸に立ち寄った。弟の君たちが大勢やってきている。「こちらにお入りください」と言われ、大将は寝殿の表座敷のほうに入る。大臣は涙を静めてから大将と対面する。いつまでも老いを感じさせない端整な顔立ちがひどく痩せ衰えて、髭なども手入れをしておらず伸び放題で、子が親の喪に服

すよりずっと悲しみが深そうである。大将はその姿を見るなりとてもこらえきれなくなり、しかしあまりにも止めどなく涙を流すのも見苦しいと思い、なんとかして隠している。大臣も、この大将は息子ととくべつに仲がよかったのだと思って見ると、涙が雨のように降り落ち続けて、止めることができず、尽きることのない悲しい胸の内を互いに語り合う。

一条の邸を訪問したことなどを大将は話す。いっそう激しく、春雨かと思えるほど、軒の雫と変わらないほどさらに涙で袖を濡らしている。御息所が詠んだ「柳の芽にぞ」という歌を、畳紙に書き留めておいたものを渡すと、「目も見えないほどだ」と大臣は涙を絞るようにして見ている。泣き顔で見入っている様は、いつもの気強くきっぱりした、自信満々の様子はみじんもなく、みっともない。実際はそうすぐれた歌というわけでもないのだが、この「玉はぬく（露の玉を貫くように）」というところが、まったくその通りだと思うと心が乱れて、長いこと涙をこらえきれなくなる。

「あなたの母君（葵の上）が亡くなった秋は、もうこれ以上悲しいことはないと思ったものですが、女性の場合はそういう決まりがあるために、人前に出ることもまれですし、日頃のあれこれが表に出ることはありませんから、悲しみも内々のものでした。ところが、息子はふつつか者ではありましたが、帝もお見捨てにならず、ようやく一人前になって、官位ものぼるにつれて頼りとする人々もおのずと数多くなりました。亡くなったことを驚き、残念がる者もあちこちにいるようです。しかし私のこの深い悲しみは、そうした世間一般の人望とか、官位などとは関係なく、ただ、とくに人と変わるところがあったわけではない、息子本人の有様だけが、たまらなく恋しいのです。いったいどうしたらこの悲しみが忘れられるでしょう」と、放心したように空を仰ぐ。

夕暮れの雲は鈍色に霞んでいる。花の散ってしまった枝々を、大臣は今日はじめて目に留める。先ほどの畳紙に、

　木の下の雫に濡れてさかさまに霞の衣着たる春かな

　(子に先立たれた悲しみの涙に濡れて、逆さまに、親のほうが喪服を着ている
　　春となってしまった)

大将の君、

　亡き人も思はざりけむうち捨てて夕べの霞君着たれとは

　(亡くなった人も思いも寄らなかったことでしょう、あなたさまを残して、喪
　　服を着せることとなるとは)

弟である右大弁の君、

うらめしや霞の衣誰着よと春よりさきに花の散りけむ

（恨めしいことです。だれに喪服を着せようと思って、春が逝くよりも先に花は散ってしまったのでしょう）

督の君の法要は、世間に例のないほど盛大に執り行う。督の君の異母妹である、大将の妻（雲居雁）はもちろんのこと、大将自身も誦経なども格別に心をこめて、深い配慮のもとに行う。

あの一条宮（落葉の宮）にも、大将はつねにお見舞いの訪問をしている。

四月頃の空は、どことなく心地よさげで、緑一色の四方の木々もきれいに見渡せるが、悲嘆にくれるこの邸では、何ごとにつけてもひっそりと心細く、日々を暮らしかねている。そこへいつものように大将の君がやってきた。白砂を敷いた庭にも青々とした若草が一面に生えはじめ、ここかしこの敷砂が薄くなっている物陰には、我がもの顔に蓬がはびこっている。故人が丹精込めて手入れしていた庭前も好き放題に茂り、ひと叢の薄も勢いよく伸びて広がっている。虫の音が響く秋の頃を思うと、もの悲しい気持ちになり、大将は涙の露に濡れながら草を踏み分けて進む。喪中を示す伊予簾を一面にかけ渡し、鈍色の几帳の帷も夏向きに更衣えして、そこに透けて見える人影がいかにも涼しげである。

うつくしい女童の着た、濃い鈍色の汗衫の端や、髪形などがちらちらと見えるのは、風情はある。しかしやはり鈍色は、目にするとはっとするような喪の色ではあるけれど……。

大将は今日は簀子に座っているので、敷物を差し出す。あまりにも粗末な席だからと、女房たちは以前のように御息所に応対を促すけれど、御息所は近頃は気分がすぐれずに、ものに寄りかかって休んでいる。女房たちがあれやこれやと場を取り持っているあいだ、大将は庭前の木立の、なんの悩みもなさそうな景色を見て、しみじみと感慨に耽る。柏木と楓が、ほかの木々より一段と青々とした色合いで、枝を差し交わしているのを見て、「いったいどんな宿縁があるのか、枝の先がいっしょになっているなんて頼もしいものだ」などと言い、御簾にそっと近づき、

「ことならば馴らしの枝にならさなむ葉守の神のゆるしありきと
(同じことなら、この枝のように親しくしていただきたい、柏木に宿る神——亡き君が許してくださるとお思いになって)

御簾の外という他人行儀なお扱いがうらめしい」と、大将は下長押に寄りかかって座っている。

「優美なお姿がまた、なんともいえずたおやかでいらっしゃる」と女房たちは互いにつつき合っている。大将の相手をしている少将の君という女房に取り次がせて、

「柏木に葉守の神はまさずとも人ならすべき宿の梢か

（柏木に宿る神——夫がいないからといって、ほかの人を近づけてもよいこの宿の梢でしょうか）

唐突なお言葉に、お心も浅いように思ってしまいます」との返事がある。大将は、たしかにその通りだと思い、ちいさく苦笑する。

御息所がいざり出てくる気配がするので大将はそっと居住まいを正した。

「つらい世の中を嘆いて沈んでいる日々が続き、そのせいでしょうか、気分がすぐれず、どういうわけかぼんやり過ごしていますが、このようにたびたび重ねてご訪問くださいまして、本当にありがたく思っておりますので、気力を奮い立たせてお目に掛からせていただきます」と、御息所はたしかに苦しそうな様子である。

「お嘆きになるのはもっともですが、しかしそんなに悲しんでばかりいらっしゃるのもいかがなものでしょう。何ごともそうなるさだめなのでしょう。悲しみもきっといつかおさまりますよ」と大将はなぐさめる。そして心中で、この女宮は噂に聞いていたよりも心の奥が深い方のようだけれど、かわいそうに、夫を亡くした悲しみに加え

て、世間の笑い者となることを悩んでいるのだろう……、と思うと、心がざわつき、大将はたいそうねんごろに宮の様子を御息所に訊いてみる。宮の顔立ちはそうすばらしくはないだろうけれど、見苦しくて見ていられないほどでないならば……。どうして見た目がよくないからといって、妻に飽きたり、道に外れた恋に溺れたりしていいものか、みっともないではないか。やはり結局のところ大切なのは、気立てではないか、と大将は思うのである。

「どうぞ私を亡き人と同じようにお考えになって、遠慮なさらずにおつきあいください」などと、ことさらに口説くわけではないが、親しげに好意をほのめかす。直衣姿はじつにきりっとして、身の丈は堂々として、すらりとして見える。

「亡くなった大殿は、何ごとにつけてもやさしくて優雅で、上品で、人を惹きつける魅力がだれよりもある方だった。こちらの大将は男らしくて明るくて、なんておきれいなのかと、一目でわかるはなやかさが、ずば抜けていらっしゃる」と女房たちはひそひそとささやき、「いっそのこと、こんなふうにお通いくだされればいいのに」などと言うのだった。

「右将軍が墓に草はじめて青し」と大将はふと口ずさむ。それも、実際遠からぬ時代に亡くなった人を悼んだ詩の一節である。遠い時代も近い時代もあれこれと人を悲しませるできごとが多い世の中で、身分の上下なく、督の君の死を惜しみ、無念に思わない人はいない。表立った才覚はもちろんのこと、不思議なほど情深い人だったので、それほど縁が深かったわけではない役人たちや、年老いた女房たちですら、督の君を慕い悲しんでいる。まして帝は、音楽の催しなどがあるたびにまず督の君を思い出し、悲しくなつかしく思うのだった。「あはれ、衛門督」という言葉が広まり、何かにつけてつぶやかない人はいないほどだ。六条院の光君はまして、しみじみと思い出すことが月日がたつにつれ多くなる。女三の宮の産んだ若君を、自分の心の内だけでは、督の君の形見と思っているけれども、ほかの人は思いも寄らないことなので、まったく甲斐のないことである。秋の頃になると、この若君ははいはいなどをするようになり……。

横笛（よこぶえ）

親友の夢にあらわれた柏木の遺言

親友の夢枕に立ち、柏木はある伝言を遺した……ということです。

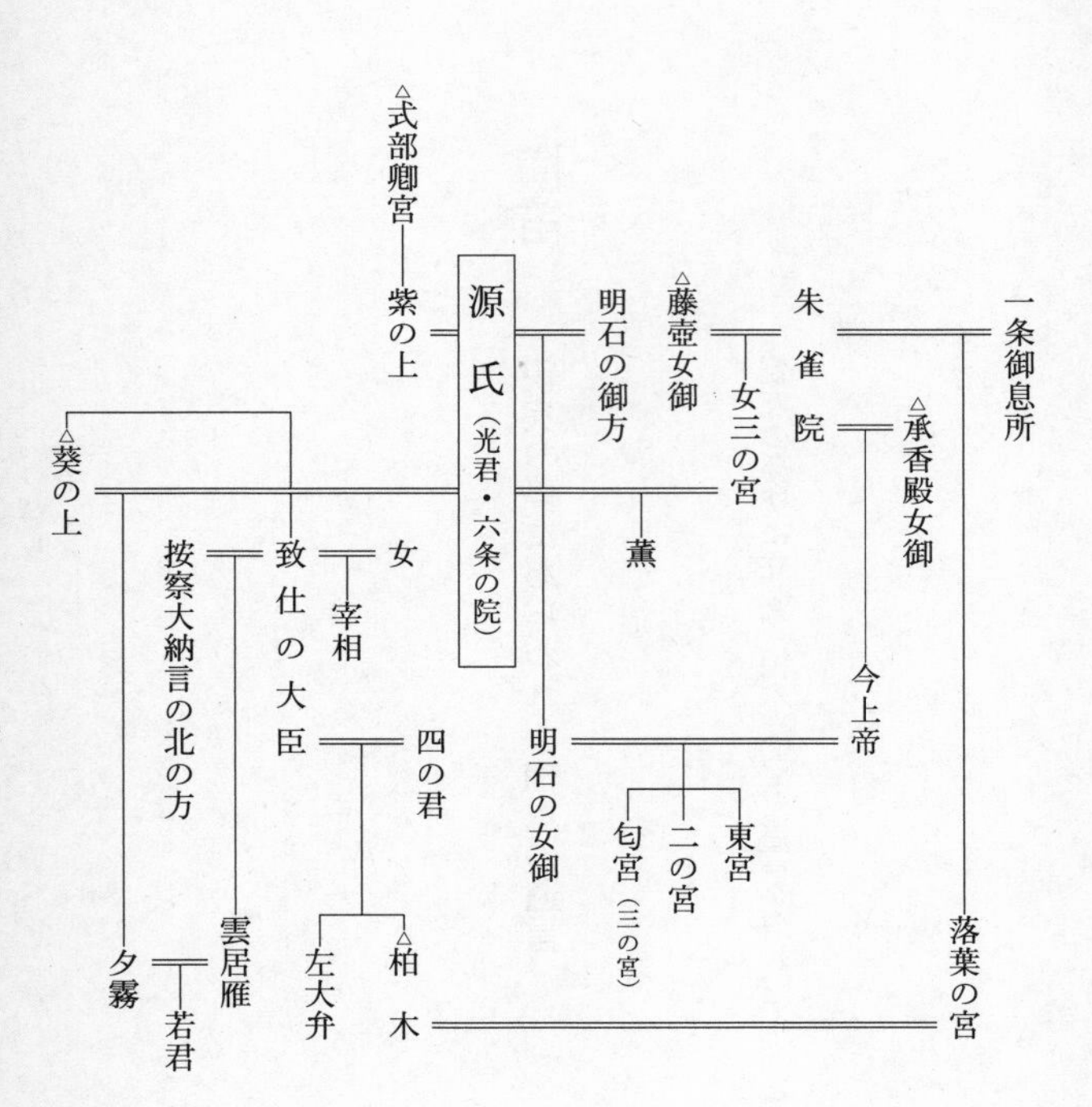
一条御息所
△承香殿女御
落葉の宮
朱雀院
今上帝
△藤壺女御
女三の宮
東宮
二の宮
匂宮（三の宮）
明石の御方
明石の女御
薫
源氏（光君・六条の院）
△式部卿宮
紫の上
女
宰相
四の君
△柏木
左大弁
致仕の大臣
按察大納言の北の方
雲居雁
若君
△葵の上
夕霧

＊登場人物系図
△は故人

督の君（柏木）があっけなく亡くなってしまった悲しみを、いつまでもあきらめきれずに、残念なことだと恋しがっている人々は多い。光君も、それほど親しくない人でも世間に人望のある人が亡くなると、非常に惜しむようなたちなので、まして、朝に夕にいつも親しく参上していて、だれよりも気に掛けていた督の君となれば、どうにも許しがたいことはあれど、やはり悲しむ気持ちは大きく、何かの折に触れ思い出している。一周忌の法要にも、誦経などを特別にさせる。何も知らない無邪気な若君（薫）の様子を見るにつけても、さすがに不憫でならず、心の内で、これは若君のぶんの供養料だと決めて、黄金百両を別に寄進した。督の君の父である致仕の大臣は、事情を知るわけもなく、恐縮してお礼を言っている。

大将の君（夕霧）も多くの供養をし、自身でも心をこめて法要を取り仕切っている。あの一条宮（落葉の宮）にも、この一周忌にあたって、いっそう深い心づかいでお見舞いをしている。督の君の兄弟たちにもまさるこまやかな心づかいに、まさかここまでとは思わなかった、と父大臣や母北の方もお礼を伝える。督の君亡き後までも、こうも世間の信望が厚いとわかるにつけ、両親はただもう惜しいことだと思い、いつまでも息子を恋い慕っている。

山の帝（朱雀院）は、夫を亡くした女二の宮（落葉の宮）も世間の笑い者となって思い悩んでいるのだろうし、出家した尼宮（女三の宮）も、この世のふつうの暮らしとはかけ離れた日を過ごしていることを思い、そのどちらの境遇も満足できないのだが、何ごとも俗世のことに心を煩わすまいと我慢している。勤行をする時には、尼宮も自分と同じ仏道修行に励んでいるのだろうと思い、彼女が尼になってから後はちょっとしたことでもたえず手紙を送っている。

寺のそば近くの林で掘り出した筍、その周辺の山で掘った野老（山の芋）などが、いかにも山里のものらしく風情があるので、尼宮に送ろうと思い、院はことこまかく書いた手紙の端に、

「春の野山は、霞が立ちこめてあたりもはっきりしていませんが、あなたに差し上げようと、深い思いから掘り出させましたものを、ほんのしるしばかり。

　世を別れ入りなむ道はおくるとも同じところを君も尋ねよ

（あなたがこの世を捨ててお入りになった仏道は、私より遅かったとしても、
同じ野老――極楽浄土をさがし求めて来てください）

と書いた。それを尼宮が読んで涙ぐんでいるところへ、光君がやってくる。いつになく、尼宮の前にいくつも檑子（縁の高い器）があるので、なんだろう、妙だな、と見ると、院の手紙がある。読んでみると、胸に染みる手紙である。

「私の命も今日か明日かという心地ですが、意のままにあなたに会えないとは」などとこまごまと書かれている。院の詠んだ歌の「同じところ」への誘いは、格別に風情があるわけでもない、僧侶らしい言葉ではあるが、心からそのように思っていらっしゃるのだろう、この私まで尼宮をたいせつにしていないとお思いなのだったら、ますます尼宮の行く末を案ずる気持ちは増すばかりだろうと思い、院がいたわしくなる。

尼宮は恥ずかしそうに返事を書いて、使者には、青鈍色の綾絹の袿一襲を与えた。書きなおした紙が几帳の脇からのぞいている。光君はそれを手に取り見てみると、じつに頼りなげな筆跡で、

憂き世にはあらぬところのゆかしくてそむく山路に思ひこそ入れ
（つらいこの世ではないところに住みたい、父院が世を背いてお入りになった

山路に心を寄せています）

とある。

「父院がこんなにも心配なさっているのに、ここではないところに住みたいとは、ひどく情けない」と光君は言う。

尼となった今では、尼宮はもう光君と直接顔を合わせることはないが、いかにもいたいけでかわいらしい額髪や、頬のあたりのふくよかさは、まるで幼子のようで、なんともいえず可憐(かれん)である。それを見るにつけても、なぜこんなことになってしまったのだろうと、尼宮の出家に罪悪感を覚えそうになるので、几帳だけは隔てているものの、素っ気なくならないようにするのだった。

若君は乳母(めのと)のところで眠っていたが、起きて這(は)い出てきて、光君の袖を引っ張ってはまとわりついているのが、じつにかわいらしい。白い羅(うすもの)の下着、唐織(からおり)の小紋(こもん)模様の紅梅色の表着(うわぎ)の裾を長々とだらしなく引きずっていて、おなかを丸出しにし、背中にぜんぶ着物が寄ってしまっている。幼児にはよくある姿だが、ひどくかわいらしく、色白ですらりとしていて、柳の木を削ってこしらえたかのようである。剃(そ)った頭(かしら)は露草でとくべつに染めたように青々とし、口元が愛らしくてつやつやして、目元はやさしく、はた目にも気後れするほどの、香り立つようなうつくしさである。そうしたあれこれでやはり故人が思い出されるが、「彼はこれほどまでに際立った気高さはなかったのに、この若君はなぜこうもうつくしいのだろう。母宮にも似ておらず、幼い今からすでに気高く落ち着いたところがあって、ふつうの人とははっきりと異なる姿は、この私の鏡に映る顔に似ていなくもない」と光君は思わずにはいられない。

ようやくよちよち歩きをする頃である。尼宮の前にある筍ののった櫑子(らいし)に、何もわからずに近づいてきて、ばたばたとせわしなく取り散らかして、囓(かじ)っては放ったりするので、

「なんと行儀の悪い。いけません。ほら、片づけなさい。食い意地がはっていると、口さがない女房が言い触らすといけない」と光君は笑う。若君を抱き上げて、「この目元はふつうではありませんよ。ちいさい子をそうたくさんは見ていないからそう思うのか、このくらいの年頃は、ただあどけないばかりだと思っていたのに、この子はこんなにちいさい今からまるで様子が違うのだから、心配になります。女宮(明石(あかし)の女御(にょうご)腹の姫君)がいらっしゃる近くにこんな美男子が生まれてきたのでは、どちらにとっても困ったことが起こりはしないだろうか。ああ、しかし、幼い人たちが大人になっていくその先までは、私は見届けられるのだろうか」と言い、「花の盛りはありなめど」と、じっと若君を見つめている。

「春ごとに花の盛りはありなめどあひ見むことは命なりけり（古今集／春になるごとに花は盛りと咲くけれど、それを見られるかどうかは命次第だ）」という古歌の一節に、女房たちは、「嫌ですわ。縁起でもないお言葉を」と言う。

若君は、生えかけてきている歯で嚙ろうとして、筍をしっかりと握りしめ、よだれをたらたら垂らして口に入れているので、「それにしても変わった色好みだね」と光君は冗談めかして言い、

憂き節も忘れずながらくれ竹のこは捨てがたきものにぞありける

（あの厭わしいできごとを忘れることはできないけれど、この子はかわいくて捨てることなどできない）

と、筍から引き離し、膝にのせて話しかけるが、若君はにこにこと笑い、光君の言葉などなんとも思わず、そそくさと這い降りてはしゃいでいる。

月日がたつにつれて、この若君がだんだんと、まがまがしく思えるほどにうつくしく成長していくので、実際、この歌にあるような「憂き節――厭わしいできごと」も、みな忘れてしまいそうです。この若君がこの世に生まれてくる運命のために、ああした思いも寄らないようなことがあったのだ、逃れることのできない前世からの宿縁だ

ったのだ、と、光君も少しは思いなおす。自分自身の宿縁にも、光君はやはり不満に思うことは多いのである。六条院に大勢集めた女君たちの中でも、この女三の宮こそは、内親王という高貴な身分なのだから、人柄も非の打ちどころのない人であってほしかったのに、こんな思いもしない尼姿を引き受けることになろうとは……、と思うにつけても、彼女と督の君の過去の罪は許しがたく、今も無念に思うのだった。

大将の君（夕霧）は、あの、督の君が臨終の際に残していった一言を、自分の胸ひとつにしまって思い出している。いったい何があったのかを父である光君に訊きたくてたまらず、また、その時の父の反応も知りたいのだが、うすうす事情を察して思い当たることもあるので、かえって口に出してはっきり訊くのもどうかと迷ってしまう。何か機会があればくわしい事情をはっきりさせ、そして亡き督の君が思い詰めていた様子も父の耳に入れようと思い続けている。

秋の夕べがしみじみと胸に染みて、一条宮（落葉の宮）はどうしているかと思い、大将の君は出かけていった。宮はくつろいで、ひっそりと琴などを弾いているところだったらしい。突然の大将の来訪に、琴を奥へ片づけることもできず、そのまま南の廂の間に招き入れる。廂の間の端近くにいた女房たちが、あわてて奥へといざり入っていく気配がはっきりと伝わり、衣擦(きぬず)れの音も、あたりに漂う香ばしい匂いも、奥ゆかしく感じられる。いつものように御息所(みやすどころ)が応対し、故人の思い出話を互いに話す。自分の住む三条の邸(やしき)では明けても暮れても人の出入りが激しくて何かと落ち着きなく、幼い子どもたちが集まって騒いでいるのに大将は馴(な)れているので、こちらはひどく静かでさみしい感じがする。どことなく荒れているようだけれど、上品で気高い暮らしぶりである。庭前(にわさき)に咲き乱れる花々が夕方になってしんと色冴えているのを見渡す。虫も鳴いている。まさに「虫の音しげき野辺」（君が植ゑし一(ひと)むらすすき虫の音のしげき野辺ともなりにけるかな《古今集／あなたが植えたひと叢(むら)のすすきが一面に生い茂り、虫の音のたえない野辺となってしまった》）と大将の君は思う。

和琴(わごん)を引き寄せてみると、律(りち)の調子に整えてある。じつによく弾きこんであり、女の移り香が染みていて、そそられるような感じがする。こういうところで慎みのない浮気者は我慢しきれずにみっともないことをしでかして、あるまじき浮名を流したりするものなのだな、などと思いながら掻(か)き鳴らしている。この和琴は、亡き督(かん)の君(きみ)がいつも弾いていたものである。おもしろい曲をひとつ二つばかり弾いて、「ああ、あの方はめったには聴けないすばらしい音色でお弾きになりましたね。このお琴にもその名残(なごり)はこもっているでしょう。ぜひそれを聴かせていただきたいものです」と大将

が言うと、御息所は、

「あの方が亡くなって琴の絃も絶えてしまってからは、昔、子どもの頃のお遊びで弾いていたことさえ、宮はお忘れになってしまったようなのです。朱雀院（すざくいん）の御前で女宮たちがそれぞれに得意なお琴を試しにお弾きになった時も、こちらの宮は音楽の筋はしっかりしている、と院がご判定くださいましたようですのに、今は別人のようにぼうっとなさって、もの思いに沈んで暮らしておられますから、お琴も、故人を思い出させる悲しみの種とお思いなのでしょう」と言う。

「そのお気持ちはごもっともです。せめて恋しさに限りがあるものならば……」と大将も悲しげに琴を押しやると、

「それならば、そのお琴の音色（ねいろ）に亡き君の名残が伝わっているかどうか、私にも聴き分けられるように、やはりあなたがお弾きください。気が晴れずに沈み込んでいる私の耳だけでも、せめてしゃきっとさせましょう」と御息所が言う。

「おっしゃる通り、ご夫婦仲だった方こそ、中の緒に名残を宿しているはずです。宮のお琴の音こそお聴かせ願いたい」と、御簾（みす）の近くまで琴を押しやるが、宮はすぐには承知しそうもないので、大将もそれ以上無理強いはしない。

月が出てきて曇りなく澄み切った空に、羽を重ねるようにして、列を離れず飛ぶ雁（かり）

の鳴く声を、宮はうらやましく聞いているはず……と大将は思う。風が肌寒く、しみじみとした風情に誘われて、宮は箏の琴をほんのかすかに掻き鳴らす。その音が奥深い音色なので、大将はいっそう心を奪われて、それだけではかえってもの足りなくなり、琵琶を近くに寄せ、じつにやさしい音色で「想夫恋」を弾きはじめる。

「お心を読んだようで恐縮ですが、この曲ならば、何かお言葉がいただけるのではと思いまして」と、なんとか返事をもらおうと御簾に向かって話しかけるが、宮は、その曲であるからこそ返答が憚られ、ただしみじみと悲しい気持ちに浸っている。

ことに出でて言はぬも言ふにまさるとは人に恥ぢたるけしきをぞ見る

(言葉に出しておっしゃらないのは、何かおっしゃるよりずっと深い思いでいるからだと、恥じらって琴もお弾きにならずお言葉もない、あなたのご様子を見て思います)

と大将が詠むと、宮は、ただ「想夫恋」のほんの終わりのところを少しばかり弾く。

深き夜のあはればかりは聞きわけどことよりほかにえやは言ひける

(あなたのお弾きになる琵琶の音に、更けてゆく秋の夜の情趣は聴き分けることができますが、私は琴を奏でるほかに、言葉で何を申せましょう)

いつまでも聴いていたいと大将は思う。箏の琴という楽器は総じておっとりした音色であるが、昔の人が心をこめて弾き伝えてきた「想夫恋」は、同じ律の調べの中でも、ぞっとするほど身に染みて感じられる曲である。それを宮はほんの少し掻き鳴らしてやめてしまったので、大将は恨めしくさえ思うのだが、

「あれこれと弾いて、もの好きなところをお目にかけてしまいました。秋の夜更けまでこうしてお邪魔していては、亡き人のお叱りもあろうかと気が咎めますので、もう帰ることにします。またあらためて、失礼のないようにお伺いしますが、どうかこのお琴の調子を変えずにお待ちくださいませんか。琴の調べも弾き違えるように、思いもしないことの起きる世の中ですから、心配なのです」などと、あからさまにではないが、胸の内をほのめかしてから帰っていく。

「今宵の風流なお振る舞いでしたら、亡き人もお許しくださいますでしょう。とりとめもない昔の思い出話ばかりに紛らわせて、心ゆくまで弾いてくださらなかったのが名残惜しいですが」と御息所は贈りものに笛を添えて大将に渡す。

「この笛にこそ、まことに古いいわれが伝わっていると聞いておりますが、こんな蓬の生い茂った家に埋もれているのももったいなく思います。お先払いの声に負けないほどの音色でお吹きになるのを、ここからでも拝聴したいものです」と御息所が言う。

「そのような立派な笛、私には不相応な随身というものでしょう」と大将が見やると、

たしかにそれは督の君がいつも肌身離さず大切にしていた笛である。督の君が、「私自身もとてもこの笛の音色すべては吹きこなせない。だいじにしてくれる人にどうにか伝えたいものだ」と折に触れ口にしていたことを思い出し、一段と悲しみが胸に迫り、大将は試しに吹き鳴らしてみる。盤渉調(ばんしきちょう)の半ばあたりで吹くのをやめ、

「故人を偲(しの)ぶひとり琴は、ひとりごととして許してもらえたでしょうけれど、この笛は私にはもったいないものです」と出ていこうとするが、

露しげきむぐらの宿(やど)にいにしへの秋にかはらぬ虫の声かな

(露に濡(ぬ)れた蓬の生い茂る宿に、昔の秋と変わらぬ虫の音が響いています――涙に濡れたこの家に、故人と変わらぬ笛の音を聴かせていただきました)

と御息所が簾(すだれ)の中から言う。

横笛の調べはことにかはらぬをむなしくなりし音(ね)こそ尽きせね

(横笛の調べはとくに昔とは変わっていないので、故人の吹いた音色はいつまでも世に伝えられていくでしょう――亡くなった人を偲んで泣く声も尽きません)

大将が去りがたく立ちすくんでいるあいだに、夜もひどく更けていく。三条の邸に帰ると、格子などすべて下ろさせて、みな眠っている。

「大将の君はあの女宮にご執心で、それであんなに親切になさっているのですよ」と北の方（雲居雁）に女房たちが告げ口したので、こうして夜更けまで大将が出かけているのもなんだか憎らしく、帰ってきたもの音を聞いたものの、眠ったふりをしているらしく……。

大将は「妹とわれといるさの山の」と、たいそう素晴らしい声で催馬楽をひとりでうたっている。

「これはまたどうしてこうもしっかりと錠を下ろしているのだ。ああ、うっとうしい。今宵の月を見ない家もあるのだなあ」とぶつぶつつぶやいている。大将は格子を上げさせて、自分で御簾を巻き上げ、簀子近くで横になる。「こんな月の夜に、ぐっすりと眠っている人などいるものか。少しこちらに出ておいで。ああ、情けない」などと言っているが、北の方はどうにもおもしろくない気分で、聞こえないふりをしている。

子どもたちがあどけなく寝ぼけている声があちこちで上がり、女房たちも大勢体を寄せ合って寝ている。人が多くごたついていて、さっきの一条の邸を思い出すと、たいそうな違いである。先ほど受け取った笛をふと吹いては、「自分の立ち去った後も、宮はどんなにもの思いに沈んでいることだろう。お琴はどれもあのまま調べを変えないで合奏しているのだろう。御息所も和琴の名手なのだから……」などと想像しながら横になっている。「どういうわけで亡き君は、表向きには女二の宮をたいせつに扱いながら、実際はそう深く愛せなかったのだろう」と考えてみても合点がいかない。「しかしもし実際に逢ってみて、がっかりするような方だったら、宮にはお気の毒だけれど……。世間のたいていの場合、最高の人だと評判の人こそ、かならずそうしたものだからな」などと思う。そして、自分たち夫婦は腹のさぐり合いなどすることもなく、仲よく暮らしてきてずいぶん長い年月がたったと考えると、感慨深く、妻がこうしていつも我を通して威張っているのも無理もないと思うのだった。

うとうとと眠ると、夢に、あの督の君が生きていた頃そのままの袿姿で、かたわらに座り、笛を手に取って見ている。大将は夢の中で、やっかいなことになった、亡き人が笛の音を尋ねてやってきた、と思っていると、

「笛竹に吹き寄る風のことならば末の世長きねに伝へなむ

（この笛に吹き寄る風よ、願わくは末永く私の子孫に伝えてほしい）

伝えたいのはあなたではないのだ」と督の君が言う。それはだれかと問おうとすると、子どもの寝ぼけて泣き出す声に目が覚めてしまった。

この子はひどく泣き出し、お乳を吐いたりしはじめて、乳母も起きて騒ぎ出す。北の方も灯りを近くに持ってこさせて、額髪を耳に挟み、せかせかとあやして若君を抱

き上げる。北の方はよく太って、むっちりときれいな胸を開け、乳を若君の口に含ませる。この子も非常にかわいらしい子で、色白でいかにもきれいである。乳はもう出ないのだが、気休めにくわえさせているのである。大将も近くに寄り、「どうしたのだ」と話しかける。魔除けのために米をまいたりして騒々しいので、しんみりした夢の名残もどこかに消えてしまうでしょうね……。

「この子は具合が悪そうだわ。あなたが若い人みたいに夜分に外をうろついて、夜更けのお月見とやらで格子を上げたりするから、お決まりの物の怪でも入ってきたんでしょう」などと、ひどく若々しくうつくしい顔で文句を言う。大将は思わず笑い出し、

「私が物の怪を呼びこんだなんておかしなことを言うね。私が格子を上げなければ、通路もないのだから、たしかに入ってこられなかったろうね。大勢の子どもの母親になって、あなたも考え深くなり、立派なことを言うようになったものだ」と言って、ちらりと見るその目元が、気後れするほどうつくしいので、北の方もさすがに何も言えなくなる。

「さあ、もうやめましょう。みっともないから」と、北の方が明るい灯影をさすがに恥じ入っている様子も、憎めないところがある。実際、この子はぐずぐずと苦しがって夜を明かした。

大将の君も、あの夢を思い出すと、「この笛は面倒だぞ……。ここは亡き人が執着していたものが落ち着くべきところではない。男の吹く笛が、女方から伝わったのではなんの意味もないし。亡き君はなんと思っただろう。この世に生きているあいだは、たいしたことではないと思っていても、臨終の際に、ひたすら恨めしく思ったり、あるいは恋しく思ったり、深い執念にとりつかれては、無明長夜の闇に迷うことになる。だからこそ何ごとにも執着すべきではないのだ」などと考えて、愛宕（葬所）で誦経の供養をさせる。また、督の君が帰依していた寺でも誦経をさせて、この笛については、「わざわざ御息所が由緒あるものだからと譲ってくださったのに、すぐに寺に寄進してしまうのも、供養になるとはいえ、あまりにあっけなさすぎるだろう」と思い、六条院に向かう。

光君は女御（明石の女御）の部屋にいるところだった。女御の産んだ三の宮（匂宮）が三歳ほどになり、兄弟たちの中でもとくにかわいらしいので、紫の上がとくべつに引き取ってこちらに住まわせているのだった。その三の宮が走り出てきて、

「大将さん、宮をお抱き申して、あちらへお連れしなさい」と、自分に敬語をつけて、いかにも天真爛漫に言うので、大将は笑い、

「さあ、おいでくださいな。でも御簾の前をお通りにはなれませんよ。無作法ですか

らね」と、抱き上げて座ると、

「だれも見ていないよ。ぼくが顔を隠してあげる。ほらほら」と袖で大将の顔を隠す。たまらなくかわいく思いながら女御の部屋に連れていく。女御の部屋でも、二の宮が、尼宮が産んだ若君といっしょになって遊んでいるのを、光君があやしているところだった。大将が三の宮を隅の間に下ろすのを二の宮が見つけて、「ぼくも大将に抱っこされたい」と言うが、「ぼくの大将だ」と三の宮がしがみつく。光君はそれを見て、

「なんと行儀の悪いお子たちだね。大将は帝のおそば近くで護衛する人なのに、自分の随身に独り占めしようと争っているのだから。三の宮のほうがよほど意地悪だ。いつも兄宮に負けまいとして」といさめて仲裁をする。大将も笑って、

「二の宮はすっかりお兄さまらしく、弟宮に譲ってあげる深いお心をお持ちですね。お年のわりにはおそろしいほど立派にお見えです」などと言う。光君はほほえみ、どの子どもたちもかわいいと思うのである。

「そこはあなたの身分には見苦しく、粗末な席だ。あちらへどうぞ」と光君が立とうとすると、若宮たちがまとわりついてきて、離れようとしない。尼宮の産んだ若君を、女御の産んだ宮たちと同列に扱ってはならないと光君は内心では思っているのだが、なまじそんな配慮をすれば、尼宮が心の咎めからどんなふうに気をまわすだろうかと、

これもまた光君の性分として、尼宮を気の毒に思ってしまうので、この若君もだいじないとし子として大切にしている。

大将は、この若君をまだきちんと見たことがなかったと思い、御簾の隙間から若君が顔を出したところに、枯れて落ちた花の枝を手にして見せながら招くと、走ってそばにやってくる。二藍（ふたあい）の直衣（のうし）だけを着て、たいそう色白で輝くようにかわいらしい。宮たちよりいっそうきめ細かく整っていて、まるまると太り、気高くうつくしい。なんとなくそう思って見るせいか、まなざしの強さや才気走ったところは、この子のほうが督の君よりまさっているものの、目尻がきりっとして、匂い立つばかりにうつくしいのがよく似ている。とくに口元がはなやかで、にっこり笑ったところなど、自分がいきなり顔を合わせたからかもしれないが、督の君その人のようで、父は気づいているに違いない。そう思うと大将はますます光君の心中を知りたくなるのである。ほかの宮たちは、皇子（みこ）だと思うから気高く見えるが、世間によくいるかわいらしい子どもとそう変わらないのに、この若君は、たいそう気品がありながら、際立ってうつくしい顔立ちをしているのである。それを見比べ、大将は、「なんといたわしいことだろう。もし自分の疑念が真実であるならば、督の君の父である致仕（ちじ）の大臣（おとど）が、あんなにも、悲しみのあまり呆けたようになり、『督の君の子だと名乗り出てくる人もいないのだ。せめて形見として、世話をさせてもらえる子どもでもあとに残していってくれれば……』と泣いて慕っているのに、このことを耳に入れないというのは罪なことだ」などと考えるが、「いやいや、そんなことがあるはずがない」とやはり信じることができず、推測もままならない。若君は気立てもよくおとなしくて、大将になついて遊ぶので、本当にかわいらしく思える。

光君は東の対に帰り、大将もそちらでゆっくりと話をしているうちに日も暮れてくる。昨夜、あの一条の邸に女二の宮を訪ねた折、どんな様子だったかを大将が話すのを、光君は笑みを浮かべて聞いている。光君は、亡き督の君についての感慨深い話や、自身と関係のある話には受け答えをし、

「その、女宮が『想夫恋』をお弾きになった気持ちは、たしかに、昔こんなことがあったと言い伝えられてもいいような話ではある。しかし女というものはやはり、男が心揺さぶられるようなたしなみや教養があっても、そうかんたんにそれを見せるべきではない、と思い知らされることが多い。亡き人との関係を忘れずに、こうしていつまでも変わらないあなたの心づかいを先方にわかってもらっているのなら、どちらにしても清い気持ちでおつきあいをして、おかしな間違いなど起こさないほうが、だれにとっても安心だし、世間体もいいだろうと思うのだが」と言う。

大将は内心、「いかにもおっしゃる通り。しかし人へのお説教はたいしたものだけれど、ではご自分の色恋沙汰となるとどうなのだろう」と思いながら聞いている。

「どんな間違いがあるというのでしょう。やはり、はかなく亡くなった人が気の毒でご遺族をお世話しはじめたのに、それが長続きしないとなれば、かえって世間によくある下心からだと疑いの目を向けられます。あの『想夫恋』は、あちらが進んでお弾きになったのなら出過ぎたことでしょうが、ちょっとしたついでにほんの少し聴かせてくださっただけで、折にふさわしく風情があっていいものでした。何ごとも、その人次第、ことがら次第ではありませんか。宮はお年も、そうひどくお若いわけではありませんし、またこの私も、ふざけて色恋じみたことをするのは馴れていませんから、あちらも安心なのでしょうか。いつもやさしく、難なく接してくださいます」などと話しているうちにうまくきっかけを見つけて、大将は光君の少し近くに寄り、あの夢の話を打ち明ける。光君はすぐには何も言わずにただ聞いているが、心の中では思い当たることもある。

「その笛は私のほうで預からねばならないわけがある品だ。それは陽成院（陽成天皇）の御笛である。それを故式部卿宮がとても大切にしていたのだが、あの督の君が幼い頃から格別上手に笛を吹いたものだから、それに感心して、式部卿宮のお邸で萩の宴が催された時、贈りものとしてお与えになったのだ。女の人の考えでは由緒を深く知ろうともせず、あなたにお渡ししたのだろう」と光君は言い、「末永くこの笛を伝えたいというのは、自身の子である若君以外のだれがいよう、督の君はそう思ったに違いない」などと考え、この大将もよく気のつく人だから思い当たることもあるのだろう、と思う。

そんな光君の面持ちを見て、いっそう大将は遠慮してしまい、すぐにも言葉が出てこないけれど、この際ぜひ耳に入れたいと思っていたことがあるので、今この機会にふと思い出したように、いかにも合点がいかないというふりをして、

「督の君の臨終の間際にも、お見舞いに行きましたところ、亡くなった後々のことを遺言する中に、これこれしかじか、父上に申し訳なく思っている旨、くり返し言っていましたが、どんなことだったのでしょう。今となってもその理由がわからないので、気になるのです」といかにも腑に落ちないというふうに言う。光君は、やはり知っているのだな、と思うが、いやしかし、その事情をすっかり話してしまうわけにはいかないから、しばらくわけのわからないふりをして、

「そんな、人の恨みを受けるような態度を、私がいったいどんな時に見せてしまったのか、思い出すことができない。それはともかく、そのうちゆっくり、その夢のこと

は考えがまとまってから話すことにしよう。夢の話は夜にするなと、女たちが言い伝えているそうだからね」と言い、その後はろくに返事もないので、大将は、このように打ち明けてしまったことを父がいかにお思いかと、気が咎めるような思いだった……とかいう話です。

鈴虫（すずむし）

冷泉院と暮らす秋好中宮の本意

亡き母君の身を焼く業火を、なんとか消したいと願う中宮でしたが……。

*登場人物系図
△は故人

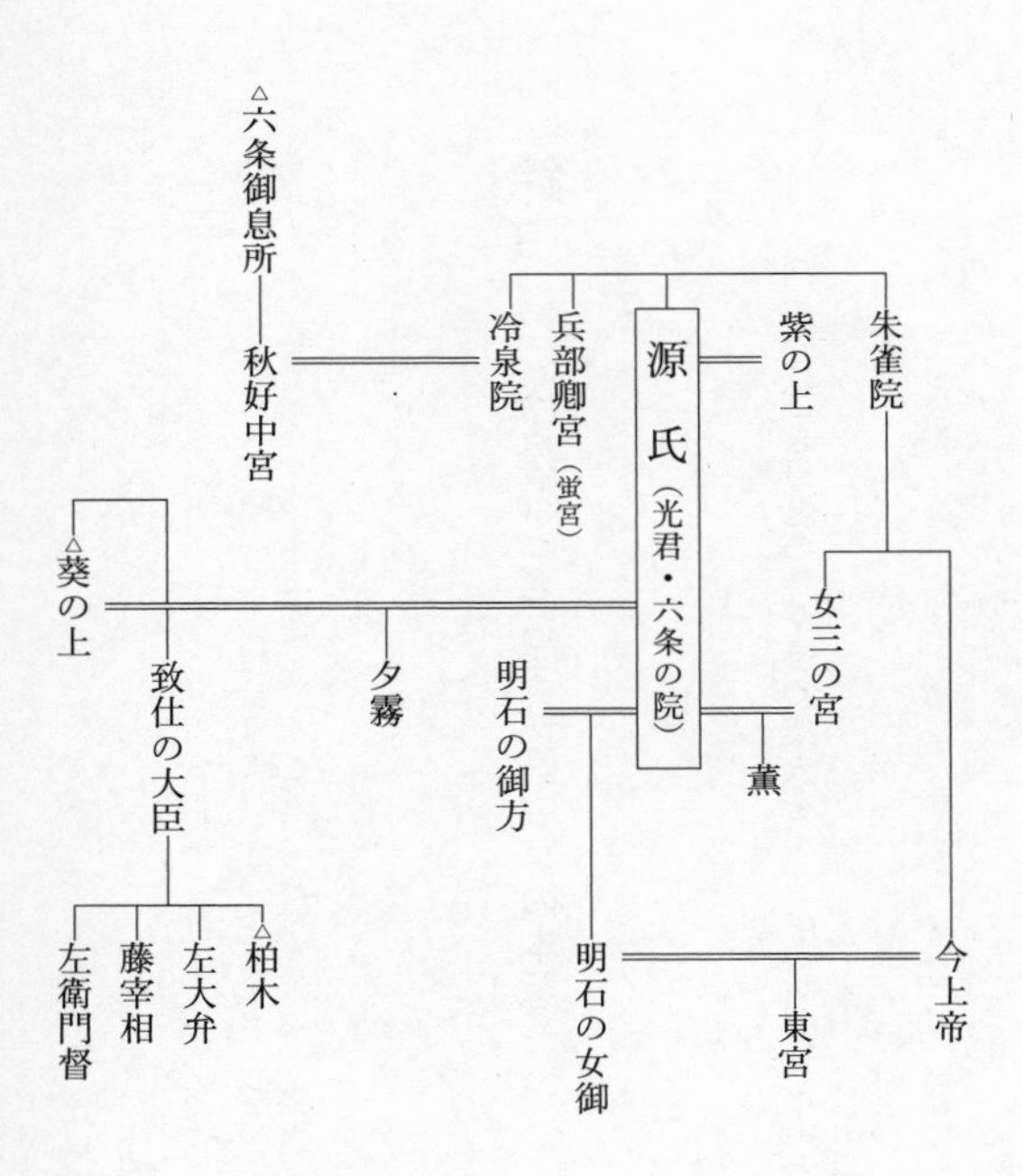
朱雀院
紫の上
源氏（光君・六条の院）
兵部卿宮（蛍宮）
冷泉院
△六条御息所
秋好中宮
女三の宮
薫
明石の御方
夕霧
△葵の上
致仕の大臣
今上帝
東宮
明石の女御
△柏木
左大弁
藤宰相
左衛門督

夏の頃、蓮の花の盛りに、尼宮（女三の宮）は持仏（お守りとして身近に置く仏像）の数々を作り、その開眼供養をすることとなった。光君の厚意により、かねてからこまごまと用意してあった、念誦堂の仏具の数々をそのまま飾り付ける。堂内に掛かった幡もしっとりと優美で、とくに立派な唐の錦を選んで縫わせたものである。これは紫の上が用意させた。花机の覆いの、うつくしい絞り染めも柔和な感じで、そのすばらしい色合いといい、染め模様の趣向といい、めったに見られないものである。尼宮の寝所の御帳台を仮の仏壇とするために、四方の帷子を巻き上げて、奥のほうに法華の曼荼羅を掛け、銀の花瓶に、丈の高いみごとな蓮の花々を彩りよく揃えて供える。仏前で薫く名香には、唐の、百歩先まで香るという百歩の衣香を薫いている。本尊の阿弥陀仏をはじめ、左右に並ぶ菩薩も、すべて白檀で作らせているが、繊細でじつにかわいらしいできばえである。水を入れる閼伽の器は、これも際立ってちいさく作ってあり、青、白、紫の蓮を揃えて飾り、荷葉の方法で調合した名香は、蜜を少なくし、細かくほぐして薫いている。その香りが百歩の衣香とひとつにまじりあい、なんともいえず優美である。お経は、六道に迷う衆生のために六部書かせ、尼宮のための持経は、光君が自身の手で書いた。せめてこの直筆のお経を、仏と縁を結ぶしるしとして、夫婦互いに導き合って極楽浄土に行けるようとの気持ちを、願文にした。そのほかには阿弥陀経を書いたのだが、唐の紙は傷みやすく、朝夕手に取って読誦するのにはどうかということで、紙屋院の役人を呼び、とくべつに命じて、念入りにうつくしく漉かせた紙に、春の頃から光君は心をこめてせっせと書いていたのだった。その甲斐あって、ほんの片端を見ただけでも人々は目を奪われて驚嘆するほどである。金泥の罫線よりも、光君の書いた墨の色がさらに輝いているさまも、比類なきうつくしさである。軸、表紙、箱がどんなふうにすばらしいかは、言うまでもないこと。この阿弥陀経はとくべつに沈の華足の机にのせて、本尊の阿弥陀仏といっしょの御帳台の上に飾ってある。

仮の仏壇としている御帳台の飾り付けがすっかりできあがり、講師がやってきて、読経しながら仏のまわりを歩く行道の人々も集まってきたので、光君もそちらに行こうとして、尼宮のいる西の廂をのぞいてみると、いかにも狭苦しい仮の御座所に、ぎっしりと暑苦しいほど、仰々しく着飾った女房たちが五、六十人ばかり集まっている。北の廂は、簀子にまで女童たちがあふれてうろうろしている。香炉をたくさん使って、煙たいほどに扇ぎ立てているので、光君はそばに行き、

「室内に薫く空薫物というものは、どこで燻らせているのかわからないくらいがいいのだ、富士の峰の噴煙よりもくもくと薫いているのは感心しないね。説法の時には、もの音を立てないようにして、静かに話の内容をよく聞かなくてはならないのだから、無遠慮な衣擦れの音や、人の気配をさせないようにしなさい」などと、いつものようにたしなみのない若女房たちに心構えを教える。尼宮は人が大勢いるのに気圧されてしまって、ひどくちんまりとかわいらしい恰好でうつ臥している。

「若君がいると騒がしいだろう、抱いてあちらにお連れしなさい」と光君は言う。北の襖も取り払って御簾を掛け、女房たちをその中に入れる。彼女たちを静まらせてから、尼宮に、法会の趣旨がよくわかるように予備知識を教える。その様子はしみじみと情愛深く見える。仮の仏壇となっている尼宮の御帳台の飾り付けを見て、さまざまな思いがあふれ、

「このような仏の供養をあなたといっしょに支度することになるとは、思いもよりませんでした。まあ、仕方ないことです。せめて来世では、同じ蓮の花の中でいっしょ

に暮らせるよう祈ってください」と、光君は涙を流す。

　はちす葉をおなじ台と契りおきて露のわかるるけふぞ悲しき

（来世には同じ蓮の台の上に生まれ変わろうと約束しながら、この世では露のこぼれるように分かれて暮らさねばならないのが悲しい）

と硯に筆をちょっと浸して、尼宮の香染の扇に書きつける。尼宮が、

　隔てなくはちすの宿を契りても君が心やすまじとすらむ

（来世は同じ蓮の台、とお約束しても、あなたのお心は澄むことなく、私と住もうとはしないでしょう）

と書くので、

「何を言っても私を見下すのですね」と光君は笑うものの、やはりしんみりとしている。

　例によって親王たちもたくさん集まっている。六条院の女君たちが、我も我もと競うように用意させたお供えものは、格別に立派で、所狭しと飾られている。講師や読師などの七僧の法衣も、すべてひととおりのものはみな紫の上が用意した。法衣は綾織物で仕立てられていて、目の利く人は、袈裟の縫い目まで、そうそうあるものではないと褒め称えたとか……。細かいことまでうるさいものです。

講師は、いかにも尊い感じでこの法要の趣旨を説明し、尼宮が、現世でのすぐれた栄華を厭い離れて、未来永劫、絶えることのない夫婦の契りを法華経によって結ぶ、その尊くも深い思いを話す。当代きっての学才にすぐれた僧が、さわやかな弁舌で、ひときわ心をこめて話し続けるその様子はじつにすばらしく、みな涙を流している。

今回の法要はごく内輪で、念誦堂を開くにあたって思い立ったことなのだが、帝も、また山の帝（朱雀院）も耳にして、それぞれ使者を遣わした。誦経への布施などは置き場もないほどたくさんで、にわかに大がかりなものとなってしまった。六条院で用意させた布施の数々も、簡素にと考えてはいたが、それでも世間並みにはおさまらず、さらにいっそう賑々しい寄進が加わったので、夕方になって帰っていく僧たちは、寺に持ち帰っても置き場もないだろうほどの布施を受け取り、豪勢な様子で帰っていったのである。

光君は、尼宮が出家した今になって、尼宮をいたわしく思うようになり、この上なく大切に世話をする。山の帝は、尼宮が相続した三条の宮邸に、尼宮はいずれ光君と離れて住むことになるのだから、今そうしたほうが世間体もよさそうだと勧めるが、光君は、

「離ればなれでは心配でなりません。朝に晩にとお目に掛かってご用を承ったり、こ

しいとおっしゃるのは、私の願うところではありません。たしかに、私はこの先そう長くは生きられませんが、やはり生きているあいだは、お尽くししたいという気持ちを失いたくないのです」と言いつつ、この三条の宮邸をもじつに念入りに、立派に改築し、尼宮の御封からの収入や、諸国の荘園、牧場などから納められたものの中で、これは、と思うものはみなこの三条の蔵に納める。また、あらたに蔵を建て、さまざまな宝物や、朱雀院から相続した無数の品々など、尼宮の所有するものはすべてこの宮邸に運び入れ、厳重に保管する。朝夕の身のまわりのお世話や、大勢の女房たちのこと、身分の上の者から下の者まで、すべての生活の面倒は光君の負担とし、三条の宮邸の手入れを進めている。

秋頃、尼宮の寝殿の、西側の渡殿の前方、中仕切りの塀の東側一面を、野原のように造り替えさせた。閼伽の道具を置く棚などもしつらえて、出家の日々にふさわしく造らせたひとつひとつが、たいそう優雅である。尼宮を慕って尼となった人たちは、乳母や古くからいた女房たちはもちろんのこと、若い盛りの女房でも、決心がかたく、尼として一生を送ることのできそうな者だけを選んで、出家させたのである。尼宮が出家したばかりの時は、我も我もと先を争ってみな出家を願ったのだけれど、光君がそれを聞き、

「あってはならないことだ。本心から決意したのでない人がひとりでもまじっていれば、まわりの者が迷惑するし、浮ついた噂が立てられやすいものだ」といさめたので、今、尼姿で仕えているのは十数人ほどである。

光君は、この野原のようにしつらえた庭前に秋の虫をたくさん放たせて、風が少し涼しくなった夕暮れどき、こちらにやってきて、虫の声を聞いているふりをしながら、今でもまだあきらめきれない心の内を打ち明けて尼宮を悩ませるので、「いつものお心癖……、私が出家した今となってはとんでもないことなのに」と、尼宮は、ただもうひとえに煩わしく思っている。はた目には、光君の尼宮への態度は以前と変わりはなかったものの、内々では、あの情けない一件を知っていることは明らかで、気持ちがすっかり変わってしまったのが尼宮にはわかったのである。だから、もうどうにも光君には逢いたくはない、そう思う気持ちが大きくなって決意した出家なのである。今はようやく夫婦のつながりもなくなり、一安心していたのに、まだこんなことを光君が言ってくるのがつらく、人里離れた住まいで暮らしたいと思うけれど、大人ぶってそうしたことを強く言うこともできない。

八月十五夜の夕暮れに、尼宮は仏の前に座り、端近く、もの思いに沈んで念仏を唱えている。若い尼たちが二、三人、仏壇に花を供えようとして鳴らしている閼伽坏

（水を入れる器）の音や、水を注ぐ音などが聞こえる。そうした、今までとはまったく違うお勤めに忙しそうにしている様子には、しみじみと胸を打つものがある。そこへいつものように光君がやってきて、

「虫の音がずいぶんとやかましい夕べですね」と、自身も小声で口ずさむ阿弥陀の大呪が、たいそう尊くほのかに聞こえる。たしかに虫の声がさまざま聞こえる中に、鈴を振るように鳴く鈴虫の声ははなやかでおもしろい。

「秋の虫の声はどれも甲乙つけがたいけれど、松虫がすぐれていると言って、（秋好）中宮がはるばると遠い野を分けてまで、わざわざ捕まえてきては庭に放させたことがありましたが、野で鳴くのと同じ声で鳴き続ける松虫は少なかったようです。松虫、などという名前なのに、寿命は松には及ばず、はかない虫なのでしょう。だれも聞く人のいない山奥や、遠い野の松原では、思う存分声を惜しまずに鳴くというのも、本当に人に馴染まない虫なのですね。それに比べると鈴虫は、気軽に、にぎやかに鳴いてくれるから、かわいげがあります」などと光君が言う。尼宮は、

　おほかたの秋をば憂しと知りにしをふり捨てがたき鈴虫の声

（おおむね秋という季節はつらいものだと知っていますのに——あなたさまが私に飽きたこともわかっておりますのに、鈴虫の声はなかなか振り捨てるこ

　　とができません）

と小声で詠むのが、じつに優雅で、気品にあふれておっとりしている。

「なんですって？　いやはや、思いも掛けないお言葉ですね」と光君、

　心もて草のやどりをいとへどもなほ鈴虫の声ぞふりせぬ

（あなたはご自分からこの世をお捨てになりましたが、その鈴虫の声のように、

　若くうつくしいままですね）

などと言い、琴(きん)の琴(こと)を取り寄せて、久しぶりに弾きはじめる。尼宮は、数珠(じゆず)を手繰る手も止めて、熱心に琴に耳を傾けている。月が出て、こうこうと明るいその光も胸に染みるので、光君はぼんやりと空を眺めて、今まで関わり合った女たちがそれぞれの事情で、あっけなく移り変わっていく様子を次々と思い出し、いつもよりもしんみりとした音色で弾いている。

　今宵は、いつものように中秋の音楽の催しがあるのではないか、と推測した兵部卿(ひょうぶきょうの)宮(みや)（蛍宮(ほたるのみや)）が訪ねてきた。大将の君（夕霧(ゆうぎり)）も、殿上人(てんじょうびと)の中からしかるべき者を連れて訪問したが、光君は尼宮のところにいるらしいと、琴の音をたよりにそちらに向かう。

「することがないものだから、とくべつな音楽の催しというのでなくとも、長いあい

だ耳にしていない久しぶりの音を聴きたいと思って、ひとりで弾いていたのだが、よく聞きつけてきてくれたね」と光君は言い、兵部卿宮も、こちらに席を設けて招き入れる。今宵は、宮中にて帝の御前で十五夜の月の宴があるはずだったのだが、中止になり、もの足りなく思っていたので、六条院に人々が集まっていると聞きつけた上達部たちもやってきた。みなで庭前の虫の音の優劣を品評する。

さまざまな琴を合奏し、興の乗ってきた頃に、

「月を見る宵に、感じ入ることのない時などないものだが、今宵の出たばかりの月の色を見ていると、いかにもこの世の外のことまで、あれこれと思いめぐらせずにはいられない。亡くなった権大納言（柏木）は、いつなんどきも、今はもういないと思うといっそう思い出すことも多く、公事でも私事でも、どんな折もはなやぎが失せてしまったような気がするね。彼はまったく、花の色も鳥の声も、情緒をよくわきまえていて、話し相手としてこれ以上の人はいないほどだったのに」などと話し出し、自分自身の弾く琴の音にも、たまらず涙を流している。御簾の内側でも、きっと尼宮が耳を澄ませて聴いているだろうと心の片隅では思いながらも、やはりこうした音楽の遊びの際には、督の君がまず恋しく思い出される。それは光君だけではなく、帝にとっても同じこと。

「今宵は鈴虫の宴ということにして、遊び明かすことにしよう」と光君は思いつき、そのように告げる。

盃（さかずき）が二巡ほどする頃に、冷泉院（れいぜいいん）から便りがある。帝の御前での月の宴がにわかに中止になったのを残念に思い、左大弁（柏木の弟）や式部大輔（しきぶのたいふ）、そのほか、しかるべき人々が連れ立って院の元に参上したのだが、大将などは六条院にいると聞き、使者を遣わしたのだった。

「雲の上をかけ離れたるすみかにももの忘れせぬ秋の夜の月

（帝の位を離れてしまった私の住まいにも、中秋の名月は忘れず光を照らしてくれる）

同じことなら、あなたにはこちらでこの名月を見ていただきたかった」

とあるので、

「この私はたいして窮屈な身分でもないのに、ご退位なさって静かにお暮らしの院をこちらからめったに訪ねることもないのを、ご不満に思って、こうしてお便りをくださったのだ、畏れ多いことだ」と、急なことのようではあるが、光君は院の御所に向かう支度をする。

月かげは同じ雲居（くもゐ）に見えながらわが宿からの秋ぞかはれる

(月は昔と変わらず輝いておりますが――あなたさまのご威光は昔と変わりありませんが、私のほうが変わってしまったせいで、お伺いもしませんでした)

どうということもない歌ですけれど、ただ、昔と今の変わり様をさまざまに思い続けて、そのままの気持ちを詠んだのでしょうね。使者には盃を振る舞い、またとない引き出物も渡します。

人々の車を身分の順に並べなおし、先払いの者たちが大勢集まって、それまで静かに催されていた音楽の遊びも打ち切られ、みな六条院を出発する。光君の車には親王たちが同乗している。大将、左衛門督（柏木の弟）、藤宰相（柏木の弟）など、六条院に集まっていた者はみな院の御所へ向かう。みな、直衣といった軽装なので、それに下襲をあらためて身につける。月もだんだん高く上り、次第に更ける夜空もうつくしい。若い人々にさりげなく笛を吹かせて、ひっそりと目立たない様子で参上する。改まった行事の際には、いかめしく威厳ある儀式を整えてお互いに対面するのだが、今宵はまた、かつての臣下だった頃の気持ちに返って、気軽にこうしてふとあらわれたものだから、冷泉院はたいそう驚き、非常に喜んで歓待する。年齢を重ねて立派になった院の顔かたちは、ますます光君とそっくりである。帝として全盛期であったのに、みずから思い立って退位し、こうして静かに暮らしているその様子に、光君は感慨を覚えずにはいられない。

この夜詠まれた詩歌の数々は、漢詩も和歌も、趣向の深いおもしろいものばかりでした。けれどもいつもながら、言葉足らずの片端をお伝えするのでは、かえって申し訳ないですから……。

明け方になって作られた詩などを読み上げ、みな早々と退出した。

光君はそのまま(秋好)中宮の部屋に向かい、いろいろと話をする。

「今は、あなたもこちらでこうして静かにお暮らしですから、たびたび参りたいものです。何ということはなくとも、年齢を重ねるごとに忘れがたい昔の思い出話などもしたいと思うのですが、私も中途半端な身の上で、さすがに気が引けますし、窮屈な思いもいたします。私よりも若い人たちに、あれこれと先を越されるような思いがするにつけ、無常なこの世の心細さに急かされるようで、この俗世を離れて山奥に移ろうかとだんだん心も決まってきました。けれども後に残る人たちは頼りない境遇になるでしょうから、その人たちが寄る辺なくさまようようなことにはならぬよう、前々もお願いしました通り、どうかお心に留めて、面倒をみてやってください」と、真剣な面持ちで訴える。

中宮は、いつもながら若々しくおっとりした様子で、

「宮中の奥深くで暮らしていた時よりも、今はかえってお目に掛かることがなくなったようで、本当に心外でつまらないと思っておりました。多くの人がみな背いていくこの俗世を、私も捨ててしまいたいとは思いながら、その心の内を申し上げてご相談することもできないままで、なんだか落ち着かない気持ちです。今までずっと、まずあなたさまをお頼りしていましたから」と言う。

「たしかに、宮中でお暮らしの時は、決まりに従ったお里下がりの折々があって、六条院でお待ちし、お迎えしていましたね。今では、これという理由もなくてはご自由にお出かけにはなれないでしょうから……。しかし無常のこの世とはいえ、これといってこの世を厭う理由のない人が、きっぱりと俗世を捨てるのは難しいでしょうし、気楽な身分の者ですら、心残りとなるだれ彼が自然と出てくるものです。なぜ、そんな人のまねをして、負けじと競うように出家などとおっしゃるのでしょう。かえっておかしなご道心だとあれこれ邪推する人もいるかもしれません。ご出家など、夢にもお考えにならないほうがいい」と光君が言うのを聞き、中宮は、自分の気持ちを深く汲み取ってはくださっていないのだな、と悲しく思う。

母御息所が成仏もできずに、あの世で苦しみを受けているようだけれど、いったい

い。そりが、かこの方は、持ち出したものの、隠ててし、何が口をほうかは…

どんな業火の中をさまよっているのか——。亡くなった後までも、人に疎まれるような物の怪となって名乗り出たことを、光君のほうではひた隠しにしていたのだけれど、世間は口さがないもの、人伝にその噂を耳にすることになってから、中宮はひどく悲しくいたたまれず、この世のすべてが厭わしく思えてきて、憑坐の口を借りたかりそめの言葉でもいい、母を名乗る物の怪がいったい何を言ったのかはっきりと聞きたいのだが、そんなことはとても言い出せず……。ただ、

「亡き母のあの世でのご様子が、罪がけっして軽くはないようだと、ちょっと耳に挟んだのです。たしかな証拠があるわけではないとしても、娘の私が気づかなければならないことでしたのに、これまで私は先立たれた悲しみばかりが忘れられず、あの世での苦しみまで考えてあげようともしませんでした。本当に至らぬことです。そんな私をなんとかうまく導いてくださる方の教えを聞いて、せめて私だけでも母の身を焼く業火の熱をさましてあげたいものだと、年齢を重ねるにつれて、おのずと身に染みて思うようになりました」とだけ、それとなく口にする。

たしかにそんなふうに思うのも無理はないと、光君は中宮を気の毒に思い、

「その業火というものは、だれしも逃れられないとわかっているのに、この世にはかなく生きているうちは、原因となる執着を捨てられないものです。釈迦の弟子のひと

りである目蓮が、仏に近い高僧となり、地獄に墜ちた母親をたちまちに救ったという話がありますが、だれにも同じことができるはずがありません。今の暮らしを捨てて仏道に入っても、この世に恨みを残すようなことになるでしょう。出家のお気持ちをだんだん固めていくにとどめて、母君のお苦しみを取り除いてあげられるような供養をなさいませ。私もこの世を離れたいと思いながら、何かと落ち着かない日々で、念願の静かな暮らしもかなわぬままに朝夕を過ごしています。自分の後生を願う勤行とともに、いずれゆっくり母君の供養も、と思っていますが、考えてみればいつまでの命とも知れぬのに、浅はかなことですね」などと、この世はすべてはかないものだから、早く捨ててしまいたいとお互いに言い合うけれど、やはりすぐにはそうもできない身の上の二人なのである。

昨夜、光君がお忍びで身軽に出かけていったことが、今朝はすっかり世間に知れ渡っていて、上達部など、冷泉院の御所に参上していた人々は、みな残らず、六条院まで見送りのお供をする。東宮の母女御（明石の女御）が並ぶ者のいないほど敬われているのは、大切に育ててきた甲斐があると思えるし、また、大将（夕霧）も人に抜きん出てすぐれている様子であり、どちらの子にも光君は安心している。けれどもやはりこの冷泉院を思う気持ちはとりわけ深く、いとしく思うのである。冷泉院も、光君のことを気に掛けていて、対面する機会もめったにないことを不満に思っていた。

つまりはそのために、もっと自由に会いたいという気持ちに急かされて、こうして退位し気楽な身の上になることを願うようになったのだった。

中宮は、今はかえって六条の院に里下がりすることも難しくなってしまって、ふつうの臣下の夫婦のように、冷泉院といつもいっしょに御所で暮らしているので、管絃（かんげん）の遊びなどもむしろ在位中よりもはなやかに、にぎやかに催している。

中宮は、何ごとも心のままにできる境遇でありながら、ただ、あの世の母君のことを考えては、仏道への気持ちが深まるばかりだが、冷泉院が許すはずもないことなので、ただ母君の供養となる仏事を熱心に営み、世の中の無常をますます心に深く刻んでいくのである。

文庫版あとがき

「若菜　上」から「鈴虫」のおさめられたこの五巻は、源氏物語のなかで、もっともドラマチックなストーリーが詰まっていると私は思う。まったくの私感であるが、「玉鬘」でエンターテインメント性を身につけた作者は、この「若菜」でさらに、筆力、想像力、構成力、それればかりか、読み手をひっぱっていく牽引力までも身につけたようだ。

物語は急展開を迎える。朱雀院の娘である女三の宮が登場する。朱雀院は彼女の身の上を案じ、だれに縁づけようかとさんざん考えたあげく、光君が最適だと考える。読者は全員、「そんな！」と思うはずだ。「紫の上はどうなるの！」と。

読者の想像を裏切らず、紫の上はこの結婚話を聞いて動揺し、なんとか自身を納得させようとするが、実際に女三の宮が降嫁し六条院に引っ越してくると、苦悩はますます深くなる。

「そうか、この私には悩みがあったのか」と気づく場面が、私には非常に印象深い。幼いころに光君に引き取られ、彼の求める女性として鋳型にはめられるように生きてきた。そうしなければ生きるすべがなかったからだ。しかし紫の上は、そのようには考えず、自身の来し方を肯定してきた。引き取られなかったらどうなっていたか、という疑問には、継母にいじめられる不幸しかなかったはずだと思うことで、今を肯定してきたのだし、光君に引き取られなかったら本来の自分はどうだったのか、鋳型にはめられない自分はどんなふうだったのかと、考えないことで自身を肯定してきた。光君にいちばんに愛され、いちばん長く一緒にいるという自負で、疑問や仮定を封じこめてきた。その自負がはじめて揺らぎ、正妻ではない自身の身の寄る辺なさを再確認する、そうした心理の過程が、この一言にはあらわれているかのようだ。私には悩みがあったのか、とはつまるところ、私は幸福ではなかったのかもしれない、という気づきでもあるように、私には思えてならない。

苦悩を与えられるのは、女性ばかりではない。

「若菜」に至るまでは、苦悩は女のものだった。帝に愛されるがゆえに多くの女たちから妬みを買うことになった桐壺をはじめとして、はかばかしい後見のない夕顔も、物の怪に取り憑かれた葵の上(あおいのうえ)も、苦悩のなかで息絶え、藤壺と玉鬘は光君に愛されて苦悩し、明石の上は光君に捨てられたのかと苦悩し、また、我が子を手放したことに苦悩する。

　ところが「若菜」では、柏木の苦悩が、そして光君の苦悩が描かれる。

　結婚相手は高貴な人でなければならないと考えていたプライドの高い柏木は、ちらりと垣間見た女三の宮に取り憑かれたような恋をする。彼女を忘れることができず、その恋心は光君をおそれる気持ちを凌駕して、ついには女三の宮と関係を持ってしまう。

　このことが露見するくだりが、目をみはるくらいみごとで、何度読んでも、すごいなあ、うまいなあと心が震える。

　病身の紫の上につきっきりだった光君は、懐妊の話を聞いて女三の宮のもとを訪れる。それを聞いた柏木が嫉妬に燃える手紙を寄越す。それを見る、見ないと、女三の宮と小侍従がやりあっているところに光君の登場。女三の宮は急いで手紙を隠す。

　夜になって帰ろうとする光君を、よりによって女三の宮は古歌を詠んで引き留める。ふだんならしないことをしたのは、きっと彼女にやましさがあったからだろう。めったに引き留めない彼女がそんなことをする姿がいじらしく思え、光君はその夜は泊まる。そして翌朝、夏扇をさがしていた光君は柏木の手紙を見つけてしまう。

　そうしてここから、光君の本当の苦悩がはじまる。

本当の……とつい書いてしまうのは、一応、女三の宮の降嫁話に光君は苦悩しているし、彼女が六条院にやってきてからも、その幼さに呆れ、紫の上の心中を思い、思い悩んではいるのである。けれども同時に、女三の宮が藤壺の妹の子であることで、ちょっとわくわくしているし、紫の上を思う悩みだってどこかあまやかだ。しかし、柏木の手紙発見以後、光君を襲う苦悩は、それらとは比べものにならない。だれかの妻を奪うのは、いつだって自分だった。帝のお気に入りの女性だって、かかわりを持つそのときですら、神をもおそれぬ自信家だったのだ。それなのに、あろうことか、若き妻を奪われたのである。

そしてここからはじまる光君の本気の苦悩は、女三の宮をも巻きこみ、柏木をも不幸にし、生まれてくる子にすらも、不幸の影を押しつけることになる。

私は思わずにはいられない。柏木が手紙なんか書かなければ。いや、女三の宮が古歌なんて口ずさまなければ。それに光君が反応しなければ。だれかが夏扇を、光君のすぐそばに置いておいてあげれば。

そんなちいさなことがらの連続が、この先のはかりしれない苦悩の発端なのである。何がすごいって、ここに描かれるその「真実味」である。描かれているのは、現在の私たちとはかけ離れた、千年も前の、貴族たちの、架空の物語である。けれど、ちょっとしたことがらの連続が、ボタンの掛け違いのように重なって、大きなできごととなって私たちにのしかかるさまの、その今と変わらぬ真実味に私は驚かずにはいられないのである。

こうして柏木と女三の宮の密通は光君の知れるところとなり、女三の宮は柏木の子を身ごもり、罪の子を産む。光君にも愛されず、女三の宮にも疎まれる子、それが薫である。

苦悩を持った光君を見て、紫の上は、病に伏した自分のせいではないかとひそかに思い悩み、また柏木と女三の宮の一件を知らない朱雀院は、光君のつれなさを憂う。みんながみんな、少しずつ誤解をして気持ちがすれ違っていく。

ところで、「源氏物語」について私が単純に不思議に思うことのひとつに、この作者は伏線をどのように記憶していたのか？　ということがある。たとえば、明石の入道とその姫君の話は早くも「若紫」で登場している。そしてその偏屈な入道が、なぜ偏屈になったのか、なぜ姫君を、高貴な人に嫁がせるという信念を持っていたのか、この「若菜」でようやく明かされる。

……ということは、「若紫」を書きながら、すでに「須磨」「明石」、そして「若菜」

までの構想が、作者にあったということだろうか。

それから、「葵」で描かれる車争いを、光君が思い出す場面が「若菜　上」にはある。葵の上と六条御息所（ろくじょうのみやすどころ）には宿縁があったとしながら、その宿縁は、子どもたちである夕霧と秋好中宮にそれぞれ違ったかたちであらわれたと記す。では「葵」を書きながら、すでにその子たちのゆく末も念頭に入れていたのか？

源氏物語の研究をされている人や、くわしい人に、私はそのことを尋ねたことが幾度かある。そのなかで、もっとも納得がいく答えは、宮中で物語を発表したときに、「あのとき生まれた子どもはどうなったのか」「あのときの話の続きはないのか」などといった、読み手（聞き手）のリクエストに作者が応えたのではないか、というものだった。

そう考えてみると、この「若菜　上」「若菜　下」で、明石の入道の夢が明かされたり、はたまた、六条御息所の怨霊がふたたびあらわれたりするのにも、うなずける。六条御息所の怨霊はいかにも突拍子ないが、宮中に御息所の熱烈なファンがいたのではないか。あるいは、ここで紫の上が亡くなるのは許せないと反発する人がいたのかもしれないし、怨霊が登場すると場が異様に盛り上がったのかもしれない。

ともあれ、こんなに「若菜」が盛りだくさんでドラマチックなのは、大勢の読み手がいたからだろう、その声に応えたからだろうと私も想像してしまう。

しかしそうすると、もうひとつ、あらたな疑問が浮かぶ。

読み手に応えるだけならば、ドラマチックなまま物語を終えてもよかったのだし、いや、そもそも光君が絶好調のとき、たとえば六条院を落成したときに物語を終えてもよいはずだ。でも、作者はそうはしなかった。栄華をきわめた光君に苦悩を与え、老いを背負わせ、その子たちにいのちと運命を与え続けていく。

なぜ、作者は物語を書き続けたのか。主要人物である光君亡きあとまでも——。

その疑問の答えは、私にとってはただひとつ。作者が書きたかったのは、光君その人ではなかったから。そして、光君の幾多のきらびやかな恋愛ではなかったから。

最初は、それを書きたくて書き出したのかもしれない。けれども書いているうちに、作者が書きたいものは別のことに移っていった。

柏木がいのちを落とし、女三の宮が出家し、紫の上は出家がかなわず、光君には薫が残され、まだまだ物語は続く。この先を読むということはつまり、では作者が書きたいと思った「別のこと」とはなんなのかを、考えることにほかならない。

二〇二四年一月

角田光代

主要参考文献

・『源氏物語』五　石田穣二・清水好子 校注（新潮日本古典集成）新潮社　一九八〇年
・『源氏物語』四　阿部秋生・秋山虔・今井源衛・鈴木日出男 校注・訳（新編日本古典文学全集）小学館　一九九六年
・『新装版全訳 源氏物語』三・四　與謝野晶子　角川文庫　二〇〇八年
・『源氏物語』四　大塚ひかり全訳　ちくま文庫　二〇〇九年
・『ビジュアルワイド 平安大事典』　倉田実 編　朝日新聞出版　二〇一五年

本書は、二〇一八年十一月に小社から刊行された『源氏物語　中』（池澤夏樹＝個人編集　日本文学全集05）より、「若菜　上」から「鈴虫」を収録しました。文庫化にあたり、一部加筆修正しました。

源氏物語（げんじものがたり） 5

二〇二四年 四 月一〇日 初版印刷
二〇二四年 四 月二〇日 初版発行

訳 者 角田光代（かくた みつよ）

発行者 小野寺優
発行所 株式会社河出書房新社
〒一五一-〇〇五一
東京都渋谷区千駄ヶ谷二-三二-二
電話〇三-三四〇四-八六一一（編集）
〇三-三四〇四-一二〇一（営業）
https://www.kawade.co.jp/

ロゴ・表紙デザイン 粟津潔
本文フォーマット 佐々木暁
本文組版 株式会社キャップス
印刷・製本 中央精版印刷株式会社

Printed in Japan ISBN978-4-309-42098-1